WORLD TEACHER
이세계식 교육 에이전트

네코 코이치 지음 Nardack 일러스트

한선필 옮김

16

제자로서,
가족으로서

그리고……
부인으로서───

"앞으로 너희 교사가 될,
시리우스————…."

이세계식 교육 에이전트

네코 코이치 지음
Nardack 일러스트
천선필 옮김

16

CONTENTS

Illust : Nardack

"이봐, 이봐, 이건 또 새로운 마도구야?"

"아, 로드구나. 오늘 아침에 새로운 마법진 아이디어가 몇 개 생각나서 말이지. 이게 완성되면 월급이 좀 오를 거야."

"그래도 말이야, 완성되었을 때 공적을 해밀튼 님에게 뺏기게 되잖아? 네가 만든 거라고 하면 좀 더 좋은 평가에 보상 같은 것도 받을 수 있을 텐데."

"그럴 수 있다면……, 말이지."

"미안, 그랬지."

이렇게 내가 생도르 성 안에서 영광스러운 연구원으로서 마도구 연구와 개발을 열심히 할 수 있는 건 상승 욕구가 강한 왕족인 해밀튼에게 고용되었기 때문이다.

친가가 있는 성 아랫마을에서 마도구를 만들려 해도 돈도 없고 권력도 없는 나는 도구도 제대로 갖출 수가 없기에 조잡한 마도구밖에 만들지 못한다. 조잡하나마 혁신적인 마도구를 만들게 된다 해도, 그 소문이 귀족 귀에 들어가면 뭔가 트집을 잡아서 마도구를 빼앗아 가거나 나를 억지로 잡아서 계속 마도구를 만들라고 명령할 것이다.

다음 왕을 정하는 권력 쟁탈전이 심하게 일어나고 있는 지금 생도르에서는 그게 당연한 일이다.

하지만 나를 고용해준 해밀튼은 능력이 있으면 평민도 인정해주고, 그럭저럭 괜찮은 월급과 어느 정도의 자유를 보장해준다. 성 내부의 발언력도 그럭저럭 강하기에 그 남자 밑에 있으면 다른 귀족들도 손을 대기 힘들고, 그런 면에서 어느 정도는 안전하다.

"공적을 뺏기긴 하지만, 가족이 먹고살 만한 돈은 충분히 얻고 있으니까. 이 이상의 사치를 원하거나 지나치게 욕심을 부리지만 않으면 문제없을 거야."

다음 왕이나 권력 쟁탈전 같은 건 아무래도 상관없다.

나는 가족과 함께 그저 평온하게 살아가기만 하면 그걸로도 만족하니까.

가족 얼굴을 떠올리다가 기세가 붙었는지, 나는 그날 안에 새로운 마도구를 완성했다.

"벌써 다 만든 거야? 정말 대단하네."

"내게는 장점이 이것밖에 없으니까. 이 마도구는 조금 기다렸다가 제출할까 생각 중이야. 시험 기동을 조금 더 해두고 싶고."

"어째서? 방금 그거면 충분하잖아."

"새로운 마도구를 너무 자주 제출하면 쓸데없이 눈총을 사게될 가능성이 있거든. 위험한 상황이 되는 게 아니면 조금 뜸을 들였다가 제출할 생각이야."

"호오, 모범생이라 그런지 이것저것 생각하는군."

마도구 발명은 그리 간단한 일이 아니다. 일반적으로는 몇 달에 하나 정도 개발하면 괜찮은 편이니 서둘러 제출할 필요는 없을 것이다.

그렇다, 뭐든지 적당한 게 제일이다.

적어도 이런 상황에 눈에 띄면서 일부러 적을 늘릴 이유도 없다.

"휴우······, 오늘은 여기까지구나. 나는 이제 집에 갈게."

"그래, 고생했어. 그런데 집에 간다니, 성에 있는 방도 좀 쓰라고. 집에 가봤자 조잡한 침대밖에 없잖아?"

"조잡한 침대에서도 충분히 잘 수 있고, 나는 가족 얼굴을 안 보면 불안하거든."

소중한 아버지와 어머니, 그리고 어린 여동생이 있어주기에 나는 열심히 노력할 수 있다.

특히 요즘은 아버지의 근무처에 문제가 생겼는지 월급이 많이 줄어버렸기에 그만큼 내가 더 벌어야만 한다. 특히 여동생은 아무런 불편함 없이 자라줬으면 좋겠다.

집으로 돌아와 따스하게 맞이해준 부모님, 여동생과 함께 식사를 한 다음, 나는 방에 있는 책상 앞에 앉아 성에서 가지고 온 종이에 새로운 마법진을 그리고 있었다.

이미 실현 가능한 신규 마법진의 기초는 머릿속에 있긴 하지만, 눈에 띄는 걸 피하기 위해 아직 마도구로 만들지 않은 게 여러 개 있다. 내가 생각해도 신기할 정도로 차례차례 새로운 마법진이 머릿속에 떠오르곤 해서 이렇게 종이에 남겨두지 않으면 잊어버릴 것 같았다.

마법진을 다 그린 다음 불을 끈 나는 성에 있는 것보다 딱딱한 침대에 누웠다.

동료가 말한 것처럼, 자기만 하는 거라면 성에 있는 침대가 더 기분 좋게 잘 수 있을 것이다.

하지만 옆으로 고개를 돌려보면 사랑스러운 가족이 있다. 이 충족감은 결코 성에서 맛볼 수 없다.

너는 우리 자랑거리라며 기쁜 듯이 말해주는 부모님과 나를 잘 따르며 미소를 보여주는 여동생.

나는 언젠가 가족 모두가 아무런 걱정 없이 살 수 있는 날이 오기를 기원하며 잠들었다.

다음 날, 언제 비가 오더라도 이상할 게 없는 구름 아래에서 나는 평소처럼 성으로 향했다.

오늘은 새로운 마도구의 시험 기동과 새로운 마법진에 적합한 시험제작품을 만들 예정이었는데, 연구 시설에 들어가보니 분위기가 확실히 이상했다.

"여어, 개발은 순조로운가? 새로운 마도구가 완성되었다는 이야기를 들었는데."

그렇구나, 우리의 고용주인 해밀튼이 있기 때문인가?

그건 그렇고, 이 남자는 이런 곳에 좀처럼 찾아오지 않는데, 대체 무슨 일이지?

"새로운 마도구라면 오늘 시험 기동을 마친 뒤에 헌상할 예정이었습니다만."

"그거 좋군. 그런데 소문을 좀 들어서 말이야. 네가 새로운 마도구에 짜넣을 수 있을 만한 마법진을 대량으로 숨겨두고 있다던데. 그걸 보여줄 수 있을까?"

"무슨 말씀이신지요?"

마법진을 그린 종이를 여기로 가지고 온 기억도 없고, 애초에 그려두었다는 걸 가족은커녕, 다른 사람에게 말한 적도 없다.

갑자기 의심을 사게 된 이유를 알 수가 없었지만, 해밀튼이 내 동료를 보는 눈초리를 통해 여러모로 짐작이 갔다.

"그래서, 있긴 하지? 고용주인 내게 비밀로 하는 건 바람직하지 못한데."

"…………."

질투 때문인지, 나를 제거하려는 생각 때문인지는 모르겠지만, 아무래도 나는 동료에게 배신당한 모양이다.

하지만, 보아하니 두 사람은 확실한 증거가 있어서 나를 다그치고 있는 게 아닌 것 같았다. 그래도 지금 함부로 둘러댔다가 우리 집을 조사하면 큰일이다.

지금은……, 솔직하게 설명해야 하나.

이 해밀튼은 신분을 가리지 않고 뛰어난 인재를 원하는 왕족 중 한 명이다.

내 동료도 나와 마찬가지로 평민이고, 어느 쪽이 더 쓸모있는지 알게 되면 그보다 나를 더 중용해 줄 것이다.

"숨겨두고 있었던 건 사죄드리겠습니다. 하지만 그것들은 기초 단계여서 아직 헌상할 수 있는 것들이 아니었습니다."

"역시 숨겨두고 있었나. 뭐, 여기에는 없는 것 같으니 있다면 네놈의 친가에 있는 건가? 미리 대처해두길 잘했군."

"대처? 설마……."

"죄인인 네가 신경 쓸 필요는 없을 텐데. 그리고 너는 생도르의 전복을 노리는 녀석들에게 마도구를 몰래 빼돌려주었다더군."

"네?!"

전혀 짐작 가는 게 없다고 해야 하나, 나는 그런 녀석들이 있다는 사실조차 몰랐다.

틀림없다. 이 녀석들은 내게 터무니없는 죄를 뒤집어씌우고 잘라내려 하고 있다.

하지만 왜 나를 고른 거지? 해밀튼이 이 동료에게 무슨 소릴 들은 거지?

"자, 잠깐만 기다려 주십시오! 저는 결코 해밀튼 님의 적이 될 생각이 없습니다! 원하신다면 앞으로도 새로운 마도구의 개발과 공적을 약속드리겠습니다. 반드시 해밀튼 님께 도움이 될 겁니다!"

"그런가? 그럼 바로 부탁 좀 하지. 부하의 실수 때문에 몰래 움직이고 있던 돈의 흐름을 파악당하게 될 상황이다. 그쪽 죄도 떠맡아주면 좋겠군."

"그런 의미로 말씀드린 게 아닙니다! 아니, 애초에 어째서 저인 겁니까? 제가 뭘……, 잘못했다는 겁니까!"

"잘못한 건 없지. 너는……, 너무 실력이 좋아."

"네?"

"너처럼 장래가 유망한 애송이는 언젠가 내 곁을 떠나거나 다른 자와 결탁해서 내 지위를 위협할 존재가 될 가능성이 있다. 그렇게 재앙의 싹이 될 만한 존재는 미리 밟아두어야만 내 마음이 편하기 때문이지."

"그런……, 이유 때문에……."

"미안하군. 하지만 네 연구 성과는 내가 이어받아 줄 테니 안심해라. 기초만 있으면 나도 어떻게든 할 수 있을 테니."

안 되겠다, 이 남자들에게는 더 이상 뭐라고 말해봤자 통하지 않는다. 적당한 죄를 뒤집어씌워지는 데다 비참하게 살해당하다니, 그런 걸 용납할 순 없어!

나는 이런 곳에서 죽을 수 없단 말이다!

"그럼 붙잡아볼까. 도망쳐 봤자 소용……."

바로 옆 책상에 '라이트'를 증폭시켜주는 시험제작품 마도구가 있다는 걸 확인한 나는 거기에 손을 대고 의도적으로 폭주하게끔 마력을 흘려 넣었다.

그 순간, 눈꺼풀을 들고 있지 못할 정도로 눈 부신 빛이 생겨났다. 나는 그 틈을 타서 방 밖으로 도망쳤다.

추격자는……, 안 오나?

성안이라면 병사들이 얼마든지……, 아니, 그런 건 나중에 생각하자.

해밀튼은 내 친가에 대처를 했다는 둥 불길한 말을 했으니까.

"허억……, 허억……, 부탁이야……, 부탁이야……."

무사히……, 무사히 있어줘!

그리고 집에 있는 마도구로 이 나라를 탈출해서 다른 대륙으로 가족들과 함께 도망쳐……서…….

"아……, 아아…….."

보이는 것은 거세게 타오르는 집 앞에 늘어서 있는 병사들과 피로 물든 검.

붉은……, 붉은……, 불꽃하고……, 피가…….

"미리 들었던 대로인데. 이 녀석, 어슬렁어슬렁 찾아왔다고."

"이렇게 허약한 녀석이 큰 죄를 저질렀단 말이지. 이봐, 꼼짝 마라. 너는 죽이지 말고 붙잡으라는 명령을 받았다고."

가족이……, 저래선……, 이제…….

"정말, 번거롭게 하는군."

"해밀튼 님! 명령대로 죄인들을 처리하고 숨겨두었던 마법진 종이 다발을 찾아냈습니다."

"호오, 예상했던 것보다 더 많잖아. 역시 너는 위험하군. 그리고 묘한 마도구로 나를 놀라게 만든 불경죄도 추가다."

아버지……, 어머니……, 머리가……, 땅바닥에…….

"처형은……, 응, 마대륙의 그걸로 결정이다. 오랜만에 유배를 보내는 거니 마지막까지 우리를 즐겁게 해달라고……, 람다."

여동생이……, 웃는……, 두 번 다시……, 두 번 다시……, 두 번……, 다시…….

"아아……, 아아아악――――――――?!"

《인간을 초월한 자들의 싸움》

—— 제노드라 ——

어떤 마물이 상대라도 공중전에서는 우리 용족의 적이 되지 못한다.

하지만……, 이렇게 규모가 큰 무리를 상대하는 건 처음이었고, 그 모든 마물들이 우리를 전혀 두려워하지 않고 날벌레처럼 달라붙었기에 짜증이 나서 견딜 수가 없었다.

『약아빠진 것들!』

브레스로 정면을 휩쓸면서 몸을 고속으로 회전시켜 근처로 모여든 마물들을 단숨에 떨쳐냈다.

주위에서 나와 마찬가지로 마물들을 해치우고 있던 메지아가 보였기에 곧바로 등을 맞대며 서로 상태를 확인했다.

『아직 싸울 수 있나?』

『흥, 당연하지. 그런데 애송이들은 꽤 힘든 모양이로군.』

아직 전투 경험이 부족한 그 세 용은 항상 한데 뭉쳐서 싸우게 하고 있긴 하지만, 보아하니 피로 때문에 움직임이 둔해진 모양이었다.

나와 메지아는 아직 충분히 싸울 수 있기 때문에 전체적인 형세가 무너지진 않을 것이다. 그러나 상황은 여전히 심각하다.

『내가 생각해도 한심하군.』

여유가 생기면 지상을 원호해줄 생각이었지만, 지금 우리는 공중의 마물을 솎아내는 것만으로도 벅찬 상황이다.

눈앞에 있는 마물을 브레스로 해치울 겸, 지상으로 날리는 방법도 있다. 하지만 그러면 지상에 있는 아군들이 휘말릴 가능성도 있기에 힘들다.

답답한 상황 때문에 무심코 불평을 늘어놓으며 마물들을 계속 해치우다 보니 갑자기 기분 나쁜 감각이 몸 전체에 퍼졌다. 나와 메지아가 동시에 어떤 방향을 돌아봤다.

『저건…….』

『크윽?! 저, 정말 터무니없는 존재로군!』

나와 메지아가 바라본 쪽에서 천천히 날아오고 있는 것은 우리와 같은 용.

아니 그것을 용이라고……, 동포라고 생각하고 싶지는 않았다.

머리가 세 개, 날개와 앞다리, 뒷다리가 여섯 개씩. 여러 동포의 시체를 억지로 이어붙여서 만들었기에 이질적인 형태를 띄고 있는 그 모습.

그렇군, 저게 시리우스에게 들었던…….

『사람의 손으로 만들어진 괴물 용……인가.』

『불쾌하군! 동포를 저런 모습으로 만들다니, 절대로 용서 못한다!』

시체를 장난감처럼 다룬 것도 분노가 치솟지만, 이미 목숨을 잃었다고는 해도 저렇게 처참한 꼴을 계속 드러내고 있는 동포가 가엾어서 견딜 수가 없다.

『메지아, 바로 끝내자!』

『당연하지!』

적어도 우리 손으로 넋을 달래주자. 나와 메지아는 그런 생각으로 동시에 브레스를 날렸다.

아직 거리가 멀긴 하지만, 최대한 마력을 수렴시킨 브레스가 많은 마물들을 휩쓸며 하늘을 갈랐고, 그 녀석의 육체에 커다란 구멍을 두 개 뚫었다.

치명상이 될 만한 일격을 두 방이나 맞았다. 그대로 지상을 향해 낙하해서 동포들도 해방될 줄 알았지만…….

『그걸 맞고도 떨어지지 않다니!』

『역시 간단히 끝낼 순 없는 모양이로군.』

낙하하긴커녕 상처가 곧바로 아물기 시작했고, 녀석은 아무런 일도 없었다는 듯이 계속 날고 있다.

그리고 그 너머에서 형태가 이질적인 용이 두 마리 더 나타났다. 아무래도 우리가 저 세 마리를 동시에 상대해야만 할 것 같다.

『제노드라 님!』

『저희도!』

『가세하겠습니다!』

『아니 된다! 너희는 마물을 줄이는 것에만 전념하거라!』

젊은이들에게는 무거운 짐이기도 하고, 함께 싸우다 보면 마물들을 솎아내는 효율이 떨어지게 된다.

그런 이유로 가세하려던 세 용을 막은 나는 이쪽으로 다가오는 이질적인 형태의 용들을 바라보며 상황을 정리하고 대책을 짜냈다.

『저것에게는 육체를 조종하기 위한 매개체……, 시리우스가 핵이라고 했던 물건이 있을 거다. 다가가서 어떻게든 그것을 찾아내 직접 부술 수밖에 없겠지.』

『그러니까 근접전을 벌이자는 건가? 바라던 바다!』

『……메지아, 너무 기합이 바짝 들어간 것 아닌가? 우리도 여유로운 상황은 아니다. 좀 더 냉정해져라.』

『굳이 걱정하지 않더라도 판단을 잘못 내리진 않을 거다. 나는……, 반드시 살아서 돌아가야만 하니까!』

우리 용족과 같은 피가 흐르는 히나라는 소녀.

여러모로 사연이 있는 데다 많은 문제를 떠안고 있는 소녀지만, 메지아에게는 한 줄기 희망 같은 존재이기도 했다.

동족을 배신한 형을 완전히 증오하지 못하고, 그 오명을 떨쳐내는 것만을 생각하며 서투르게 살아온 남자가 진심으로 지키고 싶다는 마음을 품은 존재인 것이다.

『저것을 내버려 두면 뒤쪽에 있는 히나 일행을 해칠지도 모른다. 여기서 확실하게 막아내야만 하지!』

『홋, 쓸데없는 걱정이었나. 좋아, 그럼 가까운 쪽부터 속공을 가해 재빠르게 끝내지. 저것 세 마리를 동시에 상대하는 건 솔직히 우리도 위험하다.』

『그래!』

체격이 더 큰 것뿐만 아니라 말 그대로 머리나 다리 개수도 더 많고, 의지가 없다면 공포 때문에 공격이 느슨해질 일도 없는 존재다.

용족의 전사인 나와 메지아도 쉽게는……, 아니, 어쩌면 각오를 다지게 될 전투일지도 모른다.

그럼에도 불구하고……, 절대로 물러날 수는 없다.

친구를 위해서, 동족을 위해서, 그리고 우리 용족으로서의 긍지를 지키기 위해서, 나는 메지아와 함께 이질적인 형태의 용들과 맞서 싸우게 되었다.

―― 리펠 ――

"적당히 좀 해! 네가 먼저 쓰러질 거라고!"

"……괜찮아. 나는 아직, 괜찮으니까……."

생도르 성 아랫마을을 지켜주는 방벽 앞.

그곳에 있는 자그마한 수돗가 앞에서 기도하듯 두 손을 모은 채 무릎을 꿇고 있던 리스는 안에 있기만 해도 상처가 치유되는 안개를 넓은 범위로 계속 만들어내고 있었다.

그 마법으로 인해 후송된 부상자가 곧바로 전선으로 돌아갈 수 있게 되었기에 리스가 부대 전체를 크게 지탱하고 있다는 건 분명하다.

하지만 이 애는 전투가 시작된 이후로 계속 마법을 쓰고 있다.

아무리 정령의 도움을 받고 있다 해도 이렇게 오랫동안 마법을 계속 썼으니 부담이 정말 클 텐데.

게다가 조금 전에는 전장 깊숙한 곳에서 싸우고 있던 에밀리아를 원호하기 위해 거대한 물 골렘까지 만들었다.

이대로 가다간 마력 결핍 때문에 기절, 자칫하면 목숨조차 위험해질지 모른다. 그래서 나는 리스의 얼굴을 두 손으로 감싸고 이쪽으로 돌려서 억지로 마법을 멈추게 했다.

"괜찮은 것처럼 안 보이니까 그러지. 됐으니까 조금 쉬어!"

"그래도 부상자가 아직 후송되고 있는데……."

"너 혼자서 뭐든지 다 하려고 하지 말고! 봐, 이렇게 몸이 차가워졌잖니."

물의 정령과 함께 지내서 그런지 추위에 강한 애라 해도 몸이 계속 차가워지는 건 바람직하지 않을 게 분명하다.

나는 조금이라도 몸을 데워주기 위해 리스 뒤쪽에서 몸을 감싸고 끌어안으면서 근처에 있던 카렌과 히나에게 말을 걸었다.

"카렌하고 히나도 이리 오렴. 다 같이 리스의 몸을 데워주자!"

"네에~!"

"……응."

마지막에 세니아에게 준비해달라고 한 모포로 우리 넷을 감싸자 리스가 편안하다는 듯이 숨을 내쉬었다.

"아……, 그렇구나……, 나, 이렇게나……."

"네가 그만큼 집중하고 있었던 거야. 그러니까 조금이라도 쉬렴. 무슨 일이 생기면 우리가 깨워줄 테니까."

"그……래. 그럼……, 조금만……."

리스는 말을 끝까지 하기도 전에 기절하듯이 잠들어 버렸다.

그동안에도 부상자가 차례차례 실려 왔지만, 잠깐이라면 다른 치유 마법 사용자들이 어떻게든 할 수 있을 거다.

그렇다면 지금 우리가 해야 할 일을 하자. 나는 그렇게 생각하고 근처에서 계속 경계하고 있던 세니아와 멜트에게 지시를 내렸다.

"세니아, 멜트. 지금부터 이쪽으로 함부로 다가오는 상대는 아군이라 해도 제거해. 판단은 각자에게 맡길게."

""네!""

적은 교활하기에 회복 수단을 없애기 위해 리스를 노릴 가능성이 충분히 있다. 그렇기 때문에 경계를 강화하는 건 당연하지만, 나는 마물들뿐만이 아니라 아군 쪽도 신경을 쓰고 있었다.

왜냐하면, 이런 상황을 틈타서 리스를 노리는 자가 있더라도 이상할 게 없기 때문이다.

확실히 말해서, 지금까지 많은 병사들을 구해준 이 애는 눈에 꽤 많이 띈다.

뛰어난 능력을 지닌 자를 곁에 두고 싶어 하는 귀족들은 많고, 머리가 좋은 사람은 정령의 힘을 빌릴 수 있는 존재라는 걸 눈치채고 지금처럼 혼란스러운 상황을 틈타 리스를 납치하려 들지도 모른다.

너무 지나친 생각일지도 모르겠지만, 언젠가 엘류시온을 다스리게 될 자로서 최악의 상황을 예상해 두어야만 한다. 무엇보다 귀여운 내 리스를 지키기 위해서라면 이 정도는 당연하지. 원래는 내 친위대를 모두 동원해서 지키더라도 부족할 정도니까.

내가 몸을 기대는 리스의 무게를 느끼며 주위를 경계하고 있자니 조금이라도 체온을 올려주기 위해 온몸에 힘을 주고 있던 카렌이 내게 물었다.

"끄응……, 휴우. 있지, 리페 언니. 이 야단은 언제 끝나?"

"안타깝게도 그건 나도 모르겠어. 얼른 끝나주면 좋겠는데 말이지."

가끔씩 들어오는 보고에 따르면 어느 정도 무너진 부대가 있긴 하지만, 어떻게든 전체적인 진형을 유지하며 계속 전진하고 있는 모양이었다.

그리고 우선적인 목적이었던 루카와 히르간을 격파하는 건 성공한 듯했다. 양익에 배치되었던 그 아이들은 적의 총대장이기도 한 람다를 노리기 위해 그대로 중앙 깊숙이 나아가고 있다고 한다.

하지만 현재, 적진 깊숙한 곳에는 책에서도 본 적이 없을 정도로 터무니없는 것이 나타나 있었다.

"정말 거대한 나무구나. 저게 적의 비장의 수 중 하나일까?"

"리펠 님. 전장에서 들린 목소리에 따르면 현재 저 나무를 상대로 시리우스 님께서 홀로 싸우고 계신다고 합니다."

"혼자서?! 원호는……, 아니, 호쿠토는 어쩌고?"

"호쿠토 님께서는 여전히 적진을 돌아다니며 교란하고 계십니다. 제 예상이긴 합니다만, 아마 시리우스 님께서는 혼자서라도 싸워야만 하는 상대라 판단하신 거겠지요."

전장에 갑작스럽게 나타나 산처럼 높고 거대하게 솟구친 나무.

틀림없이 식물을 다루는 람다가 만들어낸 존재인 그것은 이 전장에서 최후방에 있는 우리들도 확실하게 알아볼 수 있을 정도로 거대했다.

저렇게 거대하면 전선뿐만이 아니라 우리에게까지 공격이 닿더라도 이상할 게 없다. 그렇기 때문에 시리우스는 적의 눈길이 자신에게 쏠리게끔 전력을 갖출 틈도 없이 공격한 것이리라.

리스 말고 아이들도 피난시켜야 할까. 그렇게 고민하던 와중에 귀를 기울이고 있던 세니아가 다른 정보를 가르쳐 주었다.

"……시리우스 님을 원호하기 위해 에밀리아와 레우스 같은 사람들이 가고 있습니다만, 그들도 꽤 지친 것 같군요. 하지만 강검 라이오르 님께서는 여전히 건재하신 모양입니다."

"그래. 그들이 늦지 않게 도착한다면 아직 승산은 충분히 있겠네."

시리우스의 실력을 의심하는 건 아니지만, 이번 적과 혼자서 싸우는 건 너무나도 무모해 보인다.

하지만 그 애들과 비교하면 알고 지낸 기간이 짧긴 해도, 시리우스가 아무런 대책도 없이 계속 싸울 남자가 아니라는 건 알고 있다.

분명 어떤 작전이 있거나 적을 막아두는 역할에 전념하면서 버티다가 아군과 합류해서 반격할 기회를 노리고 있을 게 틀림없다.

어찌 됐든 우리는 그 아이들을 믿고 기다리는 것밖에 못 하지만, 이쪽 또한 방심할 수 있는 상황이 아니었다.

"공주님! 경계하시길!"

전선 부대의 틈새를 뚫고 온 마물이 이쪽을 노리고 있는 모양이네.

마물이 그렇게까지 많지 않아서 주위에 있는 호위 병사들로도 대처가 가능하겠지만, 전선을 뚫고 여기까지 공격한다는 상황 자체가 위험하다.

하늘에서 계속 싸우고 있는 용족들도 거대한 괴물 용 때문에 버거워하고 있는 모양이고, 확실하게 말해 우리는 궁지에 처한 상황이다.

이대로 전황이 안 좋은 쪽으로 계속 기운다면 나는 여동생과 아이들을 지키기 위해 온 힘을 다해 이 나라를 탈출할 생각이다. 만약 전선에서 싸우고 있는 시리우스 일행을 두고 가게 된다 해도 나는 망설일 생각이 없다. 그 아이들도 그렇게 하는 걸 원할 테고, 무엇보다 내게는 내 목숨과 비슷할 정도로 지켜야 할 존재가 있으니까.

"시간이 별로 없어. 서두르렴……, 너희들."

─── 시리우스 ───

수많은 넝쿨이 한데 모여 마치 창처럼 날아들었다. 촉수를 피하며 날린 '매그넘'은 줄기에 돋아난 람다에게 명중했다.

이마, 목, 심장, 세 군데가 동시에 명중했기에 사람이라면 확실하게 해치웠을 공격이었지만, 역시 효과가 있는 것 같지는 않았다. 게다가 마력의 탄환으로 뚫린 구멍이 곧바로 아물어버렸고, 시원스러운 미소를 짓는 람다는 보답이라는 듯이 다시 촉수를 날렸다.

『여전히 신기한 마법이로군요. 하지만 제게는 아무런 의미도 없습니다.』

탄환에 뚫린 구멍의 크기, 깊이로 보아 위력은 반감됐다······ 그렇게 여겨야 하나?

재생 속도도 지금까지 싸워왔던 적들보다 빠르고, 같은 구멍에 탄환을 연달아 때려 넣는 원홀 샷을 노리려 해도 재생 속도가 빨라서 효과가 별로 없을 것 같다. 몸집도 거대해서 '매그넘'으로는 완전히 역부족인가.

조금이나마 적을 분석하며 숫자가 늘어난 촉수 창을 피하기 위해 옆으로 크게 뛰었지만, 촉수는 당연하다는 듯이 추적해 왔다. 그걸 '매그넘'으로 요격. 촉수 쪽은 부드러워서 '매그넘'으로도 날려버릴 수 있긴 하지만, 숫자가 너무 많아서 끝이 없다.

"요격!"

『알았어!』

그래서 나와 '스트링'으로 이어져 있는 성수제 나이프······, 스승님에게 요격을 부탁했다.

자유자재로 움직일 수 있다고는 해도 나이프 한 자루로 어떻게 해볼 만한 숫자가 아니었지만, 스승님은 여러모로 규격에서 벗어난 존재다. 말도 안 되는 움직임으로 촉수를 대부분 잘라내며 잠깐이나마 내게 공격을 날릴 만한 여유를 만들어 주었다.

『아무리 저항해봤자 소용없습니다. 제 팔은 한없이 늘어……, 크윽?!』

그 한순간의 틈을 노려 날린 '안티 머티리얼'은 나무에서 돋아나 있던 람다의 육체 부분을 완전히 날려버렸다.

하지만 나무 전체로 따지면 작은 구멍에 불과하고, 잘 살펴보니 바위조차 가볍게 뚫을 수 있는 '안티 머티리얼'로도 관통하지는 못한 것 같았다.

그래도 중심까지는 닿은 것 같은데, 관통에 특화된 마력 탄환으로도 이 정도 위력이라면…….

"탄환의 마력이 흡수되고 있는 건가?"

저 녀석은 마물을 먹는 것뿐만이 아니라, 닿은 존재로부터 마력을 흡수하는 건가?

다시 말해 아무리 위력이 강하더라도, 관통력이 있더라도, 마력 탄환은 중간에 사라져버리는 거군. 구멍이 나는 걸 보니 전혀 효과가 없는 건 아니지만, 확실하게 말해 내 마법과는 상성이 꽤 안 좋다.

지금 같은 경우는 산조차 베는 영감님의 검이 더 나을지도 모르겠지만 영감님이 여기까지 오려면 시간이 좀 더 걸릴 것 같다.

『……그렇게 강한 기술을 쉽사리 날려도 되는 겁니까? 싸움은 이제 막 시작된 참인데요?』

『아끼다가 날리지 못하게 될 걸 우려한 건가요? 아니면 강한 기술이 또 있는 겁니까?』

『후후, 대체 정답이 뭘까요?』

예상했던 대로라고 해야 하나, 보란 듯이 드러내고 있던 람다의 몸 부분은 약점이 아니었고, 날아가 버린 부분이 아무 일도 없었다는 듯이 원래대로 돌아와 있었다.

나를 놀리는 듯한 말과 동시에 나무 전체 이곳저곳에서 람다의 몸이 돋아나기 시작했다. 람다의 몸은 세 개로 늘어난 상태였다.

내가 대답할 때까지 기다려주는 여유를 보이고 있었기에, 이게 대답이라는 듯이 그 몸 전부에 '매그넘'을 세 발씩 때려 넣어주었다.

『조준은 전부 정확합니다만.』

『제게는 통하지 않습니다.』

『믿기지 않는다면 좀 더 시험해보시겠습니까?』

『하는 김에 표적을 늘려드리죠.』

『자……, 어떻게 하시겠습니까?』

효과는커녕, 육체가 더 돋아나서 람다가 다섯으로 늘어났다.

람다가 자기 자신과 완전히 동일한 존재……, 자신의 클론 같은 자를 만들어냈다는 건 알고 있었다. 저렇게 각자 이야기를 하는 걸 보니 저 나무에는 람다의 클론이 적어도 다섯은 있을 것이다. 다시 말해 저 거대한 나무에는 급소가 될 만한 핵이 여러 개 존재한다고 생각해야 한다.

물론, 그 밖의 여러 가능성도 머릿속 한구석에 남겨두고 얻은 정보를 정리해 나갔다.

"저게 급소가 아니라면……, 역시 녀석의 핵이 전체 중 어딘가에 있는 건데……."

일단, 지금 시점에서 알아낸 걸 시험해 보자.

여러 개 존재하는 것 같은 람다의 급소……, 핵이 저 거대한 나무 내부 어딘가에 있을 텐데, 당연히 핵을 한군데에 모아둘 것 같지는 않으니 그 위치를 알아내는 것부터 시작해야만 한다.

좀 더 공격을 가해서 반응을 살펴보고 싶긴 하지만, 스승님이 촉수를 막아내는 것도 한계였기에 나는 한동안 날아드는 촉수를 피하는 것에만 전념했다.

일단 멈추지 않고 최소한의 움직임으로 계속 피하는 와중에 갑자기 촉수의 움직임에 변화가 생겨, 피하지 못하고 왼팔에 작은 상처가 생겼다.

"역시 변화를 주는군."

『저번에도 말씀드렸지만, 저는 한 명이 아니라 여럿입니다.』

『그 전부가 각자 사고하며 당신 한 명을 노리죠.』

『빈틈이 생기면……, 보세요, 거깁니다.』

람다가 의미심장한 말을 하며 노린 것은 내가 아니라 스승님이었다.

성수의 조각인 나이프를 붙잡기 위해 수많은 촉수가 날아들었고, 그야말로 숫자의 폭력으로 스승님을 완전히 감쌌다.

『흥, 애송이. 내게 간섭하려면 수백 년은 이르다고!』

하지만, 나이프에 닿은 것과 동시에 촉수가 차례차례 터져나갔고, 스승님은 힘의 차이를 보여주겠다는 듯이 나머지 촉수를 잘게 썰어버린 다음 내 근처로 돌아왔다.

그 압도적인 힘에 람다도 그제야 동요로 보이는 감정을 드러냈다.

『크윽?! 역시 간단히 당하진 않는 겁니까.』

『조각이라고는 해도 역시 성수로군요.』

『하지만, 초조해할 필요는 없습니다.』

『네, 이어져 있으니 그 근원을 없애버리면 어떻게든…….』

곧바로 냉정함을 되찾고 스승님과 이어져 있는 나를 다시 표적으로 삼은 건지, 더욱 숫자를 늘린 촉수 끄트머리가 일제히 이쪽으로 향했다.

최소한 다섯 명이 각자 사고하면서 자유자재로 수많은 촉수를 움직일 수 있다는 건가.

마치 거대 괴수처럼 크고, 여전히 제대로 약점을 발견하지 못한 상황인 데다 내 마법과는 상성이 안 좋다.

전장 어디선가에서 싸우고 있을 제자들을 방해하지 못하게 하기 위해 먼저 공격하긴 했지만 상상 이상으로 골치 아픈 상대다.

여유를 부리는 건지, 아니면 경계하고 있는 건지, 촉수 끄트머리를 이쪽으로 향한 채 상황을 살펴보고 있던 람다에게 나는 머릿속의 스위치를 전환하며 마석으로 만든 수제 카드를 꺼냈다.

아마 결판이 나기 전까지 저 녀석과 느긋하게 이야기를 하는 건 이번이 마지막일 것이다.

"외모는 이미 마물은커녕 그냥 괴물이긴 하지만, 네가 정말 강한 존재라는 건 틀림없군."

『그 생도르의 공주에게도 말했을 텐데요?』

『저는……, 진화한 존재라고요!』

『그리고 당신은 이렇게까지 제 계획을 헤집어놓은 책임을 져 주셔야겠습니다.』

『다른 마물들과 함께 제 양분이 되십시오.』

이제는 자기가 궁극의 존재라고 떠들어대는 것 같은 낌새인데, 저 모습을 보니 말도 안 된다며 웃어넘길 수도 없을 것 같다.

저 수많은 촉수 말고도 다른 책략이나 비장의 수가 있을 것 같은데…….

"세게 나오는 건 좋긴 한데, 그런 말은 나를 완전히 죽이고 나서 하시지. 그리고 상대의 능력, 수법을 모르는 건 너도 마찬가지잖아."

『아, 그렇긴 하지요.』

『그럼 보여주시죠.』

『겨우 남자 한 명이 압도적인 물량과 재생 상대로 얼마나 저항할 수 있을지.』

그 말이 끝나자 주위에 있던 촉수들이 일제히 날아들었다.

내 몸이 통과할 만한 틈새는 전혀 없었다. 그리고 완전히 포위당한 지금 상황에서, 능력을 아껴둘 이유 또한 없었다.

마석 카드로 만들어낸 마법의 발동체.

스스로 움직이는 스승님의 나이프.

그리고, 비장의 수는 한 가지 더…….

"'PAS'……, 발동."

나는 람다 같은 강적에 대비해 개발했던 결전 마법을 발동시켰다.

『ㅠ으음?!ㅛ』

그 순간, 내가 뿜어내는 분위기에 큰 변화가 생긴 것을 눈치챈 모양인지 상황을 살펴보고 있던 람다가 일제히 촉수를 움직였다.

『겉으로 보기에는 달라진 게 없습니다만…….』

『네. 하지만 이 포위에서 어떻게 벗어나실 겁니까?』

『어찌 됐든, 공격당하기 전에 해치우면 되는 거지요.』

앞뒤 좌우뿐만이 아니라 하늘 위와 땅속에서도 날아드는 촉수 창……, 아니, 이제는 벽이 된 촉수들을…….

"꿰뚫는다!"

그야말로 힘으로, 정면으로 돌파했다.

『어리석군. 그걸 뚫을 수……, 뭐?!』

그냥 뚫기만 하는 거면 '안티 머티리얼'로 구멍을 뚫고 그곳을 통해 빠져나오면 될 것이다.

하지만 나는 마법을 날리지도 않고 그저 앞으로 뛰쳐나가서, 날아든 촉수가 몸을 때리는 것도 아랑곳하지 않고 억지로 헤쳐 나온 것이다.

쓸데없이 상처만 늘리는 위험한 행동이라고 어이없어하던 람다도 촉수의 벽을 돌파한 내가 멀쩡한 걸 보고 놀라움을 감출 수 없었던 모양이다.

『피했나? 아니, 확실하게 맞았는데.』

『전부 사람의 살 정도는 가볍게 도려낼 수 있는 공격이었을 터.』

『설마……, 튕겨냈나? 하지만 그런 방어구는…….』

동요하면서도 사고를 멈추지는 않았는지, 벽을 뚫은 나를 놓치지 않겠다며 촉수가 크게 돌았다. 나는 좀 전과 마찬가지로 다시 포위당해 버렸다.

도망칠 곳이 없어지자 이번에는 전방위에서 날아든 공격과 함께 촉수를 한데 엮어 만든 채찍이 나를 덮쳤지만, 나는 그 촉수 채찍을 주먹으로 쳐서 튕겨냈다.

질량도 무게도 나보다 더 나가는 촉수를 아무렇지도 않게 받아치고, 주위의 촉수에게 공격당하고도 멀쩡한 내 모습을 람다가 냉정하게 관찰하고 있었다.

『어떻게 된 겁니까?』

『있을 수 없는 일이야. 사람의 몸으로 그 정도의 힘을?』

『어떤 마법이라는 건 틀림없겠습니다만…….』

상대방이 생각하는 동안에도 나는 '매그넘'을 나무에 때려 넣으며 '에어 스텝'으로 공중을 박차서 추적해 오는 촉수를 피했다.

공중으로 올라가면 아래쪽을 경계할 필요가 있긴 하지만, 지상에서는 지면에 가려 보이지 않는 위치에서 날아드는 촉수에 반응하는 게 늦어지기 때문에 지금은 최대한 공중에서 싸우는 게 낫다.

예상했던 대로 다시 촉수 포위망이 펼쳐졌으나 나는 좀 전과 마찬가지로 정면으로 대놓고 부딪혀서 빠져나왔다.

이걸로 포위 공격은 세 번째다. 람다 같은 상대라면 두 번 실패한 시점에서 다른 수단을 사용할 만도 한데, 지금은 내 능력을 알아내기 위해 똑같은 공격을 반복하고 있는 모양이다.

언젠가는 눈치채겠지만, 공교롭게도 이 비장의 수는 아직 제대로 쓴 게 아니다.

이미 대단한 능력을 발휘하고 있는 것처럼 보여도, 실제로는 막대한 마력을 정밀하게 조정해야만 하기 때문에 전개하려면 시간이 조금 필요하다.

"마력 공급……, 고정화……."

그리고 지금 내가 하고 있는 건, 간단히 말하자면 전생에서 개발된 특수 장비를 마력으로 재현하는 것이다.

만약 마력을 가시화할 수 있다면 지금 나는 다양한 기계가 내장된 전신 갑옷……, 아니, 몸 전체를 딱 맞게 감싸며 다양한 장갑판으로 두른 강화 슈트를 장착한 것처럼 보일 것이다.

"인공관절……, 가동 영역……."

슈트에는 인체의 골격, 각각의 근육에 맞는 보조용 기계와 관절이 잔뜩 갖춰져 있어서 장비한 사람의 신체능력을 몇 배로 키워준다. 그리고 경화기 정도라면 가볍게 막아낼 수 있는 방어력을 얻는 데다 전체적으로 둥그스름한 표면 장갑 덕분에 총알조차 흘려보낼 수 있다.

정식 명칭은 '파워 어시스트 슈트'.

통칭 'PAS'라 불리던 전생의 특수 병장을 재현함으로써 나는 촉수의 벽을 정면으로 뚫고도 상처를 입지 않았던 것이다.

『이해할 수가 없습니다. 하지만…….』

『네, 그저 냉정하게 대처하면 되는 겁니다.』

『이대로 계속 몰아붙이도록 하지요.』

하지만, 관절처럼 약한 부분을 집중적으로 노리면 위험하기 때문에 모든 공격을 받아내는 건 피해야 한다.

피할 공격과 막을 공격을 구분하고, 공중을 자유자재로 날아다니면서 수많은 촉수를 계속 피했다. 그러자 람다 또한 사고를 전환해서 공격을 변화시키며 몰아붙이기 시작했다.

『역시, 제 생각이 맞았군요.』

『바뀐 건 방어 쪽뿐인 것 같네요.』

『그래선 영원히 이길 수가 없는데요?』

역시 여러 명의 사고에 모두가 자유자재로 다룰 수 있는 촉수까지 수없이 많으니 내가 불리한가.

피하면서 '매그넘'과 '샷건'을 여러 발 날렸지만, 역시 효과가 있는 것 같지는 않았다.

거대한 나무 괴물이 된 녀석에게 정면이라는 게 있을지는 모른다. 그럼에도 공격하면서 측면으로 파고든 그 순간, 이번에는 촉수가 그물처럼 변해 나를 붙잡으려 했다.

크기도 큰 데다 몇 겹이나 준비된 그물이다. 역시 저건 돌파하기 힘들 것 같다……. 그러나 아무래도 이쪽 준비가 먼저 끝난 모양이다.

"마력 전달……, 전 공정 완료. 'PAS' 제한 해제."

시간을 들여서 세밀하게 조정해 겨우 완전체가 된 마력 강화 슈트를 전개시켰다. 내 움직임이 더욱 변화했다.

마치 제트 엔진이 탑재된 것처럼 두 배 가까이 치솟은 속도, 단숨에 최고 속도에 도달하는 급가속력, 벽에 부딪힌 듯한 급정

지까지 활용해, 인간 같지 않은 움직임으로 촉수 그물의 포위망을 빠져나온 것이다.

지금 나는 사람의 몸으로는 결코 도전해서는 안 될 영역의 가속에 이른 상태였다.

아무리 '부스트'로 육체를 강화하더라도 이대로는 부하 때문에 근육이나 뼈뿐만이 아니라 내장조차 뭉개져서 목숨을 잃게 될 것이다.

그것이 사람의 몸인 이상 아무리 애를 쓰더라도 넘어설 수 없는 한계……, 벽이다.

하지만 나는 그 한계의 벽을, 총알도 튕겨내는 방어력에 더해 가속으로 인한 부하마저 대폭으로 흡수, 경감시킬 수 있는 'PAS'로 뛰어넘었다. 신체를 강화해주는 '부스트'와도 시너지 효과가 있기에 지금 나는 적어도 인간이 단독으로 낼 수 있는 세계 최고 속도를 내고 있을 것이다.

그 이후로도 추적해 오는 촉수와 미리 예상한 듯한 그물의 함정이 날아들곤 했지만, 인간의 영역을 벗어난 가속과 '에어 스텝', 촉수를 발판으로 삼는 자유자재의 움직임으로 계속 피했다.

지금, 다른 사람 눈에는 내 마력 슈트에서 약간 새어나간 마력의 잔향으로 생긴 빛이나 잔상이 공중에 나타난 기하학적 무늬처럼 보일지도 모르겠다.

『저렇게 좁은 틈을 파고드나요?』

『그렇군요, 혼자 덤벼들 만도 합니다.』

람다가 사람의 몸을 버리고 괴물의 힘을 얻었다면, 나는 사람의 한계를 뛰어넘은 힘으로 싸운다.

상대가 아무리 거대해지거나 인원을 늘려서 사고하고 공격 횟수를 늘린다 해도, 그것을 뛰어넘는 속도로 피해버리면 되는 것이다.

척 보기에 나는 선전하고 있긴 하지만, 이쪽이 압도적으로 불리한 건 여전히 마찬가지다. 확실히 말해서 여유 같은 건 조금도 없었다. 람다도 그 사실을 이해하고 있는지 아무리 내가 공격을 피해도 냉정하게 공격을 꾸준히 거듭하고 있었다.

『좀 전부터 정말 이리저리 움직이는군요.』

『뒤를 잡으려 해도 소용없습니다.』

『제게 등 뒤라는 개념은 없으니까요.』

그렇게 촉수를 피하며 람다의 측면으로 돌아가 공격을 몇 번 가한 다음 뒤쪽으로 이동했을 때, 마력 형성이 충분하지 못했던 '에어 스텝' 때문에 발판이 약해져서 한순간 내 움직임이 흐트러졌다.

그 틈을 놓치지 않고 몰려든 촉수를 주위에서 날아다니던 스승님이 막아주었다.

"윽……, 덕분에 살았네."

『흥, 방심했구나.』

방금은 정말로 위험했다. 공격뿐만이 아니라 'PAS'를 유지하기 위해 겨우 몇 분 사이에 마력이 고갈됐다 회복하기를 몇 번이나 반복하고 있다. 그 때문인지 체력과 정신력이 엄청난 기세로 깎여나갔고, 몇 번이나 의식을 잃을 뻔했다.

'PAS'가 있는 상황에서도 몸에 부담이 심해서 온몸이 비명을 지르고 있긴 하지만, 하소연하고 있을 여유는 없다.

어금니를 악물고 몸 전체의 통증을 견뎌내며 '매그넘'을 몇 발 더 때려 넣자 수상쩍게 여기기 시작한 람다가 공격을 늦추지 않으면서도 말을 걸었다.

『좀 전부터 눈물 나는 공격만 하는데, 무슨 꿍꿍이인가요?』

『그렇군요, 마력으로 특수한 갑옷을 만든 거군요. 흥미롭네요.』

『그리고 그 움직임은 어떤 작전 같은 겁니까? 하지만 사람의 몸으로 그 힘을 얼마나 유지할 수 있을까요?』

저쪽에서 보기에는 무의미에 가까운 공격을 우직하게 반복하고 있는 거나 마찬가지다. 어지간한 바보가 아닌 이상, 어떤 작전일 거라 생각할 것이다.

게다가 상대는 지식으로 정점에 도달한 자이기도 하기 때문에 어쩌면 이미 내가 하려고 하는 행동을 이미 짐작하고 있을지도 모른다.

그렇다면 이미 끝장이긴 하지만, 이제 와서 멈출 생각은 없다.

나는 입속에 퍼지는 비린 맛을 느끼며 이미 폭풍이라고 할 만한 기세를 보이는 촉수 속에서 필사적으로 계속 저항했다.

——— 레우스 ———

"물러나라! 레우스! 네가 앞으로 나갈 필요는 없다!"

"나는 괜찮아! 그것보다 어서 가지 않으면 할아버지를 못 따라잡는다고!"

강적이었던 히르간을 쓰러뜨린 다음, 우리는 적진 깊숙한 곳에 갑작스럽게 나타난 거대 나무 아래……, 형님이 싸우고 있는 곳으로 가고 있었다.

루카를 쓰러뜨린 누나와도 합류해서 전혀 줄어들 기세가 보이지 않는 마물들로 가득 찬 전장을 계속 달리고 있는데, 아무래도 마음이 급해져서 자연스럽게 앞으로 나가버린다.

"부탁이니까 더 이상 무리하지 말아다오. 길을 만드는 건 다른 사람들에게 맡기고."

"맞아, 맞아. 나도 그렇고 여기 있는 왕녀님도 참고 있으니까 너도 좀 얌전히 있으라고."

"후후, 나는 레우스가 뜨거워졌기에 냉정해진 것뿐이다."

"정말. 됐으니까 어서 물러나세요, 레우스. 여러분, 동생이 차분하지 못해 죄송합니다."

"에밀리아 씨는 잘못한 게 없어요. 아무튼 지금은 저보다 앞으로 나가지 말아주세요."

젠장……, 누나가 그렇게 말하니 얌전히 물러날 수밖에 없지.

그래도 말이야, 이번에는 강검 할아버지가 잘못한 거잖아. 좀 전까지 우리 조금 앞쪽에서 검을 휘두르고 있었으면서 갑자기 우리를 두고 혼자 먼저 가버렸으니까.

내가 불평하면서도 뒤쪽으로 물러난 다음, 선두에서 마물들을 해치우는 줄리아의 친위대 뒤에서 얌전히 나아가고 있자니 항상 전장 전체를 보고 있던 알이 중얼거렸다.

"강검님은 아직 보이지 않아. 어디까지 먼저 간 거지?"

"아니, 말을 타고 있는 우리보다 빠른 이유가 뭐야? 몇 번이나 했던 말이긴 한데 말이야, 그 영감님은 대체 어떻게 되어먹은 건데?"

"훗, 강검님은 이미 저 나무에 도착하셔서 람다를 상대로 검을 휘두르고 계실지도 모르겠군."

"할아버지께서 시리우스님과 합류하셨다면 누가 상대라도 적이 되지 못하겠죠. 하지만……."

"그래! 우리도 뭔가 할 수 있는 게 있을 거야."

아직 기운이 넘치는 할아버지와는 달리 우리는 만신창이가 되었지만, 아직 형님을 원호해주는 것 정도는 할 수 있을 것이다.

우리는 아픈 몸으로 계속 말을 타고 달렸다. 올려다봐도 나무 꼭대기가 보이지 않을 정도로 다가갔을 때, 거기에는 예상에서 벗어난 광경이 펼쳐져 있었다.

마치 더 이상 들어오지 말라는 듯이, 저 나무를 둘러싸는 듯이 거대한 뿌리가 수없이 울타리처럼 돋아나 있었던 것이다.

틈새 같은 것은 거의 없고, 때때로 거기서 새로운 뿌리가 뻗어나와 근처에 있던 마물을 습격하고 있었다.

뿌리에 꿰뚫린 마물은 피나 체액을 빨렸는지 눈 깜짝할 새에 말라 비틀어져서 뼈와 가죽만……, 아니, 뿌리에 감싸여서 몸 전체가 먹힌 모양이었다.

마물을 먹어서 영양분으로 삼고 있다는 걸 이해한 순간, 울타리 같은 뿌리 앞에 있는 강검 할아버지를 발견했다.

할아버지도 우리가 온 걸 눈치챈 모양인데, 뭔가 분위기가 이상하네.

"흥, 이제야 온 게냐."

"이제야라니, 할아버지야말로 뭐 하고 있는 건데!"

형님과 함께 검을 휘두르고 있을 줄 알았는데, 어째서 이런 곳에서 멍하니 서 있는 거냐고.

이런 곳에서 있으면 위험할 것 같지만 뿌리 쪽으로 다가가지만 않으면 공격당하지 않는 모양이다. 주위에 있던 마물들은 전부 잡아먹혀 버린 듯, 적진 한복판인데도 불구하고 할아버지는 어깨에 검을 걸치고 느긋하게 서 있었다. 정말 엄청난 광경이다.

아니, 대체 왜 그러는 건데. 설마 지친 건가?

그래도 보아하니 그런 느낌은 아니고, 질린 것도 아닌 것 같다. 다들 나와 비슷한 심정인지 그런 할아버지를 보며 고개를 갸웃거리고 있다.

"혹시 강검님께서는 저희와 합류하기 위해 기다려주신 겁니까?"

"무슨 말을 하는 게냐. 애송이들을 기다려줄 만큼 나는 한가하지 않다."

"그럼 영감님은 왜 이런 곳에서 멍하니 서 있는 건데!"

"맞아. 얼른 형님을 찾으러 가자고!"

"소란스럽군. 그 녀석이라면 저기 있다."

할아버지가 보는 쪽에는 람다와 관련이 있어 보이는 거대한 나무가 있었다. 꽤 가까워지긴 했지만, 크기를 보아하니 밑동까지는 거리가 아직 먼 것 같았다.

그 나무 주위에 자그마한 빛 하나가 날아다니고, 지면과 나무에서 돋아난 수많은 넝쿨이 그 빛을 공격하고 있었다.

세어보는 것조차 바보 같아질 정도로 많은 넝쿨 앞에서 빛의 선을 그리며 엄청난 속도로 계속 피하고 있는 그것은 분명히…….

"시리우스 님!"

"형님이다! 다들, 도와주러 가자고!"

"그래! 후속 부대에도 돌격 호령을…….'

"잠깐만 기다려주세요!"

다들 홀로 싸우고 있는 형님을 알아본 건지 곧바로 뛰쳐나가려 했지만, 베이올프가 줄리아의 호령을 가로막듯 큰 목소리를 내며 우리를 말렸다.

"좀 냉정해지세요! 저 공격 속으로 뛰어드는 건 너무 위험하다고요."

"그렇다고 해서 겁먹고 주춤거릴 순 없잖아. 얼른 선생님에게 가자고!"

"큭……, 기다려, 키스. 이번에는 저 말이 맞아. 저기로 갈 사람을 선별해야겠지."

저렇게 넝쿨이 잔뜩 있는 곳으로 돌진하면 피해가 엄청나게 생길 것이다. 아니, 애초에…….

"아뇨, 선별 같은 걸 할 상황이 아닙니다. 누가 가더라도 원호는커녕, 곧바로 모두 잡아먹혀서 적의 먹이가 될 뿐이죠."

겁쟁이라고 소리를 지를 만도 한 상황이지만, 조금 냉정해진 나도 베이올프가 무슨 말을 하는지 이해할 수 있었다.

평소에 형님이나 할아버지 같은 강자와 함께 지냈기 때문에 알 수 있다. 몸도 그렇고 무기도 만신창이가 된 우리가 구해주러 간다 하더라도 저 숫자의 폭력에 패배해서 형님을 원호하기는커녕, 전멸할 뿐이라는 것을.

그렇기 때문에 제일 먼저 뛰쳐나갈 누나가 조용한 것이다. 좀 전부터 계속 형님을 바라보면서 필사적으로 뭔가 생각하고 있다.

"우리 중에서 제일 힘이 많이 남은 저도 저 촉수를 뚫고 갈 자신이 없습니다."

"그래도 이대로 계속 바라보고만 있을 순 없잖나. 누구 없나! 마법을 쓸 수 있는 자들을 곧바로 모아라!"

"마법으로 어떻게 될 크기야? 젠장, 여차하면 나는 억지로라도 돌격할 거라고!"

"원거리에서 원호하는 것도 좋긴 한데, 그 전에 확인할 게 있지 않나요?"

베이올프가 그렇게 말하자 모두의 시선이 할아버지에게 쏠렸다.

그렇다. 혼자서라도 저 안으로 돌격할 수 있을 만한 건 할아버지뿐인데, 할아버지는 여전히 검을 겨누기는커녕, 형님과 거대한 나무를 보기만 하고 움직이려 하지 않는다.

슬슬 왜 그러냐면서 할아버지의 멱살을 잡을까 생각하고 있자니, 할아버지가 갑자기 전장이라곤 보기 힘든 느긋한 목소리로 말하기 시작했다.

"……이번 싸움이 시작되기 전에 저 녀석이 내게 부탁했다."

"싸우기 전이라니, 무슨 부탁인데?"

"만약에 저 녀석이 적의 총대장과 싸우고 있다면, 뭔가 지시하기 전까지는 내가 나서지 말라고……, 말이다."

"뭐어?! 그래서 멍하니 서 있는 거야? 평소에 제멋대로 굴던 모습은 어디 갔는데! 영감님!"

"소란스럽다, 고양이 애송아. 저 녀석은 나를 이긴 남자다. 패자가 승자의 말에 따르는 건 당연하고, 무엇보다 결사의 각오를 다진 남자가 한 부탁이니 말이다. 들어주는 게 당연한 게지."

할아버지를 기다리게 하는 게 형님의 작전이었다고?!

그렇다고 해도 혼자 싸운다니, 이상하잖아!

그러고 보니까……, 누나한테 들은 적이 있는데. 형님은 전생이라는 곳에서 람다와 비슷한 적과 악연이 있는 모양이다.

그래서 혼자 싸우고 싶은 거고, 람다와 결판을 내는데 방해받고 싶지 않다는 의미 아닐까…….

"레우스. 지금 당신이 무슨 생각을 하고 있는지 알겠는데, 그건 아닐 거예요."

"어? 그래도 형님이 하고 싶은 걸 방해하는 건……."

"정말로 시리우스 님께서 혼자 결판을 내고 싶으신 거라면 할아버지에게 지시하기 전까지……라고 말씀하시지 않으셨을 거예요. 그분께서는 이 싸움에서 이기기 위해 움직이고 계실 테고요."

"으음, 역시 에밀리아로구나! 그에 비해 애송이는 아직 멀었어. 손을 대지 말라고 한 건 나뿐이고, 애송이들까지 참견할 필요는 없겠지."

"앗?!"

"맞아요, 아무런 말도 듣지 않은 우리는 독자적으로 움직이면 돼요. 쓸데없이 희생을 늘리지 않으면서도 시리우스 님께 힘이 되어드릴 방법은 분명히 있을 거예요. 좀 전에 당신들도 비슷한 행동을 하지 않았나요?"

비슷한 행동이라니, 히르간하고 싸우던 때 말인가?

이야기를 듣고보니 마물을 먹어서 회복했다는 건 똑같고, 그때 히르간하고 싸우던 우리가 지금 형님이라면…….

"주위의 마물……, 줄리아!"

"으음! 부대를 둘로 나눈다! 화속성 마법을 사용할 수 있는 자들을 균등하게 배치해라!"

"왼쪽은 내 부대야! 한 마리라도 많이 해치우러 가자!"

"불화살을 준비하세요! 만에 하나를 대비해서 여기에도 1개 소대를 남겨두죠."

람다에게 공격을 가하기 힘든 우리가 지금 할 수 있는 건 저 녀석의 회복을 조금이라도 방해해주는 거다.

죽은 마물뿐만이 아니라 여기서는 보이지 않는 위치에 있는 마물도 잡아먹고 있는 것 같으니 우리의 행동이 거의 의미가 없을지도 모르겠지만, 아무것도 하지 않는 것보다는 낫다.

곧바로 내 생각을 알아차려 준 줄리아와 다른 사람들의 움직임으로 인해 양익이 합류해서 하나가 되었던 부대가 다시 둘로 나뉘었다.

화속성 마법으로 완전히 태워버리면 람다도 잡아먹을 수가 없기 때문에 불을 이용한 공격이 가능한 녀석들을 균등하게 배치하고 뿌리 울타리를 따라 마물을 격파하며 좌우를 통해 후방으로 돌아가는 흐름이다.

빈틈이 생기면 람다에게 원거리 공격을 가해서 형님에게 쏠린 눈길을 이쪽으로 돌리게 만들자고 이야기를 나눴다. 그때 어느새 할아버지 옆에 서 있던 누나가 진지한 표정으로 말했다.

"여러분, 죄송합니다만 저는 여기 남아서 할아버지 곁에 있겠어요."

"그렇죠. 저희와 함께 가는 것보다는 라이오르 씨 곁이 더 안전할 테니까요."

"알겠어! 마물은 우리가 해치울 테니까 누나는 할아버지를 부탁해."

"에잇, 계속 그렇게 놀고 있지만 말고 썩 가지 못할까!"

손을 절레절레 흔들면서 쫓아내려 하는 할아버지. 나는 쓴웃음을 지으며 줄리와 병사들을 데리고 뿌리 울타리를 따라 말을 타고 달려갔다.

그다음에는 뿌리에게 공격당하지 않게끔 거리를 두면서 중간에 보이는 마물을 최대한 쓰러뜨리고 있었는데, 거대한 나무 측면까지 돌아오자 어떤 사실을 눈치챘다.

"……역시 그렇군. 레우스, 저 근처를 봐다오. 좀 전부터 마물의 움직임이 크게 바뀌었다."

"그래. 마치 우리가 안 보이는 것 같아."

좀 전까지 우리에게 덤벼들던 마물들이 마치 빨려드는 것처럼 람다 쪽으로……, 거대한 나무를 향해 가고 있었다.

먹잇감에 몰려드는 짐승처럼 다가가던 마물들이 오히려 먹이가 되어 차례차례 사라져가는 기분 나쁜 상황이다. 저것도 람다가 마물을 조종하고 있기 때문인가?

"정말, 아무리 그래도 너무 많이 먹잖아. 좀 그만 먹으란 말이다! '플레임 너클'."

"레우스. 너까지 마법을 쓸 필요는 없다. 이대로 가다간 쓰러져버릴 거야."

"지금은 무리해서라도 싸워야만 해! 만약에 내가 쓰러지면……, 부탁할게."

"휴우……, 알겠다. 만약 쓰러진다 하더라도 너는 내가 업고서라도 데리고 가마."

"미안해……."

체력뿐만이 아니라 마력까지 바닥날 것 같아서 손에 모은 불꽃을 날릴 때마다 의식이 희미해지려 했다. 그럼에도 불구하고 등을 맡길 수 있는 줄리아가 있기 때문에 나는 아직 힘을 더 쥐어 짜낼 수 있다.

강검 할아버지가 말한 것처럼, 형님은 결사의 각오로 람다와 싸우고 있다. 그렇다면 나도 전부 다 쏟아내야만 하겠지.

저렇게 커다란 걸 상대로 어떻게 이길 생각일지는 모르겠지만, 형님이 계속 싸우고 있다면 나도 마지막까지 계속 싸운다.

그러니까, 이겨서 돌아와달라고……, 형님!

―――― 시리우스 ――――

『설마……, 말이죠.』

『네. 이렇게까지 버틸 줄이야…….』

몰려드는 촉수를 피하고 크게 이동하며 공격도 날리고 있던 나는 이미 람다 주위를 세 바퀴나 돈 상태였다.

그동안에 '매그넘'과 '샷건', 그리고 '스나이프'를 람다의 몸 전체에 때려 넣은 횟수는 수백 발이 넘지만, 여전히 약점으로 보이는 핵은커녕 손맛조차 느껴지지 않았다.

그럼에도 불구하고 공격을 멈추지 않는 나를 보고 람다는 경계하면서도 같은 공격 수단을 유지했다. 아마 내가 뭘 노리는 건지 확실하게 알아내지 못했고, 이 능력의 약점을 눈치채고는 초조해할 필요가 없을 거라 판단했기 때문일 것이다.

『하지만 슬슬…….』

『한계가 다가온 모양이로군요.』

전생에서 인간의 한계를 뛰어넘은 'PAS'는 세계의 분쟁 상황을 바꿀 수 있는 발명품이라는 평가도 받긴 했지만, 사실 큰 결함을 떠안고 있는 장비이기도 했다.

성능을 완전히 살려낼 수 있는 인재 구하기와 정밀한 기계 덩어리이기에 발생하는 높은 비용도 있지만, 가장 큰 문제는 가속의 반동을 견뎌낼 수 있을 정도로 유연하면서도 튼튼한 금속이 존재하지 않기 때문이다. 폭탄 같은 소모품이라면 모를까, 수

십억 단위의 개인용 장비가 겨우 한두 번 만에 망가져 버린다면 수지가 맞지 않는다.

그러한 단점을 농밀하게 압축시킨 마력을 고정하여 보완했지만, 람다가 말한 것처럼 장시간 유지하는 건 힘이 들며 이미 예상했던 사용 시간을 넘겨서 기합과 근성의 영역에 도달한 상황이었다.

『오른쪽 팔 출력 저하……, 재경화…….』

『왼쪽 다리……, 위험 영역……, 보강……, 강화……, 부족……, 재경화…….』

『23발 착탄……, 재생 속도……, 예상 지점 산출…….』

여러 가지 사고를 동시에 진행하는 '멀티태스크' 중 대부분은 'PAS'의 유지와 조정에 거의 대부분 쓰고 있기에 마석 카드를 이용한 발동체는 쓰지 못했고, 내 주위를 날고 있는 건 스승님의 나이프뿐이다.

지금까지는 치명적인 공격을 피했기에 아직 움직일 수는 있다. 하지만 'PAS'의 제어로 인한 복잡하면서도 빠른 정보 처리로 인해 뇌가 뜨거웠고, 좀 전부터 두통이 멎지 않는 데다 코피도 흐르고 있다.

나는 확실하게 궁지에 처했으며, 막다른 곳에 몰릴 때가 다가오고 있었다.

『당신은 훌륭하게 싸웠습니다. 적이지만 칭찬해드리도록 하지요.』

『그런데 저희 본체가 어디 있는지는 알아내셨나요?』

『이대로 가다가는 답도 맞춰보지 못한 채 끝나겠는데요?』

역시 난잡하게 때려넣은 공격을 통해 핵을 찾고 있었다는 것과 슬슬 승부에 나서려 한다는 걸 눈치챘나?

상대방이 눈치챘다면 일단 물러나서 태세를 바로잡아야겠지만, 공교롭게도 전생에서는 한 번 뛰어들면 섬멸할 때까지 돌아가지 못하는 작전만 수행했던 몸이다.

거의 도박이라고 할 만한 승산이긴 하지만, 준비는 끝났으니 이제 앞으로 나아가기만 하면 된다.

내가 키워온 전투 경험과 람다가 키워온 지식. 그리고 양쪽 다 숨기고 있을 손패의 숫자.

둘 중 어느 쪽이 더 뛰어날지……, 결판을 낼 순간이 다가오고 있었다.

이 전투가 시작되고 나서 내가 우선했던 것은 람다의 클론 숫자……, 다시 말해 약점인 핵의 숫자와 위치를 알아내는 것이었다.

평소였다면 상대방에게 직접 접촉해서 '스캔'이나 '서치'를 사용해서 위치를 알아냈겠지만, 이번 적은 마력을 흡수해버리는 것 같기에 그 방법을 쓸 수가 없다. 애초에 촉수로 인한 공격이 너무 잦아서 다가가기도 힘들기 때문에 원거리에서 조사할 수밖에 없는 것이다.

그 때문에 내가 핵의 위치를 예상하기 위해 동원한 수단은…….

『재생 시간……, 콤마 차이……, 심도……, 각도를 통한 산출…….』

 '멀티태스크' 중 하나를 인공지능처럼 기록, 연산 처리로 돌려서 '매그넘'이나 '샷건'으로 수없이 만들어낸 상처의 재생 속도를 비교해서 핵의 위치를 산출하는 것이었다.

 자기 재생 같은 경우, 기본적으로 그 능력을 지니고 있다면 핵에서 시작될 것이다. 물론 예외가 있긴 하겠지만 적어도 지금 내 눈앞에 있는 람다의 상처는 약간이나마 재생 속도에 차이가 있었다.

 거기에 나 자신의 경험을 통한 직감까지 합쳐서 약점인 핵의 숫자와 위치를 짐작한 것이다.

 "우선은 측면하고 후방……."

 하지만 짐작하더라도 핵까지 공격이 닿지 않는다면 의미가 없다.

 예상한 핵은 전부 '매그넘'이나 '스나이프'의 위력으로는 뚫을 수 없는 위치에 있었고, '안티 머티리얼'로도 아슬아슬하게 닿을 만한 곳에 있다.

 게다가 지금 위치에서는 '안티 머티리얼'로도 닿을 것 같지 않은 핵이 두 개나 있기에 그것을 노리려면 녀석의 측면이나 후방으로 이동할 필요가 있다.

 하지만 람다가 핵의 위치를 움직일 가능성도 고려하면, 최대한 뜸을 들이지 않고 핵을 꿰뚫는 게 좋아 보인다. 나는 얼마 남지 않은 마석 카드를 두 장 꺼내서 힘을 조절한 '임팩트'로 카드를 멀리 날렸다.

『어딜 노리는 거죠?』

『아뇨, 뭐가 어찌 됐든 방심할 순 없습니다.』

『곧바로 파괴를……, 응?』

카드는 람다를 피하듯 좌우로 날아갔고, 왼쪽 카드는 측면, 오른쪽 카드는 후방으로 날아가서 마법진을 발동시켜 그곳에 거대한 빛 덩어리를 만들어냈다.

좀 전까지 쓰던 마법 발동체와는 달리 빛 구슬은 거기에 존재하기만 할 뿐, 아무것도 하지 않았기에 경계한 람다는 촉수로 공격하기를 한순간 주저했다.

나는 그 틈을 타서 두 팔을 좌우로 펼치고는 '안티 머티리얼'을 빛 구슬 쪽으로 두 발 동시에 날렸다.

람다에게 맞을 리가 없는 각도로 날렸지만, 거대한 마력 탄환은 빛 구슬에 부딪힘과 동시에 거의 직각으로 꺾여서 정면에서는 결코 노릴 수 없었던 부분, 각도로 람다에게 명중했다.

이것이 바로 카드에 내장시켜두었던 여러 형태 중 하나이자 마력 탄환이 약해지지 않게끔 도탄시키기 위해 쓰는 반사판, 통칭 '리플렉터'다. 문제는 '안티 머티리얼'을 날리면 한 방 만에 빛 구슬이 소멸되어 버린다는 점이다.

방금 그 공격으로 핵을 두 개 꿰뚫은 것 같긴 한데, 그럴싸한 반응이 보이지 않는 걸 보니 맞은 건지 여부를 알 수가 없다. 그저 이쪽으로 날아드는 공격이 약간이나마 느슨해진 걸 보니 완전히 빗나간 건 아닌 모양이다.

『이봐, 내 차례는 아직 멀었어?』

"아직이야. 한 번 더……."

호흡과 함께 마력을 회복시키고 이번에는 정면으로 '안티 머티리얼'을 다시 두 발 동시에 날려서 핵 두 개를 꿰뚫었다.

짧은 시간 동안 연속으로 내 몸을 덮친 마력 고갈의 반동으로 의식이 희미해졌지만 겨우 버티면서 심호흡으로 마력을 회복시킨 다음, 다음 준비로 들어갔다.

내 예상으로 남은 핵은 한두 개 정도일 것이다. 촉수의 움직임이 느려진 동안, 지상 쪽을 의식한 순간…….

"다음은……, 크윽?!"

『……이제야 걸렸군요.』

강한 기술을 네 발이나 날린 뒤에 생겨난 잠깐의 빈틈을 놓치지 않고 촉수 하나가 내 다리를 붙잡은 것이다.

"크윽?! 이런!"

약점의 위치를 파악당한 것을 짐작하면서도 일부러 나를 내버려 둔 것도 이 한순간을 노렸기 때문일까.

겨우 한 번 나를 잡기 위해서 자신의 분신을 여러 개 희생시키는 건 위험한 수단 같지만, 람다 같은 경우에는 그걸로도 충분한 모양이었다.

그 증거로 원래대로 빠르게 움직이지 못하게 된 나는 벗어날 수 없었고, 차례차례 몰려드는 촉수로 인해 온몸이 감싸여 버렸다.

『놓치지 않을 겁니다. 당신은 꼼꼼하게 뭉개드리죠.』

이 촉수라면 사람의 몸을 쉽사리 뭉개버릴 수 있겠지만, 지금 나는 'PAS' 덕분에 겨우 무사하다.

압도적인 질량으로 조이고 있기에 옴짝달싹하지도 못했고, 마력도 흡수당하고 있기에 이대로 가다간 'PAS'마저 소멸해버릴 것 같다. 만약에 진짜를 입고 있었다면 지금쯤 기분 나쁜 소리를 내면서 불꽃이 튀었을 것이다.

『그리고 피와 살을 모조리 제 양식으로 삼겠습니다.』

이제는 절망적인 상황이 되었지만, 나는 녀석의 목소리에 귀를 기울이면서도 크게 심호흡을 했다.

이게 내가 쓸 수 있는 마지막……, 비장의 수다.

촉수가 조이는 힘과 소리가 더욱 거세지는 와중에 호흡을 가다듬은 다음, 'PAS'에 지시를 내렸다.

『출력 저하……, 저하……, 해제……, 준비…….』

『지향성……, 입력 완료……, 해제…….』

『해제……, 3……, 2…….』

지시 내용은 'PAS'를 해제하는 것이다.

물론 그런 짓을 하면 곧바로 촉수가 나를 조여서 죽여버리겠지만, 그냥 해제하는 게 아니라 갑옷에 남은 마력을 전부 충격파로 전환시켜서 나를 조이고 있던 촉수를 전부 날린 것이다. 완전히 자폭이라고 할 수밖에 없는 수단이지만, 충격파의 방향은 바깥으로 한정시켜두었기에 내가 입은 대미지는 거의 없다.

극한까지 압축된 마력 덩어리로 인한 충격파는 근처에서 발생하면 어지간한 성벽조차 파괴할 위력이 있겠지만, 역시나 람다의 본체인 나무에는 통하지 않은 모양이었다.

하지만 진짜 목적은 속박에서 벗어나 지상으로 내려가는 길을 만드는 것이었다.

『역시 벗어나는 건가요? 하지만 이제 당신을 지켜줄 것은…….』

『아니, 아니, 이제 지킬 생각이 없다는 뜻이지. 앞으로는 공격만 할 테니까!』

『뭐?!』

항상 냉정함을 유지하던 람다도 거기엔 놀란 모양이었다. 충격파 사이에 숨은 스승님이 람다의 육체인 나무에 꽂혀 있었으니까.

그냥 꽂힌 것뿐이라면 람다에게 통하지 않았겠지만, 성수의 힘으로 상대방에게 간섭해서 촉수 전체의 움직임을 거의 막고 있었다. 같은 식물이고, 스승님이 성수이기에 가능한 방법일 것이다.

처음부터 이 방법을 쓰면 좋았겠지만, 아무리 스승님이라 해도 람다 본체를 완전히 장악하는 건 작은 가지……, 나이프 상태로는 힘든 모양이었고, 본인 말로는 움직임을 몇 초 정도 멈추는 게 한계라고 한다. 그리고 촉수라면 모를까, 람다 본체에 오랫동안 붙어 있으면 오히려 삼켜질 가능성도 있고, 성수의 간섭은 금방 대책도 세울 수 있을 것 같으니 단 한 번만 사용할 수 있는 방법이었다.

그동안에 지상으로 향한 나는 등 뒤에 넣어두었던 짤막한 막대기 두 개를 아래쪽으로 던졌다.

"세팅 완료. 제작……, 개시."

지상에 착지해 바로 마석을 꺼낸 나는 지면에 박힌 막대기 두 개 근처에 내려놓고 마력을 흘려 넣었다. 그 마력으로 인해 마석과 막대기에 새겨진 '크리에이트' 마법진이 발동되자 땅바닥에 박힌 막대기가 얇아지면서 몇 배 길이로 늘어났다. 마석의 마력으로 부풀어 오른 흙이 그 막대기를 집어삼키며 변형하기 시작했다.

『크윽……, 아무리 성수의 조각이라 하더라도, 이 정도로 내가!』

『그렇겠지. 그럼 이제 그만할까.』

『뭐?』

그렇게 마력으로 흙을 강화, 변형시켜서 만들어낸 물건……, 그것은 허리에 걸치고 두 손으로 들어야 할 정도로 포신이 크고 긴 대형 라이플이었다.

전생의 창작물에 등장해 우주 공간에서 싸우는 거대 로봇이 쓸만한 생김새다. 이렇게 총을 실제로 드는 것도 꽤 오랜만이네.

그 대형 라이플을 겨누었을 때, 적을 잡아두는 것도 한계였는지 스승님이 람다로부터 튕겨 돌아왔다. 그걸 확인한 나는 들고 있던 라이플에 마력을 모조리 쏟아부었다.

『정말 대단한 마력입니다. 그게 당신의 마지막 비장의 수인 모양이군요.』

라이플에 전부 담기지 못한 마력이 넘쳐나기 시작했고, 푸르스름한 번개 비슷한 거센 물결 같은 것이 내 주위를 스쳤다.

척 보기에도 강력한 공격을 날리려 하는데도 저 녀석이 초조한 모습을 드러내지 않는 이유는 노리고 있는 핵을 꿰뚫지 못할 거라 확신하고 있기 때문일 것이다.

실제로 내가 노리고 있는 핵은 어떤 각도라 해도 마력 탄환으로는 닿지 않을 위치에 있을 뿐만이 아니라 그 주위에만 나무의 밀도를 높여서 튼튼하게 만든 건지, '안티 머티리얼'로도 꿰뚫지 못할 정도로 견고한 장갑이 형성된 모양이었다.

게다가 람다는 촉수를 벽처럼 배치해서 수비를 굳히기 시작했다. 좀 전과 마찬가지로 일부러 맞고 반격을 노리려는 것 같았다. 사실 내 공격을 중단시키고 싶더라도 푸르스름한 마력의 물결과 스승님이 촉수를 막아내 버리고 있기에 방어에 전념하는 것도 어쩔 수 없을 것이다.

『본 적이 없는 무기지만, 마법이라면 제게 통하지 않을 겁니다.』

네 말대로 마력의 탄환조차 흡수할 수 있는 몸이라면 마법에 대해서는 위협을 느끼지 않을 테고, 질량이 있는 물체를 충돌시키려면 산처럼 거대한 바위를 맞부딪히는 것 정도는 해야 할 것이다. 그만큼 나와 저 녀석 사이에는 압도적인 크기 차이가 있다.

하지만……, 말이지.

"미안하지만, 이건 마법만이 아니거든."

라이플에 장전되어 있는 것은 무겁고 튼튼한 데다 마력이 잘 통하는 그라비라이트제 특수 탄환이다. 정확하게 말하자면 화약이 들어있지 않기 때문에 그냥 말뚝이나 마찬가지지만, 크기는 일반적인 탄환보다 몇 배는 크고, 소형 포탄으로 보일 정도로 두껍다.

그리고 이 라이플도 단순한 라이플이 아니다.

내부에 내장되어 있는 막대기 두 개에 전기와 비슷한 성질의 마력을 흘려넣고, 거기에 탄환을 전도시켜 발사하는 병기……, 다시 말해 전생에 존재했던 전자기를 이용하여 탄을 고속으로 발사하는 '레일 캐논'인 것이다.

거기에 내가 마력을 이용한 강화나 마법의 특성을 이용한 개량을 가한 부분도 있기 때문에 실제로는 전생의 '레일 캐논'을 뛰어넘은 별개의 병기라고도 할 수 있다.

그런 다른 세계의 기술을 이용한 병기의 능력을 람다가 순식간에 눈치챌 리가 없었고, 나는 라이플에 마력이 충전됨과 동시에 방아쇠를 당겼다.

"'라이트닝 불릿'……, 발사!"

라이플 전체에서 번개와 충격파가 뿜어져 나오고, 총구에서 탄환이 발사되었다.

마법의 신비와 과학의 결정을 이용한 합체 병기의 반동은 엄청났다. 앵커로 지면에 '스트링'을 여러 개 박아두지 않았다면 그 반동으로 인해 나도 뒤쪽으로 멀리 날아가 버렸을 것이다.

『이건 마법……?!』

라이트닝이라는 이름대로 마치 섬광처럼 날아간 탄환은 촉수벽뿐만이 아니라 람다의 몸을 마치 공기처럼 뚫었고, 건너편 경치가 확실하게 보일 정도로 큰 구멍을 만들어냈다. 탄환보다 구멍이 훨씬 크게 뚫린 이유는 날아갈 때 생겨난 탄환의 충격파가 예상했던 것보다 더 강력했기 때문일 것이다.

대형 마차가 쉽사리 지나갈 수 있을 정도로 크지만, 나무 전체로 보면 작은 구멍이다. 그래도 저 정도 범위로 뚫었다면 조준이 어느 정도 빗나갔더라도 확실하게 핵을 꿰뚫었을 것이다.

방금 그 공격으로 내가 파악한 핵은 전부 꿰뚫었으니 이제 끝나주면⋯⋯.

"아니⋯⋯, 아니 남아있었나."

내 소망과는 달리, 탄환으로 인해 뚫린 구멍이 재생되기 시작했다.

그렇다면 이걸 한 발 더 박아넣어 주고 싶긴 하지만, 사격 시의 반동으로 인해 라이플 전체에 대미지가 컸고, 다음 탄을 장전하는 과정도 필요하기에 곧바로는 힘들다.

서둘러 라이플에 응급조치를 취하려던 나를 람다가 새로 돋아난 촉수로 둘러쌌다.

『⋯⋯방패도, 무기도 바닥난 모양이군요. 이번에야말로 끝입니다.』

원래는 곧바로 라이플을 버리고 거리를 벌리며 촉수를 피하는 데 전념해야 할 것이다.

하지만 나는 아랑곳하지 않고 다른 마법을 발동시키며 다음 탄을 꺼내고 있었다.

다시 발사할 수 있을 때까지 걸리는 시간은 몇 초 정도에 불과하지만, 그 잠시의 시간도 용납하지 않고 주위에 있던 촉수가 움직이기 시작하려던 순간⋯⋯.

"으랴아아아아아아아아아아아아아아아아아아아앗―――!"

전장을 뒤흔드는 강검의 외침 소리와 함께 산조차 찢어발기는 거대한 빛의 칼날……, '강파일도'가 내 오른쪽 옆을 지나쳐서 람다에게 날아들었다.

그렇다……, 이 싸움이 시작되기 전에 내가 람다와 싸우고 있으면 대기하라고 영감님에게 부탁했던 이유는 내가 졌을 때를 대비한 보험, 그리고 지금 같은 상황을 예상하고 원호를 받기 위해서였다. 그건 그렇고 '콜'로 신호를 보내자마자 거의 동시에 공격이 날아올 줄이야. 영감하지만 그 영감님의 필살기라 해도 마력을 수렴시킨 빛의 칼날은 효과가 약한지, 비스듬하게 커다란 금이 갔을 뿐 두 동강 내지는 못한 것 같았다.

"네 일격, 훌륭하더구나! 나도 기운이 솟구친다!"

곧바로 다시 한번 '강파일도'가 날아들었고, 이번에는 빛의 칼날이 내 왼쪽을 지나쳐서 람다의 상처가 더 늘었다.

아무리 연달아 날린다 하더라도 람다 상대로는 별다른 대미지를 입힐 수 없겠지만, 시간벌이로는 충분하다. 방금 그 두 번의 공격으로 인해 내 주위에 있던 촉수가 거의 다 잘려나갔으니까.

덕분에 내 작업은 문제없이 진행되었고, 겨우 발사할 수 있게 된 라이플을 다시 겨눈 나는 총구를 지면으로 향하고 있었다.

표적은……, 람다 바로 아래쪽, 지면에 가려져서 보이지 않는 뿌리 부분이다.

『……조금 더 위쪽……, 그래, 그 위치야. 그리 깊진 않은 것

같아.』

나무라면 뿌리가 중요하다는 건 굳이 설명할 필요도 없고, 애초에 전선기지를 떠날 때 모습을 드러낸 람다는 알뿌리 같은 형태였으니까.

그러니 전투가 시작되기 전부터 뿌리를 노려야 한다고 생각하긴 했지만, 처음부터 노리면 경계할 테고 무엇보다 핵이 있는 깊이를 짐작할 수가 없었기에 마지막으로 미뤄두고 있었다.

하지만 지금은 녀석을 잡아두고 있던 동안에 스승님이 알아봐주어서 대충 위치를 알아냈다.

"이제는 운이지. 버텨달라고……."

스승님의 유도에 따라 다시 '라이트닝 불릿'을 발사했다.

하지만 탄환을 날리면서 라이플이 기어코 한계를 맞이한 건지, 발사와 동시에 본체가 부서지며 반동을 견디지 못하고 산산조각 나서 흩어졌다.

"크윽?! 이걸로……, 틀렸나!"

거세게 피어오르는 흙먼지 속에서, 약간 개인 곳에 보이는 착탄점을 확인했다. 구멍 안쪽 깊숙한 곳에 거대한 알뿌리 같은 모습이 보였다. 예전에 봤던 것보다 훨씬 커서 약점인 게 틀림없었다.

반쯤 파손된 라이플로 공격을 가했기 때문인지 위력이 반감된 모양이라 탄이 알뿌리의 표면을 약간 깎아냈을 뿐, 치명상이 되진 못한 것 같았다.

곧바로 후속타를 가하지 않으면 재생하거나 수리를 굳혀버릴 텐데, 라이플은 부서졌고, '안티 머티리얼'을 날릴 여력도 없고, '매그넘'은 흡수해버리기 때문에 쓸 수가 없다.

나이프는……, 가볍고 약하다.

달리 질량이 있는 무기는……, 그렇구나!

『버텨낸 제 승리로군요!』

하지만 다음 공격 수단이 떠오른 것과 동시에 여러 촉수가 내 머리 위로 날아들고 있었다.

피하려 해도 좀 전에 날린 일격으로 인해 마력 고갈 상태가 된 나는 다리에 제대로 힘을 주지 못했고, 완전히 피하는 건 불가능했다.

마력을 회복시킬 틈도 없고, 몇 방은 받게 되겠지만……, 치명상만큼은 어떻게든 피한다.

저 녀석도 온 힘을 다해 덤벼드는 건지 공격을 우선시하면서 깎여나간 부분을 재생시키지 않았고, 핵을 지키려 하는 촉수도 보이지 않는다.

위험한 상황이긴 하지만, 좋은 기회이기도 하다.

다음 공격에 필요한 몸의 부위만 지키기로 결심하고 허리 뒤쪽으로 손을 돌린 순간……, 바람을 가르며 이쪽으로 다가오는 존재를 눈치챘다.

"시리우스 님!"

은발을 나부끼며 마치 총알처럼 공중을 날아온 에밀리아였다.

착지를 완전히 무시한 속도였기에, 그대로 두면 나와 부딪힐 것만 같았다. 게다가 만신창이가 된 그녀의 모습을 보니 기분 나쁜 예감이 들었다.

설마……, 자기 몸을 날려서 나를 밀쳐낼 생각인 건가?!

최악의 경우에는 에밀리아를 '임팩트'로 막을 생각도 했지만……, 아무래도 그건 기우였던 모양이다. 그녀의 눈을 보니 알 수 있다.

"나머지 마력……, 바로 지금!"

에밀리아의 눈에서 모두 함께 살아남자는 희망의 의지가 느껴졌기 때문이다.

내 머리 위로 날아든 촉수를 '에어 슬래시'로 잘라낸 에밀리아는 날아오는 기세를 전혀 늦추지 않고 나를 향해 손을 뻗었다.

그렇구나, 에밀리아는 이걸 노리고…….

"시리우스 님! 손을!"

"그래!"

그녀가 뻗은 손을 잡은 나는 앞으로 계속 날아가는 그녀에게 끌려 하늘을 날았다.

목표는 물론, 람다의 핵이다.

핵까지 직접 닿을 기세는 아니고, 이대로 가면 약간 앞에 떨어져 버릴 것 같지만, 여기까지 접근했으니 충분할 것이다.

"던진다! 내게 맞춰!"

"네!"

뒤쪽에서 날아드는 촉수는 에밀리아가 마법으로 잘라내 주었기에 나는 다시 허리 뒤쪽에서 검 한 자루를 꺼냈다.

그건 예전에 디에게 받은 자그마한 검인데, 나이프와 마법을 주로 다루는 나는 써먹을 기회가 별로 없어서 지금은 부적 같은 물건이기도 했다.

나는 묵직한 그라비라이트제이면서도 고대에 새겨진 마법진으로 인해 경량화된 그 검을 람다의 핵을 노리고 온 힘을 다해 던졌다. 지금은 에밀리아와 손을 잡고 있는 상태지만, 그녀도 내 동작에 맞춰서 움직여 주었기에 평소와 다를 것 없는 기세로 던질 수 있었다.

마법진은 던지기 전에 마력을 흘려 넣어서 파괴한 상태. 원래 무게로 돌아온 검은 무게와 기세로 인해 핵에 깊숙이 박혔다.

『크윽?! 이런 검 한 자루에 내가!』

"마무리다!"

『그래!』

곧바로 스승님의 나이프가 돌진해서 먼저 박힌 검의 자루를 밀어붙이며 핵 안쪽 깊숙이 박아넣었다.

핵에 스승님이 직접 닿는 건 위험할 것 같았기에 그대로 검을 방패로 삼아 핵의 중심까지 박아넣은 다음, 스승님이 자유자재로 움직일 수 있게끔 장비에 새겨둔 마법진을 발동시켰다.

발동시킨 마법진은 정보 은닉용……, 자폭이다.

"끝이다……, 람다!"

『……아, ……나는, ……나, ……는.』

지금까지 벌인 전투로 보유 마력이 줄어들어서 위력은 좀 약해졌을 테지만, 내부에서 불꽃을 흩뿌리며 폭발이 일어나면 치명적이겠지.

마력을 흘려 넣어 발동시켰을 때는 나와 에밀리아도 땅바닥에 떨어져서 기세를 억누르지 못하고 굴러가던 상황이었기에, 나는 폭발음과 진동으로만 그걸 확인할 수 있었다.

몇 번이나 구른 다음 고개를 들어보니 핵이 있던 곳에는 폭발로 인한 파괴와 탄 흔적만 있었다.

"에밀리아, 무사해?"

"네. 저는 무사합니다만, 시리우스 님은요?"

"나도 괜찮아."

아직 경계를 풀지는 않았지만 심호흡을 하며 마력을 회복하는 동안에도 람다가 공격을 가하지 않았고, 새롭게 돋아난 주위의 촉수들도 지금은 힘없이 땅바닥에 늘어져 있기만 했다.

내 옆에 쓰러져 있던 에밀리아는 코로 주위를 확인하며 천천히 중얼거렸다.

"이제……, 쓰러뜨린 건가요?"

"글세……. 하지만 근처에 강한 마력 반응은 없는 것 같아."

"우오오오오오오오오옷――! 무사한 게냐! 에밀리아!"

아마 람다가 촉수로 잡아두고 있던 것 같은 영감님이 검을 휘두르지도 않고 이쪽으로 다가왔다. 적어도 적의를 품은 존재는 근처에 없는 것 같다.

그제야 윗몸을 일으키고 다시 주위를 확인해보니 에밀리아가 쓰러진 채 움직이려 하지도 않고 쓴웃음을 짓고 있다는 걸 눈치챘다.

"죄송합니다. 물이나 수건을 챙겨드리고 싶은데 몸이 아직 움직이지 않아서……."

"됐으니까 너는 쉬고 있어. 정말……, 터무니없는 짓을 하는구나."

"시리우스 님 정도는 못 되지요. 늦지 않아서 정말 다행이에요."

"그러게……."

전생에서 람다와 비슷하고 강대한 존재와 싸웠을 때, 나는 적의 책략으로 인해 아군의 원호를 받지 못하고 홀로 싸운 끝에 동귀어진으로 끝나버렸지만, 이번은 결과가 크게 달라졌다.

나 자신이 강해진 것도 있다. 그러나 가장 큰 이유는 에밀리아나 영감님, 그리고 멀리 떨어진 곳에서 싸우고 있던 레우스 일행의 도움을 받았기 때문이다.

에밀리아나 영감님은 굳이 말할 필요도 없고, 레우스 일행이 마물을 계속 줄여준 덕분에 람다의 재생 능력이 약간 느려져 상처가 낫는 방식을 통해 핵을 알아내기 편해진 것이 컸다.

아무튼 나는……, 살아남았다. 이제야 보이지 않는 벽을 돌파할 수 있게 된 것 같다.

"내가 이렇게 무사히 살아남은 건 너희 덕분이야. 고맙다."

"우후후. 황송한 말씀이에요."

치열한 싸움으로 인한 피로와 묻은 흙 때문에 만신창이가 된 에밀리아도 전혀 빛바래지 않은 가련한 미소를 보여주었다.

나는 그렇게 사랑스러운 그녀의 머리를 천천히 쓰다듬으며 있는 힘껏 고마운 마음을 전했다.

그 이후로도 람다의 반응은 보이지 않았고, 영감님이 코앞까지 다가왔을 때 나는 천천히 일어섰다.

"오, 오오오……, 이럴 수가! 내 에밀리아가 이렇게 상처를 입다니……, 그래서 나는 싫다고 했단 말이다!"

"이건 땅바닥에 굴렀을 뿐이고, 저는 다치지 않았어요. 전부 할아버지 덕분이네요."

"으음……, 왠지 순순히 기뻐할 수가 없구나."

에밀리아가 그렇게 빠르게 날아올 수 있었던 건 영감님이 검에 태워서 날려보내 주었기 때문이구나.

마력을 이동에 사용할 여유가 없었다고는 해도 정말 터무니없는 짓을 한다. 어쩌면 내게 영향을 받았기 때문일지도 모르겠는데.

"영감님, 나는 저쪽 상황을 살펴보고 올 테니까 잠깐 에밀리아를 부탁할게."

"네가 부탁하지 않아도 다 안다!"

"시리우스 님……."

"그렇게 걱정하지 마. 그것도 회수해야만 하니까."

피로 때문에 몸 전체가 무겁지만, 마력은 회복되었기에 가볍게 움직이는 것 정도라면 문제가 없다.

경계하면서 핵이 있던 곳으로 다가가 보니 폭발로 인해 나무가 탄 냄새가 코를 찔렀다. 하지만 독성은 없는 것 같았기에 신경 쓰지 않고 탄 곳에 발을 내디디고는 주위의 지면을 주시하며 돌아다녔다.

"……여기 있네. 네, 네, 바로 회수할게요……."

내가 찾고 있던 건 스승님의 나이프다.

이미 나이프에 달려 있던 마도구는 소멸했기에 움직일 수도 없고 말을 할 수도 없지만, 얼른 회수하라고 불평을 늘어놓고 있을 거라는 것만은 틀림없을 것이다.

내 몸보다 커다란 핵을 날려버린 폭발에서도 나이프에는 전혀 흠집이 나지 않았다. 그래도 꽤 많이 더러워져 버렸기에 손질할 필요가 있을 것 같다.

나중에 잔소리를 더 듣기 전에 얼른 나이프를 주워들다가, 갑자기 위에서 뭔가 떨어져서 긴장했다.

"윽?! 너……."

내 앞에 떨어진 것은 나무에 돋아나 있던 람다의 육체 부분 중 하나였다.

이미 상반신만 남아있고, 그 몸은 색이 완전히 빠져나간 것처럼 새하얬다. 멀리서 보면 그냥 마른 나무조각이 떨어진 거라 생각할 것이다.

그럼에도 불구하고 람다의 일부는 아직 살아있는 건지 두 손으로 기어서 이쪽으로 다가오고 있었다. 노리는 건 내가 아니라 이 나이프인가?

"네가 살아있다는 게 놀랍진 않지만, 이미 싸울 힘은 없는 것 같군."

역시 적의는 느껴지지 않았고, 이미 찌꺼기라고 부르는 게 어울릴 것 같은 그 람다는 스승님의 나이프를 들고 있던 나를 초점이 맞지 않는 눈으로 올려다보았다.

이미 다른 표정을 짓는 것도 힘든지 거의 무표정이었지만 지금 보니 분함과 체념하는 감정이 느껴졌다.

『당신은……, 그 힘을……, 어디서…….』

"네가 모르는 세계의 기술과 평소에 해온 단련의 성과다. 하지만 네가 진 건 다른 이유 때문이지."

람다는 잔재주를 부리지 않고 자신의 능력과 물량을 살려 견실한 공격으로 나를 몰아붙였다. 강적으로 인정한 상대를 쓰러뜨리는 거라면 그것도 하나의 방법이라고 공감할 수 있다.

람다는 항상 냉정하긴 했지만, 그러면서도 손에 넣은 힘에 취해 있던 것이다.

자신의 손으로 복수하고 싶기에 앞으로 나선 건 이해가 되고, 나라조차 가볍게 쓸어버릴 수 있는 힘을 지니고 있다면 자잘한 것까지 생각할 필요는 없겠지만, 람다 같은 경우에는 완전히 악수로 작용했다.

왜냐하면 람다는 지휘나 연구, 개발 같은 후방 지원 분야에서 결과를 내는 존재이고 스스로 싸운 경험이 부족하기 때문이다. 그렇기 때문에 나를 쓰러뜨리려고 눈앞에 있는 존재에게만 몰두해서 주위의 사소한 변화를 놓쳐버렸다. 문제가 없을 거라며 레우스 일행을 내버려 둔 것도 패배의 원인 중 하나다.

"내가 약점을 찾아낼 수 있었던 이유를 알아내고 분신의 희생을 줄였다면 결과가 달라졌을지도 모르지."

『…………..』

내게만 주목하게끔 필사적으로 저항하기도 했지만, 여럿 있었던 람다 중 한 명이 객관적으로 전체를 보고 있었다면 이것저것 눈치챈 게 있었을 것이다.

뭐 나도 모든 비장의 수를 썼는데도 완전히 쓰러뜨리지는 못했고, 결국 다른 일행들의 원호를 받아 가까스로 쓰러뜨린 거나 마찬가지지만.

어느 쪽이 이기더라도 이상할 게 없었다. 양쪽 다 반성할 점이 있긴 하겠지만, 결과는 이미 나왔다. 그렇기 때문에 람다도 원망하지 않고 잠자코 나를 계속 올려다보고 있는 것이리라.

지금 상태로 부활할 수 있을 것 같지는 않았고, 주위에 다른 사람이 없는 기회이기도 했기에 나는 예전과 똑같은 질문과 의문을 던져보기로 했다.

"너는 어째서 성수의 힘을 원하지? 이런 결과가 되긴 했지만, 이미 나라를 멸망시키기에는 충분한 힘을 얻었을 텐데."

『……원했던 건, ……성수의 조각입니다. 제가 아니라……, 그가…….』

"그라고. 역시 네게 지식을 준 자가 있는 거로군?"

『제 복수는……, 실패했습니다. 하지만……, 적어도 그에게……, 성수를…….』

그 이후로도 몇 가지 질문을 던졌다. 내가 예상한 대로 람다에게 다양한 지식과 기술을 전수해준 스승이 있는 것 같았다.

그런 빈사 상태로 스승님의 나이프를 만지면 오히려 소멸당할 것 같은데, 그럼에도 불구하고 기어서 다가오면서까지 원하는 걸 보니 은인이었던 그에게 보답하고 싶었던 모양이다.

그는 동시에 그 스승이 있는 곳을 가르쳐주었는데, 그 대신 그에게 성수를 가져다줬으면 한다는 부탁도 했다. 확실히 말해서 뻔뻔한 것도 정도가 있다 싶긴 하지만, 지금 람다는 생각도 제대로 못하는 상태인지 지푸라기라도 잡는 듯한 심정으로 계속 말을 늘어놓았다.

당연하지만 그런 부탁을 들어줄 이유는 없다. 나와 너는 적이니까.

듣기로 그 녀석은 우리나 생도르에도 관심히 전혀 없는 것 같았고, 함부로 건드렸다가 적대하게 되면 골치 아프니 이유가 없는 한 관여하지 않는 게 제일 나을 것이다.

그렇게 생각하고 있었지만…….

"……알겠어. 네가 원하는 결과가 되진 않겠지만, 만나러 가도록 하지."

이야기를 하다 보니 신경이 쓰이는 내용이 있었기에 나는 반사적으로 그렇게 대답했다.

《되풀이되는 운명》

"형님~!"

"오오! 모두 무사하다!"

"하지만 방심은 금물입니다! 측면, 후방으로 병사들을 보내라!"

정신을 차리고 보니 슬슬 해가 지기 시작한 시간대다.

그야말로 격전이었던 싸움에 결판이 났고, 빈사 상태가 된 람다에게서 새로운 정보를 몇 가지 얻었을 무렵, 멀리 떨어진 곳에서 마물들을 계속 쓰러뜨리고 있던 레우스 일행이 다가왔다.

에밀리아와 마찬가지로 만신창이인 데다 당장에라도 쓰러질 것 같긴 했지만, 레우스 일행의 표정은 하나같이 밝았다.

주위를 둘러싸고 있던 뿌리와 그렇게까지 거세게 날아들던 촉수도 움직이지 않게 되었기에 람다를 쓰러뜨렸다는 사실을 알게 된 거겠지.

"흥, 애송이들도 살아남은 모양이로군."

"네, 다들 무사해서 다행이에요. 특히 할아버지도 레우스는 신경 쓰이지 않던가요? 좀 전에 그 아이에게 들었어요. 이제야 이름을 불러주었다고요."

"……모르겠다만."

아직 제대로 움직이지 못하고 앉아있던 에밀리아가 그렇게 말하자 영감님은 둘러대며 고개를 돌렸다.

여러모로 엄하게 대하긴 했지만, 자신의 기술을 전수해준 제자 같은 남자가 강해진 증거일 테니 그렇게까지 쑥스러워할 필요는 없을 텐데.

솔직하지 못한 영감님을 보고 쓴웃음을 짓고 있자니 내 앞으로 다가온 레우스 일행이 말에서 내려 일제히 다그쳐 왔다.

"그 녀석을 해치웠구나! 형님!"

"그 거대한 녀석을 쓰러뜨린 일격은 대체 뭐지?! 내게 설명해 줬으면 좋겠군!"

"선생님! 주위의 안전을 확보……."

"알겠으니까 다들 진정해."

다양한 감정이 뒤섞인 말이 동시에 날아들었고, 나는 겨우 그들을 달래며 람다에 대해 설명했다.

눈앞에는 거대한 나무가 솟아있지만, 그 안에는 람다가 이미 존재하지 않기 때문에 내버려 두면 자연스럽게 무너진다고 한다. 일단은 해롭지 않을 것 같긴 하지만, 쓰러지면 주위에 영향이 크기 때문에 언젠가는 조치를 취할 필요가 있을 것이다.

뭐, 그런 건 생도르의 상층부에 맡기기로 하고, 마지막으로 빈사 상태인 람다가 저쪽에 쓰러져 있다고 말하자 미소를 짓고 있던 그들의 표정이 단숨에 굳었다.

"아직 살아있는 겁니까?! 시리우스 님, 어째서 그 녀석을 내버려 두신 거죠!"

"그런 상태로도 그 녀석이라면 무슨 짓을 할지 모르잖아!"

"심정은 이해가 되는데, 그 녀석은 이제 완전히 무력해. 그리고 누구보다 람다와 이야기를 해야만 하는 사람도 있거든. 늦지 않는다면 말이지만."

람다는 하늘을 보고 드러누운 채 꼼짝도 하지 않고 있다. 언제 목숨이 끊겨도 이상할 게 없는 상태다.

내가 부탁을 들어줄 테니 조금 더 살라고 했기에 아직 가까스로 목숨이 붙어 있는……, 상황이다.

일단 람다 근처에 영감님을 두고 감시하기로 해서 다들 납득했지만, 이대로 가다가는 헛수고로 끝날지도 모르겠다.

전선을 천천히 밀어붙이고 있는 중앙부대는 아직 멀리 있고, 람다가 쓰러졌다고는 해도 전장에는 아직 마물이 많이 남아 있기에 이대로 가다가는 기다리는 사람이 도착하기 전에 람다가 목숨을 잃게 될 것 같다.

반쯤 포기하면서 줄리아의 부대가 나눠준 물을 마시고 있자니 멀리서 큰 목소리로 외치며 이쪽으로 다가오는 사람이 있다는 걸 눈치챘다.

"우오오오오오오오오옷───! 비켜라아아아아앗───!"

"기, 기다려주십시오!"

"호, 혼자 보내선 안 된다! 뒤처지지 말라! 따라가!"

"저건……, 오라버니인가?!"

내가 기다리고 있던 생제르 본인이었다. 약간 뒤쪽에서 호위 병사들이 급하게 그를 쫓아오고 있었다.

총대장이 저렇게 위험한 짓을 하는 건 있을 수 없는 일이지만, 그는 결코 무모하게 돌격하는 게 아닌 모양이었다.

전투 전에 들었던 대로 말 위에서도 검술 솜씨가 꽤 좋기도 하고, 람다가 쓰러지자 정신이 든 마물들이 자기들끼리 싸우거나 서로 잡아먹기 시작하고 있어서 적의 진형이 무너지고 전체적으로 혼란 상태가 된 틈을 찔렀기 때문이다.

마물들의 층이 얇아진 부분을 본능적으로 노린 건지, 생제르는 단독으로도 매우 안정적인 돌파력을 보여주고 있었다. 그의 아버지는 전선에서 무기를 휘두른 무투파라던데. 그 피를 진하게 이어받은 것 같았다.

"오라버니, 어째서 혼자 이렇게 무모한 짓을!"

"지금이라서 무모하게나마 온 거 아닐까? 그 왜, 지금 줄리아네 오빠는 왠지 나랑 비슷한 느낌이 드니까."

"직감……이라는 건가? 네가 그렇게 말하니 신기하게도 납득이 되는군."

"주위에 있는 녀석들에게 혼나긴 하겠지만, 나는 저런 녀석이 좋더라. 뒤에서 그냥 지켜보는 녀석보다는 훨씬 더 믿음직해."

레우스가 말한 대로 생제르는 직감을 따라 돌격해온 것 같다. 마물들이 혼란에 빠진 틈을 타기도 했겠지만, 람다의 목숨이 사라져가고 있다는 걸 본능으로 눈치챘을지도 모르겠다.

그 행동력에 감탄하는 동안 적진을 돌파한 생제르는 우리가 있던 곳에 도착하자마자 말에서 뛰어내렸다.

"그 녀석은 어디 있나! 아직 살아있는 건가?!"

"네, 저쪽에 있습니다. 서두르시는 게 좋을 것 같네요."

생제르는 내가 돌아본 곳에 있던 람다를 보고는 곧바로 달려들어서 두들겨 팰 듯한 기세로 뛰어갔다.

하지만 몇 발자국 남았을 때 그 기세는 약해졌다. 바로 앞에 서서 람다를 내려다보았을 때는, 이미 좀 전까지 보이던 거친 감정이 거짓말이었던 것처럼 비통한 표정을 드러내고 있었다. 분노와 슬픔이 뒤섞여서 생제르 자신도 어떻게 해야 할지 알 수가 없는 건지도 모르겠다.

"이봐. 꽤 많이 변해버렸구나……, 너."

『…………』

생제르가 내려다보자 람다는 아무런 말도 하지 않고 그저 허무한 눈빛으로 그를 올려다보고만 있었다.

생제르는 그런 람다를 향해 주먹을 들어 올렸지만, 그 손은 힘없이 내려왔다.

"쳇……, 이래선 때려줄 곳도 없잖아. 마지막까지 까불어대기는."

『……하시면, 되잖습니까……? 당신은……, 승자입니다.』

"뭐어?! 그럴 리가 있나! 내가 지금 여기 있는 건 내가 아니라 여기 있는 녀석들 덕분인데!"

『바보인 건……, 여전하군요.』

본인이 인정하지 않더라도 이 싸움은 총대장으로서 다른 사람들을 이끈 생제르의 승리라는 게 분명하다.

패자인 람다는 변명 같은 말을 늘어놓고 있지만, 생제르는 아랑곳하지 않고 계속 말했다.

"뭐, 내 평가는 됐고. 그래서, 너는 얼마나 더 살 수 있지?"

『원하신다면……, 바로…….』

"그렇군. 그럼 죽기 전에 잘 들으라고."

『얼른……, 죽이시지…….』

"……고맙다."

『윽?!』

고맙다는 말을 듣자 무표정하던 람다가 눈에 띄게 동요했다.

반드시 두들겨 패주겠다고 하던 상대가 갑자기 고맙다고 하니 그럴 만도 했다.

『대체……, 무슨…….』

"넌 분명 나를 배신했지. 그래도 말이야, 네게 배운 것도 있고, 풀 죽었을 때 나를 도와주기도 했어."

『그건…….』

"나도 알아. 나를 속여서 이용하기 위해서였다는 거지? 그런 건 나도 알면서 한 말이야. 미리 말해두겠지만, 두 번 다시 말하지 않을 거다."

악의가 있다 해도 결국은 받아들이는 쪽이 어떻게 보는지에 따라 다르다는 이야기를 듣긴 했지만, 이번 상대는 배신을 넘어 나라까지 멸망시키려 했던 복수자다.

그럼에도, 그럼에도 불구하고 그는……, 생제르는 고맙다는 말을 꺼낸 것이다.

바보라고 해도 이상할 게 없다. 그만큼 람다에게 도움을 많이 받고 의지했던 거겠지. 우선 그쪽 이야기를 끝내야 성이 차는 남자인 것이다.

그리고 생제르가 무리해서 여기로 온 본론은 지금부터인 것 같다.

"그래서 말이야, 너, 아까부터 화를 내기는커녕 웃지도 않는데, 이미 복수는 포기한 거야?"

『포기하다니……, 저는 지금도……, 그 썩어빠진 나라를…….』

"역시 그렇겠지. 그렇다면 네 복수를 내가 대신해주마."

『……대, 신……?』

"그래. 네가 미워하던 녀석들과 거기에 관여한 자들 모두를 내가 확실하게 심판해 주겠어. 너처럼 이렇게 말도 안 되는 방법이 아니라 바보 같은 녀석들만 말이지."

내가 람다의 복수를 용납할 수 없었던 점은 아무런 상관도 없는 사람들까지 잔뜩 휘말리게 만들었다는 이유 때문이다.

복수라고 하면 안 좋은 이미지만 떠오르지만, 그래도 용납되거나 용납되지 않는다는 구별 정도는 있어도 괜찮을 것 같다. 사람에 따라서는 그게 살아갈 힘이 되는 경우도 있으니까.

그렇기에 분노로 인해 왜곡되어버린 람다의 복수를 제대로 되돌리려 하는 생제르를 말리려 하는 사람은 아무도 없었다.

"지금 당장 너를 함정에 빠뜨린 녀석들을 전부 말해라. 전부 밉다거나 하면서 생각하는 걸 멈추고 바보 같은 소리 늘어놓지 말고!"

『………….』

"뭐야, 내가 못할 것 같으냐? 공교롭게도 네가 없는 동안에 내가 다음 왕으로 결정되었거든. 권력만이 아니라 아버지를 이용해서라도 해내 주겠어. 내가 끈질긴 남자라는 건 너도 잘 알고 있을 텐데."

애초에 대륙 간 회합으로 인해 한 나라뿐만이 아니라 다른 나라에까지 널리 알려진 대재해가 되었으니 싸움이 끝난 뒤에 대해서도 이야기를 나눌 필요가 있다. 아무리 람다의 소행이라는 걸 널리 알리더라도 민중들을 완전히 납득시키거나 돈이 생기는 게 아니니까.

무엇보다 람다를 함정에 빠뜨린 자들이 이번 소동의 근본적인 원인이기도 하다. 그런 녀석들을 무죄방면하고 넘어갈 수는 없을 것이다.

그렇게 두 사람의 시선이 몇 분 동안 맞부딪힌 뒤.

그대로 숨을 거둘 것 같던 람다가 그제야 입을 열었다.

『해밀튼……, 로드…….』

"그 녀석들인가! 아무런 상관도 없는 것처럼 시치미를 떼놓고 장본인이었군. 까불기는!"

이제 죽음이 가까워진 건지 말을 더듬으며 한 사람의 이름을 말할 때마다 뜸을 들였지만, 그럼에도 불구하고 생제르는 참을성 있게 귀를 기울였고, 결코 잊지 않겠다는 듯이 복창하며 기억했다.

뒤늦게 중앙 부대의 주력인 수왕과 포르트도 도착했다. 그들은 생제르와 람다의 상황을 짐작한 건지 부하들에게 지시를 내리기만 할 뿐, 방해하지 않고 멀리서 지켜보았다.

"……그래서, 그게 다냐?"

『네…….』

"알겠다. 이렇게 다 말했으니 너는 이제 내게 맡긴 거다. 그러니까 이제……, 편히 쉬어라, 람다."

『정말……, 당신은……, 바…….』

"그래, 바보라고. 잘 가라."

생제르가 그렇게 말하자 남아 있던 람다의 육체가 조용히 무너져내리기 시작했고, 말라비틀어진 나무 조각으로 바뀌었다.

그렇게……, 복수만을 바라보며 살아온 람다의 생애는 끝을 맞이했다.

완전히 납득한 건 아니겠지만, 마지막으로 들은 람다의 목소리에서는 편안한 느낌이 들었기에 약간이나마 그도 구원받은 것 같았다.

"……정말. 마지막 정도는 내 이름을 부르란 말이다."

람다의 최후를 지켜보다 고개를 든 생제르의 표정에서 승리의 여운이나 슬픔은 느껴지지 않았다. 하지만 친구와의 관계에 어느 정도 매듭을 지은 건지 마음이 성장한 것처럼 느껴졌다.

곧바로 마음을 다잡은 생제르는 주변을 경계하고 있던 포르트에게 지시를 내렸다.

"포르트! 카이엔은 아직 안 왔나?"

"약간 후방에 있긴 합니다만 이제 곧 도착할 것 같습니다."

"서두르게 해! 그 녀석의 작전대로 여기에 거점을 만든다!"

"알겠습니다!"

"생제르 님. 우리는 주변의 마물을 토벌하고 오지."

"그래, 부탁 좀 하지. 우리는 준비를 시작한다!"

적의 총대장인 람다는 사라졌지만, 전장의 마물이 아직 많이 남아있기에 지금부터는 소탕전이 된다.

피해를 고려하면 일단 방벽까지 물러나서 농성을 해야 할지도 모르겠지만, 일단 여기에 거점을 만들고 마물들을 줄이면서 뿔뿔이 흩어진 사람들을 구출하고 합류할 예정인 모양이었다.

그렇게 임시 거점을 만들기 위해 수왕 일행이 마물들을 격파하러 나서려던 순간, 감각이 예민한 자들이 일제히 움직임을 멈췄다.

""""위쪽이다!""""

"내려온다!"

"떨어진다! 충격에 대비해라!"

거대한 덩어리 여러 개가 하늘 위에서 떨어졌다. 낙하 지점이 약간 먼 곳이었기에 우리가 이동할 필요는 없는 것 같았다.

거센 충격과 진동을 일으키며 떨어진 그것은 하늘 위에서 날아다니던 용……, 아니, 예전에 우리가 수왕의 나라에서 싸웠던 여러 용을 억지로 이어붙여서 만든 합성 마수였다.

게다가 두 마리나 떨어졌기에 그 이질적인 모습을 본 병사들은 일제히 웅성거렸고, 예전에 본 적이 있는 레우스 일행과 수왕은 무기를 들고 경계했다.

"다들 물러나라! 그 녀석은 떨어진 것 정도로 죽을 마물이 아니다!"

"할아버지! 누나를……, 응?"

"뭐지? 저번처럼 낫지 않는데?"

어느 정도의 상처는 물론이고 머리를 잘라냈는데도 람다와 마찬가지로 곧바로 재생했던 용 합성 마수지만, 떨어진 두 마리에게는 그런 낌새가 없었다.

당연한 건지도 모르겠다. 잘 살펴보니 두 합성 마수의 몸통에는 커다란 구멍이 뚫려 있었고, 생명 활동과 자기 재생의 근원인 핵이 파괴되어 있었기 때문이다.

그 두 마리는 하늘에서 떨어졌으니 해치운 게 누군지는 굳이 생각해볼 필요도 없을 것이다.

하지만 전투 도중에 '서치'로 조사해본 반응에 따르면 용 합성 마수는 세 마리 있었을 텐데. 그렇게 생각하는 동안 마지막 한 마리가 떨어졌고, 그와 동시에 제노드라와 메지아도 함께 떨어졌다.

『크윽! 서둘러라! 제노드라!』

『잠들어라아아아앗———!』

메지아가 합성 마수의 날개와 목에 달라붙어서 움직임을 막고, 몸통에 달라붙어 있던 제노드라가 적의 가슴팍을 물어뜯었다. 그와 동시에 한데 뭉친 셋이 땅바닥에 격돌했다.

고개를 든 제노드라는 물고 있던 마석으로 보이는 것을 씹어서 부순 다음, 완전히 침묵한 합성 마수를 내려다보며 크게 숨을 내쉬었다.

『휴우……, 겨우 정리했군.』

『그래. 어서 하늘로……, 큭!』

격전으로 피가 묻은 데다 상처까지 입은 걸 보니 그렇게 강한 제노드라와 메지아도 꽤 지친 모양이었다. 메지아는 날개를 당해 버린 건지 나는 것도 힘들어서 분하다는 듯 하늘을 보고 있었다.

그제야 우리가 있다는 걸 눈치챈 제노드라와 메지아가 천천히 몸을 일으키고 이쪽으로 다가왔다.

『그대들도 무사했던 모양이로군. 그런데 이런 곳에 다들 모여 서 뭘 하고 있지?』

"마물들을 조종하던 간부를 모두 쓰러뜨리고 일단 합류한 거야. 이것도 용족인 너희가 하늘에서 버텨준 덕분이지."

"맞아! 이제 마물들만 남았다고!"

『휴우……, 그거 고마운 정보로군. 확실히 말해 우리도 약간 버거운 상황이니 말이다.』

"그렇다면 조금이라도 상처를 치료하도록 해. 누가 치유 마법 을 걸어다오!"

공중의 상황이 신경 쓰이는 모양이었지만, 지상과 마찬가지로 하늘에 있던 마물들도 혼란 상태에 빠진 모양이니 어느 정도 여 유는 있을 것 같다.

줄리아의 지시에 따라 치유 마법을 사용할 수 있는 사람들이 모여드는 와중에 수분을 보급하고 휴대 식량을 먹기 시작한 내 게 생제르가 진지한 표정으로 말을 걸었다.

"아직 싸움이 끝나진 않았지만, 네 덕분에 나도 람다와 마무리를 지을 수 있게 될 것 같아. 고맙다는 인사를 하게 해줘."

"네, 전부 다 끝난 뒤에 다시 말씀해 주십시오. 그런데 그쪽 부대에서 물과 휴대 식량을 1인분만 나눠주실 수 있을까요?"

"응? 그래, 바로 준비할 건데, 이런 상황에서도 용케 그렇게 먹는군."

"바로 먹을 게 아니라, 이제부터 움직일 예정이라서요."

"스승님. 그렇게 급하게 나서지 마시고 조금만 더 여기에서 쉬시는 게 어떨까요?"

"으음. 귀공은 이미 최대의 전공을 세웠다. 한동안은 포르트 나 카이엔 같은 사람들에게 맡겨다오."

나를 배려해서 해준 말이긴 하지만, 내게는 아직 해야 할 일이 남아있다. 그 사실을 알고 있는 에밀리아만은 말없이 준비를 진행하고 있었다.

그런 그녀와 나를 보고 위화감이 들었는지 레우스가 긴장한 표정으로 나를 보았다.

"저기, 형님. 뭔가……, 그게……."

"그래, 다른 사람들에게는 설명하지 않았지. 나는 이제부터 마대륙으로 갈 예정이야."

"""네?"""

이런 상황에서 마물의 소굴이라고 불리는 마대륙으로 가겠다 는 말을 아무렇지도 않게 꺼낸 나를 보고 다들 이해할 수 없다 는 듯이 입을 벌린 채 굳어 있다.

다들 가지 말라고 말릴 것 같았지만, 그보다 먼저 나는 숨을 거둔 람다에게 다가가 말라비틀어진 나무 조각으로 변한 몸 안에 손을 집어넣어서 어떤 물건을 꺼냈다.

손바닥 크기만한 그것은 피처럼 새빨간 돌이었다.

"혹시 그거 마석인가요? 그렇게 색이 무시무시한 마석은 처음 봤어요."

"잠깐! 잠깐! 그 녀석 몸 안에 있던 게 멀쩡한 물건일 리가 없잖아. 얼른 부숴버려!"

"키스, 진정하라고. 저기, 형님, 혹시 그게 마물을……."

"맞아, 마물을 조종하는 마법진을 새긴 마석이야. 손잡이나 보호용 장식 같은 건 없지만, 이것도 마도구겠지."

마석에는 마도구의 지식이 있는 나도 이해하는 걸 포기하고 싶어질 정도로 매우 복잡한 마법진이 그려져 있다.

이건 좀 전에 람다에게 질문을 하다가 알게 된 물건이고, 효과나 사용 방법도 그가 알려주었다고 모두에게 말하자 대부분 내가 뭘 하고 싶은 건지 이해한 모양이었다.

"그렇구나! 그걸 써서 마물들을 마대륙으로 돌려보내겠다는 거구나!"

"그렇군요. 생각해보니 우리가 마물들을 전멸시키기 위해 싸운 것도 아니니까요."

"……그렇게 일이 잘 풀릴까?"

하지만 람다 일행이 한 행동이 떠올랐는지 의문을 품은 사람들도 있었다.

그들은 분명 마물을 조종했지만, 그 효과에는 유효 범위가 있었다. 그렇기 때문에 똑같은 마법진을 새겨넣은 합성 마수를 전장 곳곳에 배치한 것이다.

그 밖에도 문제가 있다는 점을 눈치챈 건지 냉정하게 상황을 파악한 사람도 여러 명 있었다.

"스승님, 마물에게 돌아가라고 명령해봤자 그 효과가 미치는 범위 밖으로 나가면 다시 원래대로 돌아가 버리지 않을까요?"

"그렇게 되겠지. 실제로 주위에 있는 마물들이 혼란스러워하는 이유는 마법진에 의한 효과가 사라져버렸기 때문일 거야."

"다시 말해서 마대륙으로 돌려보낼 거라면 계속 마물 근처에 있어야……, 아니, 형님?!"

그렇다, 어느 정도 근처에 있어야만 마물들을 유도할 수 있기 때문에 결국 마물들과 함께 마대륙으로 갈 필요가 있는 것이다.

좀 전에 내가 한 말을 진정한 의미로 이해한 레우스 일행이 당황하며 다그쳤고, 알베리오가 어떤 제안을 했다.

"맞다, 그걸로 마물들의 움직임을 멈춰버리면 숫자가 아무리 많더라도 안전히 쓰러뜨릴 수 있지 않을까요?"

"그럴 수 있다면 좋겠지만, 아쉽게도 이 마석이 수상해서 말이야."

가까이에서 봐야만 알 수 있는데, 실은 마석의 일부가 파손되어서 약간 금이 간 상태다.

아마 내가 연달아 날렸던 공격이나 '라이트닝 불릿'의 여파로 흠집이 났을지도 모르겠다.

"중요한 마법진 부분은 무사하니까 발동은 되겠지만, 이런 상태로는 하루나 이틀, 아니면 한나절도 버티지 못하고 부서질 가능성이 있어. 그렇게 확실하지 않은 시간 안에 여기에서 마대륙까지 늘어서 있는 마물들을 얼마나 해치울 수 있을까?"

"그래도 형님이나 할아버지, 우리가 단숨에 나서면……."

"그럼 묻겠는데, 너희는 앞으로 얼마나 싸울 수 있지?"

여기 있는 사람들 중 대부분은 이미 만신창이고, 제노드라와 메지아도 마찬가지로 한계가 가깝다. 아직 하늘에서 싸워주고 있는 세 용들도 비슷한 상황일 것이다.

다른 병사들에게 맡기고 쉬려 해도 지금 우리들의 상태를 감안하면 하루 정도는 느긋하게 쉬어야 제대로 회복할 수 있을 것이다.

"내가 지금 하려고 하는 건 마물의 섬멸이 아니라 상황을 바꾸기 위한 공작이야. 그러니 적진에서 살아남을 수 있는 기동력, 재빠른 판단력과 경험, 그리고 지구력이 필요해. 이런 상황이니 확실하게 말하겠는데, 지금 너희들로는 발목만 잡을 거야."

"그, 그래도 말이야. 그 녀석하고 싸우느라 형님도 지쳤잖아."

"몸 상태가 완전하진 않지만, 이 정도 무리는 여러 번 경험한 적이 있어. 그리고 나도 혼자 갈 생각은 없고."

손가락을 입에 넣어 휘파람을 살짝 불자 마물들의 소탕을 돕고 있던 호쿠토가 돌아왔다.

이른 아침부터 계속 싸웠기 때문인지 호쿠토의 털은 많이 흐트러졌고, 튄 피도 묻어서 매우 지저분해진 상태였다.

하지만 부상을 입은 것 같지는 않았다. 아직 싸울 수 있다는

듯이 경쾌한 발걸음으로 내게 다가온 호쿠토의 머리를 쓰다듬
으면서 뭐라고 해야 할지 망설이고 있던 레우스 일행을 슬쩍 보
았다.

"호쿠토가 있으면 마물에게서 도망치는 것도 힘들지 않아. 희
생할 생각 같은 건 없으니까 안심해줘."

"그럼 적어도 저기 있는 영감님 정도는 데리고 가라고. 아직
의욕이 넘치는데."

"맞아요! 마물투성이인 대륙으로 가는 거니 전력이 많은 게
나을 텐데요."

"영감님의 힘이 필요한 곳은 여기야. 마도구의 명령이 닿지
않아서 유도할 수가 없는 마물이 생길 테니까."

솔직하게 말하자면, 저 영감님은 잠입 공작 같은 일하고는 잘
맞지 않는다.

그래서 영감님은 여기에 남기고 너희가 푹 쉬는 동안 싸워달
라고 하는 게 낫다고 설명하자 모두의 말문이 막혔다.

하지만 머리로는 이해가 되지만 완전히 납득할 수는 없다는
표정이었다.

"어째서, 어째서 형님이 그렇게까지……."

"누군가가 해야만 하는 일이야. 그리고 우리 중에서 마대륙에
서 살아 돌아올 가능성이 가장 큰 사람은 나인 것 같고."

"…………."

쓸데없는 희생을 줄일 수단이 있는데도 내 안전만을 위해 아
무것도 하지 않는 남자가 되고 싶진 않다.

나는 그렇게 한심한 남자의 뒷모습을 제자들에게 보여주고 싶지 않다.

레우스 일행이 아무런 말도 하지 못하고 있자니 부대 사람들이 나눠준 휴대 식량과 물을 가방에 담아준 에밀리아가 내 바로 옆에 섰다.

"시리우스 님, 필요한 물건들은 다 챙겨두었습니다."

"고마워. 번거롭게 했구나."

"누나! 누나는……, 그래도 괜찮은 거야?"

"전부 시리우스 님께서 결정하신 일이에요. 그래서 저는 주인님을 믿고 보내드릴 뿐이죠."

에밀리아는 담담하게 말했지만, 레우스 일행도 그녀의 귀와 꼬리가 살짝 떨리고 있다는 사실을 눈치챈 모양이었다.

그래서 레우스도 뭐라 입을 열 수 없게 되었는데, 에밀리아가 갑자기 입가에 살짝 미소를 지으며 말을 꺼냈다.

"하지만 한 가지만, 시종으로서가 아니라 부인으로서 고집을 한번 부려봤어요."

"어?"

"잠깐만 시간을 내달라는 거죠. 전선이 여기까지 밀고 올라왔다면 금방……, 다행이네요. 제때 맞춰서 온 모양이에요."

에밀리아가 생도르 쪽을 돌아본 순간, 공중에 있는 마물들이 노리지 않을 정도로 낮게 날아오는 두 그림자가 보였다.

바람의 정령의 힘을 빌려 하늘을 날아온 피아와 리스였다. 카렌도 피아의 품에 안겨 함께 왔다.

"휴우……, 카렌, 무섭진 않았니?"

"괜찮아!"

"이런 상황을 보여주고 싶진 않았지만, 지금은 어쩔 수 없지."

"리스 씨?! 그리고 피아 씨하고 카렌까지, 어째서 여기?"

"제가 불렀습니다. 시리우스 님에 대해서도 이미 설명해 드렸고요."

내가 마대륙으로 간다는 이야기를 듣자마자 에밀리아는 곧바로 '콜' 마법진을 새겨넣은 마도구로 리스와 피아에게 상황을 전달한 것이다. 그때는 거리를 약간 두고 있었기에 내용은 잘 알아들을 수 없었는데, 설명을 꽤 자세히 한 모양이었다.

연락할 때 이쪽 마물의 움직임도 가르쳐주어서 그 정보를 토대로 마물들을 잘 피해온 건지, 세 사람은 딱히 아무런 문제도 없이 온 모양이었다.

다른 사람들이 놀라는 와중에 내 앞에 착지한 세 사람 중 리스가 꽤 많이 지쳤다는 걸 눈치챘다.

"리스도 정말 무리한 모양이구나."

"언니도 그런 말을 하던데, 무리를 한 건 다들 마찬가지잖아? 그러니까 잠깐이라도 괜찮으니 몸을 치료해줄게."

"……부탁할게."

나는 람다와 싸우면서 수많은 상처를 입었지만, 지혈은 이미 마쳤고 마력으로 육체를 활성화시키고 있기에 내버려 두면 금방 낫는다.

그러니 더 이상 무리하지 말았으면 하는 마음으로 치료를 거절하는 게 옳지만……, 그럼에도 이번만은 리스가 마음대로 하게 둘 생각이다.

그녀의 손에서 뻗어 나온 물이 내 몸을 감싸고 상처를 치료하며 몸까지 깨끗하게 만들어주었다. 힘을 다 써버렸는지 당장에라도 쓰러질 것 같은 리스를 내가 끌어안았다.

"고마워. 이제 충분해."

"응. 있지, 진짜로……, 갈 거야?"

"그래. 해야만 하는 일이 생겼으니까. 그리고 마물들과 싸우는 걸 줄일 수 있다면 부상자뿐만이 아니라 리스의 부담도 줄일 수 있고."

부상자를 내버려 둘 수 없을 만큼 마음씨 착한 부인인 리스.

그녀의 온기를 마음에 새기듯 약간 세게 끌어안은 다음, 촉촉한 눈으로 나를 올려다보고 있던 리스의 이마에 살짝 입을 맞췄다. 사실은 입에 해야겠지만, 아직 이런 게 익숙하지 않은 리스를 배려해준 것이다.

"으앗?!"

"조금 느끼해 보이긴 해도, 이럴 때는 제대로 해줘야지."

"당연하지. 그러니까 다음은 이쪽을 봐줘. 아, 미안한데 에밀리아는 카렌을……."

"그러세요."

"왜 카렌만 그래!"

"후후, 역시 대단하네. 그럼 바로……."

에밀리아가 카렌의 눈을 살며시 가리자 피아가 내 고개를 반

쯤 억지로 돌리고는 잡아먹듯이 입을 맞췄다.

여전히 정열적이구나. 마음속으로 그렇게 쓴웃음을 짓고 있자니 미소를 짓고 있던 피아의 표정이 진지하게 바뀌었다.

"······가지 말라는 말은 안 할 거야. 만약에 당신에게 무슨 일이 생기더라도 나는 혼자서······, 아니, 다 함께 이 아이를 제대로 키울 각오가 되어 있어."

"강하구나, 피아는."

"저번에도 말했지만, 어머니가 될 거니까. 하지만 이 말만은 하게 해줘. 아버지가 없는 아이로 만들지는 마. 이 아이는······, 당신의 피를 이어받은 아이니까."

"물론이지. 그런데 에밀리아가 뭐라고 말했는지는 모르겠지만, 나는 죽으러 갈 생각이 전혀 없어."

"그래도 말이야. 당신과 호쿠토가 강하다 해도 마물투성이인 섬으로 간다는 말을 듣고 안심 같은 없잖아."

리스도 맞장구를 치듯 고개를 연달아 끄덕였고, 그제야 에밀리아에게서 풀려난 카렌이 내 등에 달라붙었다.

자세한 상황은 잘 모르지만, 내가 위험한 곳에 간다는 건 이해했는지 놓지 않겠다는 듯이 힘차게 나를 끌어안고 있다. 주위 사람들의 분위기를 느끼고 불안함을 떨칠 수가 없나 보다. 평소보다 몇 배는 더 적극적이네.

"카렌한테는 위험한 곳에 가면 안 된다고 해놓고, 선생님은 왜 몇 번이나 가는 거야?"

“하하, 가지 않으면 모두에게 야단이 나기 때문이지.”

리스에게서 물러난 다음, 등에서 내려온 카렌을 가슴 높이까지 들어 올린 나는 자상하게 타이르면서 날개 달린 소녀의 눈을 들여다보았다.

그 눈에서는 말로 잘 표현할 수 없는 불안함과 슬픔이 느껴졌지만, 가지 말라는 말만은 꺼내지 않았다. 아니, 피아와 다른 사람들을 보니 말할 수가 없는 것 같다.

정말 똑똑한 아이라고 감탄하면서도 나는 안심시키는 듯이 카렌을 더욱 높게 들어 올렸다. 부모가 아이에게 자주 해주는 놀이다.

“호쿠토와 같이 갈 거니까 괜찮아. 그러니까 카렌은 모두와 함께 있어야 해.”

“응…….”

“그리고 말이지, 이럴 때 정도는 참지 말고 울어도 돼.”

“……응.”

소리를 내지 않고 조용히 눈물을 흘리기 시작한 카렌을 살며시 끌어안았다. 달래며 머리를 천천히 쓰다듬어 주었다.

사실은 좀 더 울게 두고 싶지만, 시간도 그렇게까지 여유가 있는 게 아니기 때문에 슬슬 내려줄까 생각하던 그때. 우리를 잠자코 바라보고 있던 레우스가 씁쓸한 표정으로 끙끙대기 시작했다.

“이제……, 그만해, 형님. 필요하다는 건 알지만 말이야, 이러면 최후의 작별 같잖아.”

"그건 아니에요, 레우스. 돌아올 곳이 있다는 걸 시리우스 님의 마음에 새기기 위해서죠."

"그래도 말이지……."

"하지 않는 것보다는 하고 나서 후회해야죠. 시리우스 님께서 하신 말씀 중 하나예요."

"…………."

"레우스, 마음에 걸릴지도 모르겠지만, 이야기할 수 있을 때 이야기해두면 손해는 아닐 거다."

아무리 무사히 돌아오겠다고 마음에 새기더라도 뜻밖의 사태라는 게 발생할 수 있다. 그래서 나는 부인들을 불러들인 에밀리아의 행동을 말리지 않았고, 전해야 할 것을 확실하게 말했다.

물론 레우스에게도 전해야 할 게 있기에 제자이자 동생 같은 남자에게 천천히 주먹을 내밀었다.

"이건 스승으로서가 아니라 한 남자로서 하는 말이다."

"형님……."

"잠깐 동안 모두를, 가족을 부탁한다."

"…………알겠어!"

아직 마음의 정리가 되지 않은 레우스도 내 말을 확실하게 받아들이고는 내가 내민 주먹에 자기 주먹을 맞부딪혀주었다.

"그래도 당분간은 틈을 봐서 제대로 쉬어라. 자세한 것들은 에밀리아에게 말해두었으니까."

"……알겠어."

"영감님도 여유가 있으면 다른 사람들을 좀 봐주고."

"흥, 에밀리아와 아가씨들 말고는 모른다."

뭐, 영감님에게 기대할 만한 건 마물을 청소하는 것 정도니까 더 이상 할 말은 없다.

그 뒤로도 미안한 듯이 이를 악무는 줄리아와 생제르, 알베리오 같은 사람들과 잠깐 이야기를 나누고 있자니 주위에 있던 마물들을 해치우던 수왕 일행과 곳곳에서 싸우고 있는 부대에서 보낸 전령이 왔다.

"보고! 마물들의 제거가 진행되고 있긴 하지만 일부 부대에 피해가 확산되고 있다고 합니다!"

"전부는 아니지만 공중에 있던 마물들이 우리를 노리고 내려오기 시작한 것 같군. 앞으로는 위쪽도 신경 쓰라고 모든 부대에 전달해라!"

"슬슬 시간이 되었군."

람다의 지배가 풀려서 상대할 마물이 줄어들긴 했지만, 우직하게 방벽 쪽으로만 가고 있던 공중의 마물들이 지상 쪽도 공격하게 되었기에 다른 의미로 더 위험해져 버렸다.

간단하게나마 모두와 인사를 마치고 호쿠토를 타려고 돌아선 순간, 무언가가 나를 뒤에서 끌어안았다. 동시에 어깨에 약간의 통증이 느껴졌다.

"……다녀오십시오."

"그래."

은랑족이 살짝 깨물며 애정을 전하는 행동을 느낀 나는 호쿠토의 등에 올라타서 마석을 들어 올리며 마력을 흘려 넣었다.

기묘한 감각이 주위에 퍼지나 싶더니 호쿠토뿐만이 아니라 수인들이 뭔가 느낀 듯이 귀와 꼬리의 털을 살짝 곤두세웠다.

참고로 마석 자체는 그냥 희미하게 빛났을 뿐이지만, 그 효과는 엄청난 것 같았다. 거점을 만들기 위해 주위의 마물을 소탕하고 있던 전투음이 확실하게 줄어들었기 때문이다.

하지만…….

"이거……, 예상했던 것보다 대식가인데."

람다가 마석을 다루는 법을 가르쳐주었기에 우선 시험 삼아 마력을 약간 흘려 넣었을 뿐인데, 중간부터는 마석이 더 내놓으라는 듯이 내 마력을 빨아들이기 시작한 것이다.

내가 의식해서 마력을 끊자 멈췄지만, 겨우 몇 초 만에 내 마력을 꽤 많이 가져가 버렸다. 이만큼 연비가 안 좋으면 많은 사람들이 항상 교대로 사용하거나 곧바로 마력을 회복할 수 있는 사람이 와야 다룰 수 있을 것 같다. 이 작전을 나만 맡을 수 있는 이유가 더 늘었네.

"이 정도쯤 되면 마도구가 아니라 일종의 생물인데. 그래도 잘만 조정하면……."

람다 일행은 이 마석과 똑같은 마법진을 자신들의 몸에 새겨서 마물들을 조종했는데, 람다는 그렇게까지 복잡한 명령을 내리지는 않았다고 했다.

특수한 상황을 제외하고, 진형을 유지하기 위해 일정한 거리감을 유지하며 근처에 적이 없는 한 그냥 전진하기만 하라는 느낌. 공중의 마물들에게는 그냥 방벽을 노리라는 간단한 명령만 내렸다고 한다.

그래서 나도 마물들에게 단순하고 몇 개 되지 않는 명령만 내리기로 했다. 그러면 마력 소비가 줄어들고, 그만큼 오랫동안 넓은 범위에 지시를 내릴 수 있을 것 같다.

"명한다……."

한번 발동시키자 이 녀석의 제한 사항이나 다루는 법을 이해할 수 있게 되었다.

아무래도 마물들의 본능을 왜곡시키는 명령을 내릴수록 마석의 부담이나 소비 마력이 커지는 것 같다. 참고로 좀 전에 시범적으로 내린 명령은 '마대륙으로 가라'였는데, 이렇게 흠집이 난 마석으로 오래 유지하기는 힘들 것 같다.

그렇기 때문에 마물들에게 간섭이 적은 명령은…….

"너희 먹잇감은……, 나다!"

살기 위해 먹잇감을 먹는다는 본능의 지향성만 조작하는 것이다.

마석이 발동되고 그 지시가 넓은 범위로 날아간 순간, 주위에 있던 마물들이 일제히 나를 향해 돌아보았다. 그야말로 굶주린 늑대 떼다.

종족이나 개체에 따라 효과도 차이가 있는 것 같긴 하지만, 적어도 범위 안의 대부분은 끌어들인 것 같다.

"좌익부터야."

"멍!"

나는 마석의 유지에 집중할 필요가 있기에 다른 것들은 전부 호쿠토에게 맡기게 된다.

다시 말해 호쿠토의 부담은 나 이상으로 크다. 그럼에도 불구하고 자신만만하게 한 번 울음소리를 낸 호쿠토는 땅을 박차고 내 지시에 따라 전방 좌익 쪽을 향해 뛰어가기 시작했다.

어느 정도 쓰러뜨렸음에도 아직 줄어든 것 같지 않은 숫자의 폭력 한복판을 호쿠토가 속도를 떨어뜨리지도 않고 내달렸다.

"충분해. 반대쪽으로 가자!"

"멍!"

나를 먹잇감으로 인식한 마물들이 엄청난 기세로 몰려들었다.

하지만 지금은 교란이 아니라 유도가 주목적이기 때문에 마물들을 최소한으로만 상대해도 된다.

호쿠토는 백랑의 신체 능력을 살린 속도와 힘으로 막아서는 마물들만 피하거나 마치 낙엽처럼 날려버리고 있긴 하지만, 움직임에 약간 지친 기색이 보이긴 했다. 아무리 호쿠토라 해도 아침부터 계속 전투를 벌여서 피로가 쌓인 모양이다.

"이 정도 규모를 상대로 미끼가 되는 건 처음이긴 하지."

"……멍."

"그래, 겁이 난 건 아니야. 호쿠토……, 내 목숨, 네게 맡긴다."

"멍!"

전생에서 젊었을 무렵의 나와 개가 함께 일을 하던 시절이 떠올랐다.

그때는 양쪽 다 경험이 부족했고, 위기를 넘어 죽음을 각오한 적도 여러 번 있었지만, 지금은 경험뿐만이 아니라 전생조차 훨씬 능가하는 힘을 얻었다.

그러니 아무리 터무니없는 작전이라 하더라도 결코 불가능한 건 아니다.

이제 얼마나 많은 마물들을 끌고 가서 동료들의 부담을 줄여 줄 수 있을지에 달렸다.

"2시 방향으로 수정! 이어서 10시 방향!"

"멍!"

여기서 마대륙까지는 마차로도 며칠 정도 걸리는 거리지만, 호쿠토가 온 힘을 다해 달리면 금방 도착할 것이다.

하지만 이번에는 많은 마물들을 끌고 갈 필요가 있다. 일부러 뛰어가는 속도를 늦추거나 구석구석까지 마석의 명령을 내리기 위해 지그재그로 오가고 있기에 지상뿐만이 아니라 공중에서 날아드는 마물도 많이 상대해야만 했다.

중간부터는 역시 호쿠토만으로는 대처하기 힘들어졌기에 나도 마석에 마력을 불어넣으며 투척용 나이프나 소모를 최대한 억제한 '임팩트'를 날려서 원호하고 있었다.

"멍!"

"신경 쓰지 마, 뛰어!"

무리하지 말라는 듯이 짖는데, 둘 다 살아남기 위해서라도 부담은 최대한 나눠야 할 것이다. 한쪽이 쓰러져버리면 연달아 다른 한쪽도 쓰러져버릴 테니까.

그 이후로도 난전으로 인해 예상치 못한 공격이 날아들어서 기세가 멈출 뻔하기도 했지만, 계속 달려간 우리는 예전에 잠깐 지냈던 전선 기지에 도착했다.

"방치한 건가? 뭐, 그 녀석에게는 걸리적거리는 벽에 불과했을 테니까."

전선 기지는 연달아 벌어진 싸움으로 인해 전체적으로 허름해졌지만 그 이후로 확실하게 파괴된 것은 방벽의 정문뿐이었고, 내부도 마물이 조금 있을 뿐이었다.

람다가 보기에는 단순한 통과 지점이었고 농성할 생각은 없었는지 마물을 배치해두진 않은 것 같았다. 이 정도면 나중에 기지를 탈환하는 것도 어렵지 않을 것이다.

지금 내게도 이걸 신경 쓸 이유는 없기에 속도를 늦추지 않고 그냥 통과했다.

마물들을 쓸어버리며 정문으로 당당히 전선 기지를 통과한 다음, 며칠에 걸쳐서 계속 싸웠던 방벽 앞 전장으로 나가보니 그곳은 마물들이 제멋대로 날뛰는 혼돈으로 바뀌어 있었다.

이곳저곳에서 영역 다툼으로 싸우거나, 잡아먹기 위해 작은 마물을 쫓아다니는 등, 그야말로 세기말이라는 말이 나올 것 같은 장소. 거기 들어서자 눈에 보이는 범위의 마물들이 이쪽을 돌아보았다. 마석의 힘은 아직 잘 발휘되고 있는 것 같았다.

"딱 좋아. 자, 좀 더 와라. 너희 먹잇감은 여기 있다고."

뒤쪽에서 쫓아오고 있는 마물도 있기에 멈춰 설 틈은 거의 없다.

그대로 전선 기지를 지나 그 너머에 있던 두 번째 방벽까지 순식간에 돌파한 우리는 드디어 방위뿐만이 아니라 마대륙을 감시하는 것이 주목적인 첫 번째 방벽에 도착했다.

그곳에서도 마찬가지로 마물들이 마음껏 날뛰고 있었지만, 그보다 더 신경 쓰인 것은 마대륙과 이어졌다고 들은 길이다.

병사의 보고에 따르면 갑자기 바닷속에서 길이 나타났다던데, 실제로 보면서 확인하니 예상했던 대로 마법으로 해저를 융기시켜서 길……, 바위 다리를 만든 모양이었다. 여기에서 마대륙까지는 배를 타고 가야 할 거리이기 때문에 이 정도 규모의 다리를 만드는 데 얼마나 많은 마력을 썼을지는 상상도 되지 않는다.

아무튼 이 다리를 어떻게 하지 않으면 마물들이 계속 유입될 테니 바로 부숴야겠지만, 아직 그럴 때가 아니다.

"자, 손님들께 돌아가 달라고 해야지."

끌고 온 마물들과 함께 마대륙으로 이동한 다음, 최대한 많이 돌려보내고 다리를 부순다. 해야 할 일은 단순하지만 여기까지 끌고 온 마물들이 이 다리를 전부 건널 때까지 마대륙 안에서 살아남아야 하기에 매우 어려운 작업이다.

게다가 이미 밤 시간대에 돌입한 데다 이 마석이 부서질 때까지는 계속 마물들을 불러들일 테니 밤을 새우며 계속 움직여야 할 것이다.

"후……, 하하……."

"멍."

"참, 이런 상황이 되니 오히려 웃음이 나오네. 자, 마대륙의 환영은 어떨까."

이런 상황인데도 왠지 모르게 웃음이 나오는 나 자신이 어이가 없었다. 나는 그런 상황에서 호쿠토와 함께 대륙 사이를 이어주고 있던 바위 다리를 향해 돌입했다.

바위 다리를 건너 처음 마대륙에 발을 내디뎠을 때 제일 먼저 느낀 것은 분위기의 차이였다.

냄새나 기후가 바뀐 수준이 아니었다. 이 마대륙에 있는 것은 인간이 아닌 존재뿐이며, 분위기 또한 이곳은 사람이 발을 내디딜 수 있는 곳이 아니라는 생각이 들 정도로 독특했다.

이런 마물의 소굴을 개척하려면 대체 얼마나 많은 시간과 비용……, 그리고 희생이 필요할지 상상도 되지 않았다.

"그리고 정말 넓어 보이는 대륙이야. 내가 모르는 마물도 많을 것 같은데."

해가 완전히 져버렸지만, 나는 마력을 조정해서 밤눈을 밝게 만들었고 호쿠토는 백랑의 초감각이 있기에 야간에도 이동하는 데 문제가 거의 없었다.

문득 해변에서 가까운 숲이나 대륙 중심을 의식해보니 지금까지 느껴본 적이 없는 마물의 기척이 잔뜩 느껴졌다. 원래는 야간에 함부로 움직이면 안 되겠지만, 후방에서 많은 마물들이 쫓아오고 있기에 앞으로 나아갈 수밖에 없다.

우선은 마대륙의 해안을 따라서……, 다시 말해 대륙 가장자리를 따라 이동해서 생도르에서 유도해온 마물들이 다리 근처에서 정체되지 않게끔 계속 앞으로 나아갔다.

"……이 근처면 되겠지. 슬슬 방향을 바꾸자."

"멍!"

위험하다는 걸 알면서도 마대륙 안쪽으로 나아간 이유는 마물을 유도하는 것 말고도 확인해두고 싶은 곳이 있기 때문이다.

람다가 가르쳐준 정보에 따르면 마대륙 어딘가에 용암이 뿜어져 나오는 산이 한 곳 있는 모양이었고, 우리는 그 활화산을 향해 가고 있었다. 처음 와본 대륙이라 정확한 위치는 모르겠지만 호쿠토의 코를 이용하면 찾는 것도 어렵지 않을 것이다.

덤벼드는 손님들을 상대해주면서 가장자리에서 내륙 쪽으로 방향을 틀고 숲이나 산을 몇 개 넘어가자 풀과 나무가 자라지 않는 바위 지대로 들어섰다. 그와 동시에 기온도 급격하게 오른 걸 보니 화산이 가까워졌다는 걸 알 수 있었다.

"여긴가? 들었던 것보다 넓은데."

그대로 길이 없는 바위 지대를 계속 나아가서 분지 같은 곳으로 가보니 거기에는 암반을 대충 깎아서 만든 거대한 제철소 같은 것이 있었다.

이런 곳에 문명을 만들어놓은 건 당연히 람다다. 아마 대륙을 연결한 다리와 마찬가지로 막대한 마력을 이용해 억지로 만들었을 것이다.

제철소라는 걸 바로 이해할 수 있었던 이유는 미리 람다에게 이야기를 들었기 때문이기도 하지만, 화산에서 흘러나오는 용암을 이용해서 철광석을 녹이는 기구가 있었기 때문이다. 생도르를 공격한 마물들이 들고 있던 무기를 어디서 만들었나 했는데 여기인 모양이다.

이미 버려진 곳인지 제철소에는 마물이 어느 정도 돌아다니고 있을 뿐이었다.

지금 상황을 생각하면 무시해야 할 곳이겠지만, 지혜가 있는 마물이 이곳을 이용하게 되면 위험하기에 부숴두고 싶었다. 마물이 스스로 도달했다면 상관없지만, 사람의 개입으로 만들어진 지혜……, 장래의 불씨는 최대한 없애두어야 할 것이다.

"멍!"

"아니, 아직 네가 나설 차례는 아니야. 저걸 이용하자."

이 제철소는 매우 넓어서 파괴하려면 상급 마법을 몇 발 날리거나 대량의 폭약을 설치할 필요가 있을 것 같다.

하지만 이곳에서는 그리 어렵지 않을 것이다. 쇠를 녹이는데 용암을 이용했다면 그걸 이 일대에 흘려보내기만 하면 되니까.

"목표는……, 찾았다. 잘 먹히면 좋겠는데."

마물이 간헐적으로 습격하는 상황이라 체력이나 마력을 제대로 회복하지 못했기에 이미 '안티 머티리얼'을 날릴 여유가 없다.

시간을 오래 끌 수는 없기에 마지막 한 장 남은 마석 카드를 쓰기로 결심한 나는 고지대로 피하면서 어떤 벽을 향해 카드를 던졌다.

마석의 마력을 전부 사용한 '임팩트'의 충격파는 암반조차 쉽사리 부쉈고, 내가 노린 대로 크게 뚫린 구멍에서 용암이 뿜어져 나왔다. 그 기세는 엄청나서, 넓은 제철소가 눈 깜짝할 새에 용암으로 가득 찼다.

"이러면 되겠지. 자, 다시 도망치자."

"멍!"

고지대로 피한 우리를 쫓아오던 마물들도 용암에 휩쓸렸기에 잠깐이나마 숨을 고를 시간이 생겼다.

그래도 마물들이 금방 모여들었기에 제철소가 용암으로 뒤덮이는 걸 지켜본 다음, 우리는 다시 어둠 속을 달려갔다.

우리는 그 이후로도 살아남기 위해 계속 싸웠다.

마석 유지와 덤벼드는 마물에 대처하는 것 말고 다른 생각은 버리고, 항상 마대륙 안을 뛰어다니며 호쿠토와 함께 싸워왔지만, 아침이 되고 낮이 되자 기어코 그때를 맞이했다.

"한계……, 인가."

그건 극도로 지친 호쿠토뿐만 아니라 들고 있던 마석을 보고 한 말이었다.

작게 가 있던 금이 크게 퍼져서 당장에라도 마법진에 닿을 것 같은 데다, 힘을 조금만 주어도 마석 자체가 부서질 것 같은 상태였다.

몇 초 뒤에는 단순한 돌이 되어버리겠지만, 이왕이면 완전히 부숴버리자고 판단한 나는 마력을 단숨에 불어넣음과 동시에 마물들이 가장 밀집해 있던 지점을 향해 그걸 내던졌다.

지나치게 주입된 마력으로 인해 공중에서 마석이 산산조각 났지만, 그만큼 효과가 몇 배나 강해진 것 같았다. 가벼운 충격파가 넓은 범위에 퍼지나 싶더니 마물들의 흉폭한 포효가 돌아온 것이다.

"이런. 효과가 예상했던 것보다 더……."

"끄응……."

조금 후회가 되긴 하지만 그 마법진이 그려진 마석을 확실하게 처분했으니 잘된 거라 생각해야겠다. 그 기술은 지금 사람들이 손에 넣기에는 아직 너무 이르니까.

더욱 흉폭해진 마물들이 맹렬하게 덤벼들어서 무심코 식은땀이 흘렀지만, 그 마석이 사라진 이상, 이 마대륙에 오래 머무를 필요가 없어졌다.

이제 마대륙을 탈출해서 다리를 부수기만 하면 된다. 하지만 그러기 전에 해야만 하는 일이 한 가지 더 있다.

미리 이야기를 들었던 마대륙의 어떤 지점으로 호쿠토를 달리게 했는데, 뒤쪽에서 맹렬한 기세로 쫓아오는 마물들을 보고 호쿠토가 뭔가 망설이는 듯한 낌새를 보였다.

"……멍!"

"속도는 그대로 유지해. 신경 쓰지 말고 달려!"

람다에게 이야기를 들었던 성수를 원하는 자는 내륙의 작은 동굴 안쪽에 있는 모양이었고, 그 동굴에는 나 혼자 뛰어들 생각이었다. 여기까지 와서 헤어지려는 이유는 호쿠토가 따로 해야 할 일이 있기 때문이다. 그리고 작은 동굴이라면 대형 마물이 들어올 수 없으니 지금 나라면 혼자서도 대처할 수 있을 것이다.

호쿠토 위에서 뛰어내릴 타이밍을 놓치지 않게끔 준비하고 있던 나는 목적지인 동굴이 보이자 재빨리 외쳤다.

"멈춰!"

갑작스러운 지시였지만 호쿠토는 지면을 깎아내며 속도를 늦췄고, 동굴 입구 앞에서 멈춰주었다.

마물들에게 쫓기고 있는 상태에서 멈추는 건 치명적이지만, 이번에는 잘못된 판단이 아니었던 모양이다.

그렇게까지 집요하게 우리를 쫓아오던 마물들이 동굴 앞쪽에서 멈춰 서서는 분한 듯이 끙끙대기 시작했기 때문이다. 마치 보이지 않는 벽이 있는 것처럼 그곳에서 전혀 다가오지 않았다.

이런 곳에 거점을 만들어두었으니 마물들이 다가오지 못하게끔 대책을 세워둘 가능성을 고려하긴 했는데, 예상 이상으로 완벽한 대책이었던 모양이다. 마물들의 본능을 왜곡시켜서 완전히 다가오지 못하게 할 정도니까.

어찌 됐든, 급하게 동굴 안으로 뛰어들 필요는 없을 것 같다. 동굴 쪽에서도 아무런 반응이 없었기에 나는 호쿠토의 등 위에서 천천히 내려오며 숨을 크게 내쉬었다.

"호쿠토, 잘 해줬어."

"멍……."

"여기라면 어느 정도 안전할 것 같네. 잠깐 쉰 다음에 마지막 마무리를 하러 가줘."

호쿠토가 없었다면 나도 이렇게까지 터무니없는 짓을 할 수 없었을 테고, 많은 마물들을 유도할 수도 없었을 것이다.

이 싸움이 시작된 이후로 가장 큰 활약을 해준 파트너의 머리를 치하하며 쓰다듬고 있자니 갑자기 호쿠토가 이쪽을 진지한 눈초리로 바라보았다.

나 혼자서 동굴에 들어가는 걸 걱정하는 느낌도 들지만, 정말로 그래도 괜찮겠냐며 걱정하는 눈초리이기도 했다.

"끄응⋯⋯."

"나도 알아. 하지만 람다에게 들은 이야기가 맞다면 나 혼자가는 게 낫겠지."

호쿠토가 걱정할 만도 하고, 원래는 무리하지 않고 일단 돌아갔다가 몸 상태를 완벽하게 갖춰서 동료들과 함께 와야 한다는 것도 알고 있다.

하지만 내가 혼자 가기로 결심한 건 상대가 최대한 빨리 대처해두어야 하는 존재이고, 나중을 내다보았기 때문이기도 했다. 게다가 중형 마차가 겨우 지나갈 수 있을 정도의 크기인 이 동굴에서는 몸집이 거대한 호쿠토도 제대로 움직일 수가 없으니까.

"무슨 일이 생기면 신호를 보낼게. 놓치지 말아줘."

"멍!"

치열한 전투로 인해 많이 지저분해진 호쿠토가 마음에 걸리긴했지만, 나는 그 마음을 떨쳐내고 홀로 동굴로 향했다.

안으로 나아가며 내부를 '서치'로 조사해보니 그렇게까지 큰동굴은 아닌 것 같았다.

하지만 안쪽으로 들어갈수록 '서치'의 반응이 약해지고, 머릿속에 떠오르는 지도가 흐릿해지는 걸 보니 골치 아픈 건 분명해

보인다.

중간에 갈림길이 몇 군데 있었지만 미로라고 할 정도로 복잡하진 않았고, 적이나 함정도 전혀 보이지 않았기에 딱히 멈추지도 않고 순조롭게 나아갔다.

암반이 단단한 지저 호수 옆을 지나 완만한 내리막길을 한동안 나아가자 동굴 안에 큰 변화가 보였다.

지금까지는 '라이트' 마법을 쓰지 않으면 아무것도 보이지 않을 정도로 어두웠는데 갑자기 빛이 필요 없을 정도로 밝아진 것이다.

"그래, 이게 녀석들의 마력원이라는 건가?"

원인은 주위의 암반에 희미한 빛을 내뿜고 있는 반투명한 돌……, 다시 말해 마석이었다. 숫자나 크기가 지금까지 본 적도 없을 정도였고, 그냥 바위보다 마석의 비율이 더 큰 통로였다.

대륙 사이를 연결한 다리를 만드는데 필요한 마력은 이 마석을 사용해서 조달한 건가?

"금은보화는 아니지만 어떤 의미로는 보물 더미겠어. 이곳을 확보하면 죽을 때까지 놀고먹을 수 있겠군."

마석은 고가로 거래되고 마도구의 연구에 필요한 마석도 마음껏 쓸 수 있다. 연구자 같은 존재였던 람다에게는 최고의 환경이었을 것이다. 본인의 재능도 있었겠지만, 생도르와는 수준이 전혀 다른 기술이나 마도구를 만들어낼 수 있는 환경이다.

이런 상황만 아니었다면 마석을 조금 가져가고 싶긴 하지만, 일단 나중으로 미뤄두어야겠다.

안으로 들어갈수록 마석의 비율이 늘어나는 통로를 계속 나아 가자 거대한 마석 안으로 보이는 넓은 공간이 나왔고, 나는 찾 던 존재를 발견할 수 있었다.

"그야말로 역사적 발견인데. 다른 사람들에게도 보여주고 싶 을 정도야."

어지간한 경기장도 들어갈 만큼 넓은 그 공간 중심에는 마치 동굴을 지탱하고 있는 것 같은 거대한 마석 기둥이 있었다. 자 연이 만들어낸 예술품이라고 할 만큼 멋진 그 기둥은 무심코 멈 춰서 바라볼 정도로 훌륭한 물건이었다.

하지만 그곳에서 신경 쓰인 것은 마석 기둥뿐만이 아니었다. 커다란 연구용 책상과 의자, 그리고 공간 벽 근처에 늘어서 있 는 대량의 잡동사니……, 마도구에 자연스럽게 눈길이 쏠렸다.

"모은 것도 대단한데, 이렇게 많이 남겨둔 것도 놀랍네."

그 모든 마도구에 스승님이 만들었다는 증거인 각인이 새겨져 있기 때문이다.

생도르를 멸망시키려는 연구를 위해 람다가 스승님의 마도구 를 모으고 있는 것 같았는데, 추측이 빗나가지 않았구나.

나중에 여러모로 조사할 필요가 있겠지만, 우선 원래 목적을 달 성하기 위해 마석 기둥으로 다가가 손가락 끝을 살짝 대보았다.

그러자 그게 스위치였던 것처럼 기둥이 희미한 빛을 뿜어내기 시작했다. 머릿속에 또렷한 목소리가 울려 퍼졌다.

『성……, 수……, 성수…….』

믿지 않았던 건 아니지만, 람다가 한 이야기는 사실이었던 모양이다.

람다와 결판을 낸 다음, 그가 스승에 대해 한 이야기가 떠올랐다.

『마대륙으로 추방당해……, 필사적으로 도망치다 도착한 곳이……, 동굴이었습니다.』

『그 안쪽에……, 기둥 하나가 있었습니다. 너무나도 아름다워서 무심코 만져버렸을 때……, 갑자기 기둥이 말을 하기 시작했고…….』

『처음에는 무슨 말을 하는 건지……, 알 수가 없었습니다. 애초에 그의 정체조차…….』

『하지만……, 그분은 제게 다양한 지식을 가르쳐 주셨습니다…… 제게 있어서……, 처음 만나……, 스승이라고…….』

람다에게 지식을 가르쳐준 스승……, 그것은 사람은커녕 생물조차 아닌 마석에 담겨진 미지의 의지였다.

과거에 수왕이 다스리는 나라인 아비트레이에서 마석에 인격을 가두어 두었던 적과 마주친 적이 있는데 이 녀석도 그것과 똑같을지도 모르겠다. 마석의 크기는 전혀 다르지만, 양쪽 다 비슷한 마법진이 그려져 있으니까.

하지만 아비트레이에서 본 녀석과는 달리 목소리를 낼 수가 없는지, 직접 닿은 동안에만 소통을 할 수 있는 모양이다. 일단 불쾌한 느낌은 들지 않았기에 그대로 조용히 기둥 전체를 바라보고 있자니 갑자기 상대방이 먼저 말을 걸어왔다.

『지식을……, 주마. 내 지식을……, 양분 삼아…….』

내 정체를 신경 쓰기는커녕, 일방적으로 지식을 떠넘기려 하는 건가?

지금 원한다고 대답하면 마법진이나 마도구에 대한 다양한 지식을 가르쳐줄 것 같다. 개인적인 흥미를 일단 제쳐두고 정체에 대해 물어보았지만……, 역시 람다가 말했던 반응과 똑같았다.

『이름……, 존재……, 모른다……, 내 지식을……, 양분 삼아……, 성수……, 성수…….』

지리멸렬하다고 해야 하나, 기억을 잃은 사람이 유일하게 기억하고 있는 단어를 계속 반복하는 것 같은 느낌이다.

이렇게 이야기도 제대로 못하는 존재에게 심취해 있던 람다가 이상하게 느껴진다. 마도구를 만드는 자로서 이 존재가 내려준 지식이 그만큼 훌륭해서 존경한 걸까. 아니면 소중한 가족이 살해당한 데다 자기 자신도 마대륙으로 추방당해 정신이 한계를 맞이한 상태에서 무상으로 지식을 받게 되니 의존해버렸을지도 모르겠다.

아무튼 람다는 이 알 수 없는 존재가 가르쳐준 지식과 전 세계에서 모은 스승님의 마도구를 연구함으로써 그렇게 강한 힘을 얻은 것이다.

"너는 어째서 지식을 주지? 그게 너한테 무슨 의미가 있는 건데?"

『……모른다, ……나는, ……지식을…….』

"아까부터 성수라는 말을 하던데, 성수를 어쩌고 싶은 거야?"

『성수……, 성수…….』

"기억하고 있는 건 성수라는 단어뿐인가?"

내가 가지고 있는 성수의 가지……, 스승님의 나이프가 근처에 있는데도 반응을 보이지 않는 걸 보니 기둥에게는 눈뿐만이 아니라 바깥을 감지하는 능력이 없을지도 모르겠다. 아니면 기둥이 말한 성수가 다른 존재일 가능성도 있다.

그런 생각을 하면서 별생각 없이 스승님의 나이프에 손을 댄 순간, 이 상태로는 말을 할 수 없는 스승님이 뭔가를 호소하는 것 같은 느낌이 들었기에 나는 일단 기둥에서 손을 떼고 넓은 공간의 입구 근처까지 물러났다. 만에 하나를 대비해서였다.

기둥의 반응을 경계하며 근처에 있던 암반에 돋아난 마석에 나이프를 꽂자 스승님이 뭔가 감탄한 듯이 말하기 시작했다.

『나도 이런 곳은 처음인데. 전 세계를 다 보고 돌아다닌 줄 알았다만, 나도 아직 멀었다는 건가?』

"감탄만 하고 있지만 말고 얼른 말해. 뭔가 눈치챈 거 아니야?"

『흥, 재촉하지 않아도 가르쳐줄 거다. 저 기둥의 목소리……, 내가 알고 있는 아이거든.』

스승님의 지인……이라고.

뭐, 스승님 자체가 터무니없는 존재니까 생물이 아닌 지인이 한둘 있다 해도 이상할 게 없다. 이렇게 생각하는 나도 좀 이상한 건가.

아무튼 지인이라면 이야기하기도 편하다. 저 기둥에 대해 설명을 들었는데 꽤 뜻밖의 관계였다.

『저건 전생의 너와 만나기 전에 키웠던 내 제자야. 형태가 달라지긴 했지만 내가 착각할 리는 없지.』

"그러니까……, 내 사형이라는 건가? 그런데 잠깐만. 형태가 달라졌다는 건 원래 사람이었다는 뜻이야?"

『그래, 평범한 인간족 남자였어. 내가 바깥에서 여행하던 무렵에 어떤 마을에서 거둔 아이였거든.』

우연히 들른 마을이 마물에게 멸망당해, 잠자리라도 빌릴까 하는 생각으로 대충 들어간 집 안에서 발견했다고 한다.

하지만 스승님은 아이에게 흥미가 없었고, 아이도 경계하면서 다가오지 않았다는 모양이다.

그대로 두 사람은 이야기를 전혀 나누지 않은 채 다음 날을 맞이했다. 스승님은 멸망한 마을을 떠났지만, 정신을 차리고 보니 그 아이가 따라오고 있었다고 한다.

『딱히 먹이를 준 것도 아닌데 왠지 모르겠지만 나를 따라오게 되었거든. 내가 그만큼 매력적이었던 거겠지.』

"애완동물처럼 말하지 마. 굳이 말하자면 기댈 만한 사람이 없어서 어쩔 수 없이 스승님을 따라간 거 아니야?"

『시끄러워. 뭐, 그렇게 되어서 계속 뒤를 졸졸 따라오기만 하는 것도 짜증 나니까 내가 보호해줬다는 거지.』

보호해주긴 했어도, 최소한으로만 돌봐줬겠지.

아이가 어느 정도 큰 뒤에는 오히려 나를 돌보라고 명령했을 것 같다. 실제로 나는 그렇게 되었고.

『내 발치에도 미치지 못했지만 꽤 똑똑한 남자애였어. 가르쳐 준 지식을 재미나게 흡수하길래 중간부터는 왠지 신이 나서 말이지.』

"사형은 나보다 우수했던 모양이군."

『흐흥, 질투하는 거야? 하지만 직접 싸웠다면 네가 더 강했을 테니 신경 쓰지 마. 대충 말하자면 저 아이는 물건을 잘 만들고 지적이라면 너는 근육뇌라고.』

"질투하는 것도 아니고, 말이 심하네. 그래서 그 인간족 아이가 어째서 마석 기둥이 된 건데?"

『그건 내가 물어보고 싶을 정도인데. 거두고 나서 10년 정도는 같이 지냈는데 헤어졌을 때도 인간 모습이었으니까.』

"다른 정보는? 이름도 알아두고 싶은데."

『이름은…………, 잊어버렸네. 항상 '야'나 '너'라고만 불렀으니까.』

그 이후로도 사형과 지낸 과거 이야기를 설명해 주었다.

이야기를 들어보니 나 때와는 달리 꽤 잘 돌봐준 모양이라 스승과 제자라기보다는 부모 자식 같은 관계이기도 했던 것 같다.

『나는 말이지, 저 아이에게 계속 타일렀어. 나는 언젠가 성수가 되어서 바깥으로 나갈 수 없게 되니까 헤어지면 두 번 다시 만날 수 없을 거라 생각하라고. 그러니까 때가 될 때까지는 혼자서도 살아남을 수 있는 힘을 갖추라고 말이지.』

"그 결과가 저 모습이라고? 헤어졌을 때 다툰 거 아니야?"

『아니, 저 아이는 제대로 납득하고 헤어졌어. 내 곁을 떠나서 어른이 될 거라고, 남자다운 얼굴로 확실하게 말해줬단 말이지. 그런데 어째서 저런…….』

가벼운 말투이긴 했지만, 말 곳곳에 슬픈 감정이 드러났다. 이렇게 얌전한 스승님은 신기하다.

태도로 보아 두 사람이 원만하게 헤어진 건 틀림없는 모양이다. 그렇다면 어째서 눈앞에 있는 사형은 기억이 애매한 데다 저런 상태가 되어버린 걸까?

『너, 기둥에 새겨진 마법진은 눈치챘어?』

"물론이지. 저 마법진, 아비트레이에서 본 거하고 비슷하긴 한데, 여기 있는 건 왠지 위화감이 들어."

아비트레이에서 본 것은 새끼손톱만한 크기의 마석이었는 데도 인간처럼 사고와 대화가 가능했는데, 저 기둥 같은 경우는 거의 일방적으로 지식을 떠들기만 한다.

마법진의 유사성을 감안하면 상관이 전혀 없진 않을 것 같고, 그렇게 생각하면 저 기둥은…….

『홋, 척 보고 눈치챘다면 합격이야. 저 기둥에 새겨진 마법진……, 불완전하다고. 그래서 인격을 이식하는데 실패한 거지.』

지식을 남길 순 있었지만, 인격까지는 완전히 남기지 못했다는 건가?

아마 아비트레이에서 보았던 마석은 저 기둥의 실패를 참고해서 람다가 개량한 게 아닐까 싶다. 실패는 성공의 어머니라고도 하니까.

그런 부분이 여러모로 신경 쓰이긴 하지만, 지금은 눈앞에 있는 사형이 중요하다.

이미 선악의 판단을 내릴 수 없는 상태라 하더라도 그가 전수해버린 지식이 대사건으로 발전해버렸으니 이대로 내버려 둘 수는 없는데…….

"스승님……."

『내 안색을 살필 필요 없어. 해야 할 일은 이미 정해져 있잖아? 얼른 끝내라고.』

"정말로 괜찮겠어? 기억이 없긴 하지만, 그는 당신이 키운 제자야. 그리고 저런 상태로도 몇 번이나 성수라면서……, 스승님을 찾고 있다고."

애초에 운이 없었던 건 사람이 찾아올 리가 없는 이런 곳에 복수심만 남은 남자가 와버렸기 때문이다.

확실히 말해 사형은 닿지만 않으면 무해하니 이대로 동굴의 입구를 폭파시켜서 완전히 막고, 사형이 살아온 증거를 남기는 방법도 있다.

이미 그를 알고 있는 람다 일행은 없으니 동굴의 입구를 막고 내가 잊어버리기만 하면 이곳을 찾아올 사람은 없을 것이다. 아는 사람이 별로 없는 편이 비밀을 더 잘 지킬 수 있다는 게 내가 혼자 마대륙으로 온 이유 중 하나이기도 했다.

뭐, 그런 선택지도 있을 거라 생각하며 스승님의 안색을 살폈는데, 그녀의 결심은 바뀌지 않은 것 같았다.

『그렇기 때문이지. 저 아이는 이미 자신의 존재를 의문시하기는커녕, 자기가 무슨 짓을 하고 있는지조차 이해할 수 없는 상태야. 누군가가 끝내줘야겠지.』

"……알겠어. 내가 할까?"

『무슨 말을 하는 거야? 내 제자니까 당연히 내가 해야지. 자, 얼른 꽂으라고!』

그렇구나, 그쪽이 각오를 다졌다면 내가 할 말은 아무것도 없지.

스승님을 일단 회수해서 다시 사형 앞으로 다가온 나는 기둥에 손을 대며 나이프를 들어 올렸다.

『성수……, 성수…….』

"당신하고는 다른 형태로 만나고 싶었는데."

그리고 마법진의 중심을 향해 성수 나이프를 찔러넣었다.

———   ———

『너, 혼자야?』

처음 만났을 때, 이 아이는 이미 죽은 게 아닐까 하는 생각이 들었다.

말을 걸어도 대답은커녕, 이미 삶을 포기한 듯이 눈에 힘이 없었으니까. 삶을 포기했다면 내버려 두자고 생각했는데, 왠지 모르겠지만 그 아이는 내 뒤를 쫓아왔다.

죽고 싶지 않다는 본능도 있고 달리 기댈 사람이 없었기 때문이겠지만, 그 뻔뻔함과 끈기에 흥미가 생긴 나는 약간의 실험을 겸해서 아이를 키워보기로 했다.

『알겠어? 네게 내 지식을 주마. 내 지식을 양분 삼아서 살아남을 힘을 갖추도록 해.』

실험의 내용은 지금까지 내가 길러온 지식, 기술을 정리해서 어릴 때부터 가르치면 얼마나 이해하고 성장할 수 있는지……, 라는 것이었다. 내 수백 년 분량의 경험이니까, 하는 김에 정리도 해보자는 생각도 들었고.

이해하지 못하면 버림받을 거라 생각했겠지. 아이는 필사적으로 내 말에 귀를 기울였고, 움직임을 계속 흉내 냈다.

당시의 나는 아이 같은 건 걸리적거리는 존재에 불과하다고 생각했지만, 몇 년이 지나자 애착이 생겨버렸다. 이대로 가면 내가 헤어지기 힘들어할 것 같았다.

조절하는 방법을 모르기도 했지만, 정을 너무 많이 주었기 때문이었던 것 같다. 다음에 아이를 키우게 되면 좀 더 방임주의로 엄하게 키우자고 결심한 게 그 무렵이다.

그 이후로 아이가 청년이라고 할 만한 나이가 되었을 때 헤어졌다. 내가 그 아이의 얼굴을 본 건 그게 마지막이다.

"접속……, 완료. 여기 있었구나."

나를 마석 기둥에 꽂아 넣어서 그 아이의 세계로 들어온 나는 엘프였던 시절의 모습으로 하얀 세계를 돌아다니고 있었다.

이곳은 마석 기둥에 깃든 막대한 마력 속이다. 그리고 그 세계의 중심에는 특이한 존재감을 뿜어내는 자그마한 빛덩이가 있었기에 나는 천천히 다가간 다음에 그 빛덩이에 손을 댔다.

"이렇게 가까이 다가왔는데 공격은커녕 경계조차 하지 않는 거야? 정말 한심하구나."

이 빛덩이는 마법진으로 인해 새겨진 그 아이의 핵……, 간단히 말하자면 혼 같은 것이다. 그리고 지금 나는 다른 사람의 몸 안에 들어온 불순물……, 병균이나 마찬가지다.

원래는 무의식적으로 방어 본능이 발동될 만한데, 내 손이 닿은 상황에도 이 아이는 아무런 반응도 보이지 못했다. 스승으로서 한심하긴 하지만, 지금은 그게 더 편하다.

여기까지 파고들었으니 네 기억을 읽어낼 수 있을 테니까.

지식뿐만이 아니라 내가 한 말의 일부, 성수라는 이름을 말한 걸 보니 아직 다른 기억의 단편이 남아있다 해도 이상할 게 없다.

자……, 나와 헤어지고 나서 네게 무슨 일이 있었는지 가르쳐 다오.

"…………그래. 너는 초조했구나."

우선 알아낸 것은 이 아이가 기억을 완전히 잃은 게 아니라는 점이다.

인격을 담기 위한 마법진의 일부에 문제가 있었기에 새롭게 기억하는 것과 사람으로 살던 시절의 기억 중 극히 일부만 떠올릴 수 있게 된 것이다.

하지만 외부에서 접속한 나라면 기억을 들여다볼 수 있다. 이 아이의 인생을 대충 확인해 보았는데, 꽤 고생을 많이 한 모양이다.

『선생님……, 감사합니다…….』

『까불지 마! 선생님의 작품으로……, 잘도…….』

『그래……, 내 사명은…….』

이 아이는 나와 헤어진 뒤에 정처 없이 여행을 하다 내가 예전에 만든 마도구를 악용하는 녀석을 발견한 모양이었다. 이러쿵저러쿵해도 정의감이 강한 아이였으니까. 곧바로 그 범인을 혼내주고 마도구를 회수했을 때, 이 아이에게 목표가 생긴 모양이다.

내가 만든 마도구를 찾아서 회수한다. 굳이 노린 건 아니지만, 내가 지금 제자(시리우스)에게 부탁한 내용과 비슷한 생각에 도달했다는 건가?

하지만 시간이 지난 뒤, 외부에서 냉정하게 확인해본 지금은 알 수 있다.

이 아이는 내 마도구가 악용되는 걸 용납할 수 없었던 것만이 아니다. 마도구를 통해 무의식적으로 나를 찾아다녔던 거겠지.

헤어질 때 보여주었던 늠름한 모습은 나를 실망시키지 않게끔 필사적으로 연기했을 뿐.

그 무렵의 나는 독립하라고 차갑게 내치던 시기였으니 이 아이의 진심을 알아채지 못했다. 그래서 이 아이는 조금이나마 나와 연관이 있는 물건을 찾아서, 세계를 여행하며 마도구를 찾아다녔던 거다.

『아직 남아있다고⋯⋯, 선생님은⋯⋯, 얼마나 많이⋯⋯.』

『너도⋯⋯, 한심해⋯⋯.』

『아무도⋯⋯, 믿을 수 없어⋯⋯, 배신해⋯⋯.』

목표가 생긴 건 좋지만, 안타깝게도 나는 전 세계에 꽤 많은 작품을 남겨두었다.

중간부터 혼자서는 전부 찾을 수 없다고 판단한 건지 신뢰할 수 있을 만한 동료나 뒤를 이어받을 만한 제자도 찾던 모양이지만, 아무래도 좋은 만남을 가질 순 없었던 것 같다. 홀로 지낸 기간이 더 길었던 모양이니까.

그 대신인지 누구나 욕심낼 만한 마석 동굴을 혼자 찾아내 버렸으니 정말 아이러니한 일이지.

『이곳은⋯⋯, 이런 곳이⋯⋯.』

『내 뒤를⋯⋯, 누군가⋯⋯.』

『이제⋯⋯, 내⋯⋯, 이론은⋯⋯.』

나이를 먹자 점점 성능이 떨어지는 육체.

여전히 자신의 의지를 이어받아 줄 자는 발견하지 못했고, 아직 찾아보지 않은 곳도 많았다.

그렇게 초조한 마음과 갈등 때문에 마음이 깎여나가던 이 아이가 선택한 길은 자신을 마석에 이식한다는 방법이었다. 연구나 이식에 적합한 마석은 매우 많았기에 오래 살면서 후계자가 나타나기를 기다리기로 결심한 것이다. 과거에 내가 잠깐 가르쳐준 적이 있는 성수 이야기를 참고한 건지도 모르겠다.

그리고 연구를 거듭해서 마석 기둥에 인격을 이식하는 마법진을 다 그린 순간에 육체가 숨을 거두었기에 내가 확인할 수 있었던 기억은 여기까지다.

자신이……, 있었겠지.

체력의 한계까지 몇 번이나 실험을 반복하고, 자세한 부분까지 꼼꼼하게 신경 써서 완성시킨 마법진은 내가 보기에도 훌륭한 결과물이었다.

『뒷일은……, 맡기……, 선생님…….』

『만나고 싶어……, 다시 한번……, 만나고 싶어…….』

『……만……나…….』

하지만……, 실패했다.

실험용과는 달리 마석 기둥이 너무 커서 조정에 약간의 오차가 있었는지, 늙음과 초조함 때문에 마법진이 약간 일그러져버렸는지는 모르겠지만, 아무튼 인격의 이식을 실패해버렸다.

그 결과, 후계자를 찾아서 지식을 떠넘기고, 몇 개 안 되는 단어만 떠올릴 수 있는 기계 같은 마석 기둥이 남아버린 것이다.

"바보 같은 아이라니까. 마지막 순간에 실수해버린 거냐고."

아니, 그 아이를 확실하게 내치지 못하고 나에 대한 의존을 완전히 끊어버리지 못한 게 잘못인가?

후회는 하지 않는 성격이긴 하지만, 이렇게 현실을 들이대니 괴롭네. 정말……, 마음대로 되지 않는다니까.

"너도 운이 참 안 좋다. 모처럼 내가 여기까지 왔는데 말이지……."

이 아이는 마지막까지 다시 한번만 나를 만나고 싶다며 몇 번이나 기원했다.

그 소원이 이루어졌는데, 이 아이는 눈앞에 내가 있는데 눈치채지도 못하고 있다.

적어도 내 손으로 끝내주자. 그렇게 생각하며 두 손을 뻗었을 때……, 갑자기 기억이 되살아났다.

"아……, 그랬지. 네 이름은, 이오스였어."

미안하다. 조금 늦어지긴 했지만, 이제야 생각났다고.

『아……, 아아아……, ~~……, ~~~~……, ~~~~~…….』

발음하기가 까다롭고 이미 알아들을 수도 없지만, 그래……, 너도 생각났구나.

내 이미지와는 맞지 않고, 누가 부르는 것도 싫어서 거의 말한 적이 없는……, 내 이름.

네게는 어렸을 때 가르쳐줬었지. 한 번 장난으로 불렀을 때 반쯤 죽여준 뒤로는 두 번 다시 부르지 않게 되었지만, 지금은 망가진 기계처럼 연달아 외치고 있어.

역시 마음에 안 드는 이름이지만 말이야, 지금만은 용서해줄게.

이제 그 이름을 알고 있는 건, 이오스……, 너뿐이니까.

"피곤하지? 내 가슴을 빌려줄 테니까 푹 쉬어라."

──── 시리우스 ────

성수의 나이프를 마석 기둥에 찔러넣고 나서 몇 초 뒤, 무언가가 부서지는 소리와 함께 기둥에 살짝 금이 갔다.

그와 동시에 기둥에 새겨진 마법진이 뿜어내고 있던 희미한 빛도 사라진 걸 보니 스승님이 확실하게 끝낸 모양이다.

"……갈까. 돌아가야 할 곳으로."

이제 더 이상 람다처럼 슬픈 존재는 생겨나지 않을 것이다.

여기에는 스승님의 마도구와 비인도적인 행위도 아무렇지도 않게 저지른 람다의 연구 성과가 남아있을지도 모르니 동굴 입구뿐만이 아니라 이 공간도 날려버리고 싶다. 사실은 스승님의 마도구를 확인하고 싶긴 하지만, 그건 포기해야겠다.

거점 파괴용 도구는 이미 다 써버렸지만, 이 근처의 마석으로 폭탄 같은 걸 여러 개 만들면 충분할 것이다.

바로 작업에 들어가려고 기둥에 박힌 스승님을 회수하려 했는데, 왠지 나이프가 빠지지 않았다. 중간에 걸린 것 치고는 꿈쩍도 하지 않는 걸 보니 설마 스승님이 저항하고 있는 건가?

"왜 그래? 스승님. 이제 끝난 거지?"

『그래, 끝났어. 그러니까 너는 얼른 돌아가.』

"물론 돌아갈 거야. 그러니까 어서 가자."

『거절할게. 나를 빼내면 이 동굴이 무너져버리거든. 정말, 이건 람다가 한 짓인가?』

사형의 인격을 새겨둔 마법진이 사라지면 이 마석 기둥은 무너지게 되어있다고 한다.

하지만 뒤처리를 마치고 냉정해진 스승님이 조사해보니 기둥의 붕괴와 연동된 마법진이 넓은 공간 곳곳에 숨겨져 있어서, 동굴을 무너뜨리고 마도구를 파괴하기 위해 특수한 파동을 뿜어낸다고 한다.

자기 말고 다른 사람에게 넘기고 싶지 않다는 독점욕 때문인지, 아니면 스승의 존엄성을 지키기 위해서인지는 모르겠지만, 정말 용의주도한 증거인멸이네.

『범위는 동굴 내부뿐이지만, 그 파동을 맞으면 마법진이 완전히 파괴되는 모양이야. 잘됐네, 뒤처리할 수고를 덜겠어.』

"농담하고 있을 때야? 수고를 덜고 말고 하는 것보다 더 골치 아픈 상황이잖아!"

『진정하라고. 지금은 내가 막고 있으니까 금방 발동되진 않을 거야. 걸어서 돌아가도 충분히 늦지 않을 테니까 너는 얼른 가라고.』

"걸어간다니, 그건 스승님을 두고 갔을 때 얘기잖아?"

지금 나는 몸 상태가 완벽하지 못하니 다른 사람들 곁으로 돌아가고 싶다면 여기는 스승님에게 맡기고 탈출해야 할 것이다.

하지만, 그럼에도 불구하고…….

"왜 그래? 스승님. 그렇게 기특한 말은 지금까지 한 번도 한 적이 없었잖아."

『너야말로 무슨 얼빠진 소릴 하고 있는 거야? 걱정하지 않더라도 땅속에 파묻힌 정도로는 나는 죽지 않아. 뭘 그렇게 아쉬워하고 있는 건데.』

"죽진 않더라도 이런 곳에 파묻히면 간단히 찾아낼 수 있을 리가 없잖아!"

『그럼 본체에게 말해서 새로운 걸로 받아! 사정을 설명하면 다시 줄…….』

"우리와 함께 여행한 스승님은 당신뿐이야!"

눈앞에 있는 스승님은 성수의 조각이고, 자기는 소모품처럼 생각하고 있겠지만 우리는 그렇게 생각하지 않는다.

그리고 평소의 스승님이었다면 어느 정도 억지로라도 함께 탈출할 방법을 제일 먼저 말했을 것이다. 자신의 손으로 끝내준 사형에게 그만큼 정이 들었던 건지, 아무래도 그녀답지 않다.

"나와 피아의 아이가 태어나는 순간을 곁에서 보고 싶지 않아? 피는 이어지지 않았지만, 우리와 당신 관계를 감안하면 손주 같은 아이 아닌가?"

『⋯⋯⋯⋯흥! 손주를 보고 기뻐하는 건 그 영감뿐이지. 그래도, 너희 사이에서 어떤 아이가 태어날지는 흥미가 있는데.』

"그럼 같이 돌아가자고. 정보를 공유해줘."

약간이나마 원래 모습이 돌아온 모양이니 이제 스승님과 함께 동굴을 빠져나갈 방법을 모색하기만 하면 된다.

가장 안전한 건 동굴의 붕괴를 막아버리는 거겠지만, 이미 스위치가 켜진 걸 스승님이 억지로 막고 있는 상태이기 때문에 붕괴 그 자체를 막는 건 힘든 모양이다.

"그렇다면 탈출해야지. 스승님이 볼 때 시간은 얼마나 남았어?"

동굴이 붕괴하기 전에 탈출하는 건 아무리 생각해도 너무 무모하다.

하지만 이 동굴은 바깥에서 마물이 들어오는 걸 완전히 막는 장치가 있어서 그런지 내부는 복잡한 미로 형태가 아니고 함정도 없다.

무엇보다 입구까지 거리가 그리 멀지 않기 때문에 최단거리로 온 힘을 다해 달려가면 동굴 전체가 무너지기 전에 탈출할 수 있을지도 모른다.

『내 예상으로는 내가 빠져나가서 기둥이 무너진 뒤에 붕괴의 충격이 이곳을 중심으로 퍼져나갈 테니, 바깥을 향해 가면 어느 정도 시간은 있을 거야. 그래 봐야 몇 초 정도겠지만.』

"그래도 해볼 가치는 있어."

『그럼 빠져나가는 순간에 손을 좀 써볼까. 그러면 몇 초는 벌

수 있겠지.』

"충분해!"

이미 한 입 정도밖에 남지 않은 물과 보존 식량을 먹은 다음, 필요한 것들 말고 전부 버린 나는 스승님의 나이프를 쥔 채 넓은 공간 입구를 돌아보았다.

억지로 붕괴를 막고 있는 상황에서도 동굴 전체가 조금씩 진동하기 시작했다. 냉정하게 호흡을 가다듬으며 마력을 천천히 온몸에 흘려서 육체를 강화시켰다.

역시……, 피로 때문에 마력을 흘리는 속도와 효율이 반감되었구나. 하지만 탈출할 때까지는 최고 속도를 유지할 수 있을 것 같다.

카운트다운은……, 필요 없다. 스승님이라면 내 움직임에 완전히 맞춰줄 테니까.

"……간다!"

나는 나이프를 회수하며 발치의 바위를 박차고 뛰기 시작한 다음, 단숨에 넓은 공간 밖으로 빠져나왔다.

막고 있던 스승님이 사라지자 붕괴 마법진이 발동되어 동굴이 무너지기 시작했고, 그 진동으로 인해 천장에서 돌과 마석 조각이 떨어졌지만, 아직 작은 것들이라 괜찮았다.

중간에 통로가 몇 군데 구부러진 곳이 있었지만, 벽을 타고 달려가는 듯한 움직임으로 속도가 최대한 떨어지지 않게끔 계속 뛰었다.

"왼쪽……, 직진……, 오른쪽……."

마력 부족 때문에 '서치'를 쓸 수 없었고 '라이트'의 빛이 매우 약해서 바로 앞만 보였지만, 길은 확실하게 기억해두었기에 문제없다.

좀 전부터 나를 따라오는 듯이 뒤쪽 통로의 천장이 무너지는 게 느껴졌다. 스승님이 손을 써두었다는 게 효과를 발휘한 건지 완전히 무너지려면 아직 여유가 있다.

이 기세라면…….

"갈 수 있어!"

올 때도 지났던 지저 호수 옆을 지나자 마지막 갈림길이 보였기에 벽을 박찰 곳을 살펴본 순간……, 나는 기분 나쁜 예감이 들어서 무의식적으로 속도를 늦췄다.

이런 상황에서는 말도 안 되는 행동이지만, 그 판단은 틀리지 않았다.

왼쪽으로 모퉁이를 돌자 중형 마물들이 통로를 가로막듯 여러 마리 있었기 때문이다.

"어?! 크윽?!"

그냥 생각하기에는 이렇게 붕괴 직전인 동굴에 마물이 들어올 리가 없다. 아무리 지성이 낮은 마물이라 해도 본능으로 위험을 감지하는 법이니까.

하지만 내 앞을 막아선 마물들은 좁은 통로에서 제대로 움직이지도 못하는 주제에 확실하게 나를 노리고 있었다.

마치 먹잇감을 앞에 두고 굶주린 마물……, 설마!

"동굴 앞에 있었던 녀석들인가!"

마대륙까지 마물들을 유도하기 위해 사용했던 마도구가 부서졌을 때, 그 영향을 받은 마물이 몇 마리 있었다.

그 녀석들은 마물을 쫓아내는 기능이 있는 동굴 앞까지 나를 쫓아오다가 포기했지만, 마석 기둥이 부서지자 마물 퇴치 효과가 사라져버려서 이렇게 본능에 따라 나를 쫓아온 것이다.

정면 돌파는……, 안 되겠다.

틈새를 빠져나가려 해도 마물들이 벽처럼 통로를 가득 채우고 있기 때문에 멈추지 않고 빠져나가는 건 불가능하다. '안티 머티리얼'로 날려버리려 해도 날릴 마력뿐만이 아니라 이 거리에서는 마력을 집중시킬 시간이 부족하다.

속도를 늦추면서 필사적으로 대책을 생각해 보았지만, 무너지는 동굴과 마물들이 점점 다가오고 있다.

잠깐 망설였지만 내가 선택한 길은……, 돌아가는 것이었다.

"양쪽 다 승산이 별로 없는 도박이 되겠는데!"

내가 목표로 삼은 곳은 좀 전에 지나친 지저 호수다.

그곳에는 별로 넓지 않은 지저 호수가 있을 뿐, 딱히 뭔가 설치되어 있는 건 아니다.

하지만 동굴 안을 '서치'로 조사했을 때 알아낸 건데, 이 지저 호수의 수몰된 부분에는 커다란 구멍이 있고, 그 구멍은 꽤 안쪽까지 뚫려 있는 것 같았다.

그리고 그 방향에서는 약간이나마 바다 냄새도 났다. 바닷물과 민물이 지하수 같은 것들과 함께 섞인 호수……, 기수호라 불리는 게 있고, 이 지저 호수는 그것일 가능성이 크다.

다시 말해 지저 호수를 잠수해서 가다 보면 바다로 나갈 수 있는 가능성이 있다는 뜻이다.

연결되어 있다는 확실한 증거는 없고 도구도 거의 없기에 위험한 건 마찬가지지만, 적어도 마물과 암반 사이에 끼인 상태보다는 살아남을 확률이 더 클 것 같다.

"적어도 바깥으로 나갈 수만 있다면……."

기세를 그대로 유지하며 지저 호수로 뛰어든 순간, 내 머리에 묵직한 통증이 생겨났고…….

『―――……이―――……―――응답하라!』

뭐……지……, 그리운……, 목소리가…….

『무사한가?! 상황을 보고하라!』

아……, 너구나.

늙어서도 혼을 맞부딪히는 듯한 목소리……, 정말 오랜만에 들었다.

설마 너도 이쪽에 와 있었을 줄이야.

『잠깐만! 그건 최후의 수단이잖아. 어서 탈출해!』

아니……, 아니구나.

이건…….

"……그……래. 이건……."

전생의 최후에 파트너와 통신을 주고받았을 때의 기억이다.

의식이 희미하고 기억도 애매하지만, 생각을 할 수 있는 걸 보니 적어도 죽진 않은 것 같다.

하지만 눈을 뜨고 있는데도 시야가 새까맣고, 이명도 심해서 소리가 전혀 들리지 않는다.

내가 어디 있는지조차 알 수 없는 상황이기에 몸 안쪽을 의식하며 몸 상태를 확인해 보았다. 그리고 묘하게 납득해버렸다.

"생각날……, 만도 하네……."

골절과 내장 출혈이 복부에 몇 군데, 왼팔과 왼쪽 다리의 감각이 거의 없는 이 상태는 좀 전에 떠올랐던 기억과 거의 마찬가지였기 때문이다. 그리고 어떤 벽에 등을 기댄 채 앉아있는 이 자세도 그때와 똑같다.

점점 몽롱해지던 의식이 회복되기 시작하며 중상을 입은 이유를 떠올렸다.

그때, 나는 지저 호수에 뛰어든 것과 동시에 천장에서 떨어진 돌에 머리를 제대로 맞아버린 것이다.

그리고 동굴의 붕괴로 인해 지저 호수의 물이 바다 쪽으로 흐르기 시작한 건지, 물이 거세게 흐르며 나를 집어삼켰다. 떨어진 돌에 맞아 사고가 둔해졌던 나는 제대로 저항하지도 못하고 흘러가던 와중에 몸 이곳저곳을 바위에 연달아 부딪히게 되었다. 부상당한 이유는 그것이다.

그럼에도 불구하고 겨우 의식을 잃지 않고 중간에 운 좋게 바위에 몸이 걸렸기에, 손을 더듬어서 발견한 육지 위로 올라오고 나서 나는 완전히 의식을 잃었다.

"아직…… 동굴 안……, 인가……."

다행히도 기절해 있던 시간은 짧았던 모양이다.

아직 동굴 전체가 조금씩 진동하고 있어서 언제 천장이 무너지더라도 이상할 게 없는데 내가 아직 무사하니까. 이곳이 아직 무너지지 않은 건 물이 세차게 흘러서 붕괴의 중심에서 멀어졌기 때문일지도 모르겠다.

겨우 목숨을 건진 건 좋지만, 출혈도 심하고, 모처럼 돌아온 의식도 금방 잃게 될 것 같은 상태다. 이런 상황에서 내가 바다까지 나갈 수 있을까?

호쿠토는……, 역시 힘들겠지.

동굴 앞에서 헤어진 호쿠토에게는 두 대륙을 연결하는 바위다리를 파괴하라고 명령했다. 막대한 마력의 충격파를 입으로 뿜어내는 호쿠토의 필살기는 거대한 건조물을 부수는데 안성맞춤이기 때문이다.

하지만 그 정도 규모라면 시간도 오래 걸릴 테고, 마력의 소모도 심하다. 작업이 이미 끝났다 하더라도 매우 지쳤을 테고, 애초에 이렇게 동굴 안쪽 깊숙한 공간에 있는 나를 찾아내는 건 힘들 것이다.

상당히 절망적인 상황이기도 하지만, 지금의 상태 자체가 내 마음을 좀먹기 시작했다.

"정말……, 기분 나쁜……, 상황에……, 떠올랐네……."

이런 걸 운명이라고 해야 할까?

전생과 똑같은 부상을 입고, 그때는 고층 건물의 붕괴에 휘말렸고. 이번에는 동굴의 붕괴.

람다 역시 죽기 전에 싸웠던 흑막과 비슷한 사상을 지니고 있었고, 나는 다시 태어나더라도……, 최후는 마찬가지인가…….

"하하……, 안 되겠네에. 마음이……, 꺾이려 해서……, 냉정하게……, 생각해라."

그래……. 피투성이가 되어서 이제 아픔조차 느껴지지 않는 왼쪽 다리도 무릎 아래쪽을 완전히 잃었던 전생과는 달리 이번에는 제대로 붙어 있다. 몸에서 떨어져 나가지 않는 이상, 마력을 잘 다루면 움직일 수 있다.

이런 상태라서 기분 나쁜 생각만 드는 것뿐, 전생과는 결코 똑같지 않다.

무엇보다 사랑스러운 부인, 제자들과 한……, 약속을 지켜야지.

"우선……, 지혈부터. 그리고……, 다리를……."

의식의 스위치를 전환하고 다시 살아남기 위해 최선을 다했다.

몸속의 끊어진 혈관을 '스트링'으로 봉합해서 지혈하고, 금이 간 뼈는 마력으로 보강한다. 그런 다음 스승님의 나이프와 미스릴 나이프를 부목으로 대서 왼팔과 왼쪽 다리를 조금이나마 움직일 수 있게끔 만들었다.

마력을 유지할 수 없게 되면 이번에야말로 출혈 과다와 쇼크로 숨이 끊어질 듯했지만, 이제 움직일 수 있을 것 같았기에 나는 다시 물속으로 뛰어들었다.

여전히 물결은 거세지만 이번에는 의식이 있다. 요령껏 물의 흐름을 거스르며 바위에 몸이 부딪히는 횟수를 줄였고, 충격을

흘려보낼 수도 있었다. 그 1분도 되지 않는 듯한 짧은 시간이 내게는 영원이라 생각될 정도의 고통이었다.

숨을 참는 데 한계가 온 순간, 갑자기 몸에 걸리는 물의 저항이 크게 줄어들었다.

지하수로를 빠져나와 드디어 바다로 나온 건가?

이제 수면 위로 떠오르기만 하면 된다는 생각이 들었지만, 지금까지 계속 물속에서 휘둘리고 있었기에 어떤 방향이 수면인지 알 수가 없었다. 이미 눈앞도 희미해져서 지상의 빛으로 방향을 판단할 수도 없었다.

냉정하게 판단하면 어떻게든 될지 모르겠지만, 내게는 시간이 없었다.

"⋯⋯으, 으윽⋯⋯."

숨이⋯⋯, 이런⋯⋯, 의식도⋯⋯.

여기까지 왔는데⋯⋯, 이제⋯⋯, 얼마 안 남⋯⋯.

손⋯⋯, 신호⋯⋯.

마대륙으로 떠나신 시리우스 님을 배웅해드린 다음, 제 기억은 거기서 끊겼습니다.

치열한 전투로 인해 피로가 쌓였고, 계속 쌓이던 긴장이 풀렸기 때문일 겁니다. 호쿠토를 타고 가시는 그분의 모습이 보이지 않게 되자 저는 그 자리에 쓰러져서 의식을 잃었습니다.

그리고 다음에 깨어났을 때, 저는 어떤 방의 침대 위에 누워있었습니다.

"으……, 시리……, 님……."

"깨어난 모양이구나. 몸은 어때?"

여기는……, 생도르 성의 방인가요?

창문 밖으로 보이는 밖이 캄캄한 걸 보니 밤인 것 같네요. 제가 대체 얼마나 자고 있었는지 멍하니 생각하고 있자니 등불을 들고 있던 피아 씨가 제 머리맡으로 다가왔습니다.

"피아……, 씨? 저……, 는……."

"아직 무리해서 말할 필요는 없어. 자, 우선 물이라도 마시렴."

"감사합니……, 아……."

"그래, 그래, 식사도 곧 가져올 테니까 조금만 기다려."

겨우 윗몸을 일으켜서 피아 씨가 내민 컵을 받자 제 배에서 큰 소리가 울렸습니다.

부끄러워서 볼이 뜨거워졌지만, 참을 수 없을 정도로 강한 갈

증과 공복이 저를 덮쳤기에 저는 부끄러움을 억누르고 물을 마시기 시작했습니다.

"휴우……, 맛있네요. 몸속에 스며드는 것 같아요."

"당연하지. 당신은 어제부터 계속 자고 있었으니까."

"네?!"

의식을 잃기 전에 보았던 하늘은 붉게 물들기 시작하는 시간대였으니 저는 저녁에 기절했을 겁니다.

그리고 지금은 밤이니까, 다시 말해 저는 하루 이상 잠들어 있었던 거군요.

그만큼 계속 잤으니 목도 마르고 배가 고픈 게 당연하겠죠. 뭐든 괜찮으니 먹어서 얼른 몸을 회복시키고 싶지만, 지금은 식사보다 먼저 확인할 게 있습니다.

"저기, 시리우스 님께서는?"

"……아직 돌아오지 않았어."

"그렇……군요."

마물을 유도하려면 최소한 이틀은 필요할 거라고 들었습니다만, 그래도 그분이라면……. 그렇게 어렴풋한 기대를 품고 있었습니다. 그래도 역시 그렇게 어설픈 상황이 아니었던 모양이네요.

생각해보니 제가 시리우스 님 곁에서 이렇게 멀리 떨어져 있게 된 건 처음일지도 모르겠습니다. 처음 만났던 그날부터 시리우스 님과 이야기를 나누지 않은 날이 없었으니까요.

쓸쓸함 때문에 가슴이 조여드는 것 같습니다만, 아직 확인해야 할 것들이 많으니 슬퍼하고 있을 시간은 없습니다.

"리스나 다른 분들은 어디 계시죠?"

"남자들은 다른 방에서 자고 있어. 리스는 낮에 깨어나긴 했는데……, 아, 마침 온 모양이네."

"아, 에밀리아도 깨어났구나. 잔뜩 만들었으니까 같이 먹자."

피아 씨의 말을 듣고 돌아보니 방문이 열리고 리스가 나타났습니다.

요리가 잔뜩 담긴 쟁반을 들고 있었고, 공복을 더욱 가속시킬 정도로 맛있어 보이는 냄새를 풍기고 있었습니다. 슬슬 제가 깨어날 거라 예상하고 식당에서 이것저것 만들어준 모양이네요.

약간 버릇이 안 좋은 짓이라는 건 알고 있지만, 아직 몸이 제대로 움직이지 않으니 침대 위에서 식사를 해야겠습니다.

"혹시나 해서 물어보는 건데, 그걸로 부족하진 않겠어?"

"부족하네요."

"괜찮아. 여기로 돌아오기 전에 추가로 요리를 가져다 달라고 부탁해 두었으니까."

질보다는 양과 속도를 의식한 요리만 있었지만, 전부 맛있어서 참을 수가 없습니다.

거의 4인분은 되는 요리가 차례차례 사라지던 와중에 성에서 일하시는 시종분들께서 요리를 더 가져다 주셨고, 피아 씨가 쓴 웃음을 지으며 받으셨습니다.

"리스는 그렇다 치고, 당신은 이제 막 깬 참이잖아. 그렇게 많이 먹으면 오히려 힘들지 않아?"

"문제없어요."

"맞아! 맞아! 지금은 잔뜩 먹고 조금이라도 빠르게 회복해야지!"

"응, 예상했던 것보다 더 냉정한 것 같네. 혹시나 깨어나자마자 성을 뛰쳐나가는 거 아닐까 싶었는데, 조금 안심이 됐어."

"솔직히 말씀드리자면, 지금 당장에라도 가고 싶어요. 하지만 시리우스 님께서 가신 대륙은 마물들이 셀 수 없을 정도로 많은 곳이죠. 확실하게 몸 상태와 준비를 갖추고 가지 않으면 시리우스 님을 도와드리기는커녕, 저희가 오히려 당해버릴 가능성이 있으니까요."

시리우스 님께서 호쿠토 씨를 제외하고 아무도 데리고 가시지 않으셨던 이유는 저희가 발목을 잡을 거라 냉철하게 판단하셨기 때문입니다.

저희 경험이 부족한 것도 있겠지만, 단순히 저희가 지쳤던 게 컸겠죠. 그렇기 때문에 시리우스 님께서는 떠나실 때 저희에게 쉬라고 말씀하신 겁니다. 다시 말해 쫓아올 거라면 준비를 확실하게 갖추고 오라는 뜻도 있는 것 같습니다.

그래서 저는 얌전히 쉬고 있지만, 이렇게까지 냉정한 이유는 따로 있습니다.

"지금 상황을 파악하지 못하기도 했지만, 가장 큰 이유는 피아 씨 덕분이겠네요."

"나? 나는 딱히 아무것도 안 했는데, 지금은 그저 당신들을 보고 있을 뿐……."

"그래도 잠들어 있던 저희와는 달리 피아 씨께서는 괴로운 시간을 보내셨죠?"

어제 전투 때 피아 씨는 원거리에서 저격을 가해 저뿐만이 아니라 많은 분들을 구해내시며 활약하셨습니다.

그래도 전선에서 싸우지는 않으셨기에 하루 내내 잠들어 있던 저희와는 달리 피아 씨는 평소와 똑같이 깨어나셨을 겁니다.

물론 저희가 깨어날 때까지 간병도 해주셨겠지만, 그동안 계속 고민하셨을 게 분명합니다.

배 속의 아기를 위해 생도르에 남기는 했지만, 시리우스 님의 안부가 신경 쓰이는 데다 그분을 저버려버렸다는 후회를 느끼셨을 겁니다. 정령 덕분에 실력도 충분하고, 하늘도 나실 수 있는 피아 씨라면 시리우스 님과 함께 싸울 수 있었을 테니 그런 느낌이 다른 사람들보다 강하게 드시겠죠.

"피아 씨께서 냉정하게 계시는데 저희가 꼴사나운 모습을 보일 순 없죠. 그리고 다른 분들에 대해 자세히 듣고 싶은데요."

"그, 그래. 우선 레우스 같은 사람들 말인데. 다들 옆방에서 같이 잠들어 있어. 마리나하고 리펠 같은 사람들이 봐주고 있으니까 무슨 일이 생기면 금방 연락이 올 거야."

"그렇군요. 저보다 더 오래 잠든 걸 보니 히르간이 그만큼 강적이었던 모양이네요."

"그래도 좀 전에 이야기를 들어보니 오전에 한 번 깨서 식사를 했던 것 같은데."

레우스와 줄리아 님, 키스 님, 그렇게 세 사람은 갑자기 깨어나나 싶더니 엄청난 기세로 식사를 요구했고, 다 먹자마자 다시 잠들어 버렸다고 합니다.

같은 방에 있던 마리나의 이야기에 따르면 식사하는 동안은 아무리 말을 걸어도 대답하지 않을 뿐만 아니라 말없이 계속 먹기만 했다는 모양입니다. 무의식 속에서도 영양 보급을 게을리하지 않다니……, 시리우스 님께서 그 이야기를 들으시면 감탄하실 것 같네요.

예외는 네 사람 중에서 가장 소모가 적었던 알베리오뿐이고, 그 혼자만은 오전에 깨어나나 싶더니 몸이 움직이는 걸 확인하고 나서 곧바로 방을 나섰다고 합니다.

"어느 정도 무리를 해서라도 움직인 건 마대륙으로 가려고 준비하기 위해서겠지. 지금도 필요한 것들을 갖추기 위해서 생도르 사람들하고 이야기를 나누고 있다던데."

"나도 좀 전에 상황을 살펴보는 김에 이야기를 잠깐 하고 왔어. 빠르면 내일쯤 레우스 일행이 부활할 것 같으니까 미리 준비를 해두겠다는데."

"좋은 판단이네요. 저도 다른 분들의 회복 속도를 보고 새벽쯤에는 출발할 수 있을 거라 예상했으니까요. 그러고 보니 카렌이나 히나, 용족분들은요?"

"생명에 지장은 없지만, 용족들은 다들 중상을 입었어. 그런 그들을 카렌이랑 히나가 열심히 돌봐주고 있고."

용족분들은 하늘에서 날아든 마물들을 거의 전부 상대했기에 모두 만신창이가 된 모양입니다.

살아남긴 했지만 전투 경험이 별로 없던 세 용들은 중상을 입었고, 메지아 님은 강적 세 마리를 상대하며 동귀어진에 가까운 형태가 되었기에 깊은 상처를 입어 며칠 동안은 안정을 취할 필요가 있다고 합니다.

가장 부상이 적었던 제노드라 님조차 날 수 있게 되려면 시간이 조금 더 걸리는 모양이기에 저희는 공중으로 이동할 수단을 잃었습니다.

"아무래도 마법이나 약으로는 잘 낫지 않는 부분까지 당한 것 같아. 하지만 제노드라 씨는 내일쯤은 날 수 있게 될 거라고 하던데."

"내일……이라고요. 그렇다면 곧바로 말을 타고 달려가기보다는 그분의 회복을 기다리는 게 마대륙에 더 빨리 도착할 수 있겠네요. 할아버지하고 베이올프는요?"

그 두 분도 계속 싸우긴 했지만, 제가 알기로는 큰 부상을 입지 않았습니다.

어느 정도 지치긴 했어도 지금 상황에서 가장 여력이 있을 것 같은 그 두 분께 부탁드리고 싶었지만, 피아 씨의 이야기에 따르면 지금 그 두 분은 생도르에 안 계신다고 합니다.

"당신들이 쓰러진 뒤에 중앙 부대를 이끌던 수왕하고 포르트 일행이 전선에 남아서 마물들을 소탕하기 시작했고, 그 두 사람은 거기 참가했어."

"설마 계속 싸우고 계신 건……."

"아무리 그래도 중간에 쉬긴 했지. 그래도 시리우스가 마물들을 대부분 끌고 가줘서 오늘 아침에 전선을 더욱 밀어 올리기로 결정했거든. 마지막으로 들어온 보고에 따르면 그들은 무사히 전선 기지를 탈환한 모양이야."

"벌써 거기까지……."

시리우스 님의 유도와 할아버지의 돌파력 덕분이긴 하지만, 상대할 마물이 예상보다 적었던 것도 이유 중 하나라고 합니다. 아마 람다의 세뇌가 풀리고 나서 시간이 지나자 영역 다툼이나 동족상잔에 따라 마물의 숫자가 더 줄어들었기 때문일 겁니다.

다시 말해 할아버지 일행은 전선 기지에 있으니 마대륙으로 가기 전에 들러야만 하겠네요.

그 이후로도 피아 씨에게 이런저런 이야기를 들었는데, 배가 불러서 그런지 중간부터 졸리기 시작했습니다.

근처에 있던 리스도 마찬가지인 모양인지, 저희는 일단 거기까지만 이야기하고 내일에 대비해 쉬려고 각자 침대에 누웠지만……

"…………."

"…………."

"……휴우."

아무리 자신을 납득시켜도, 지금 당장 움직여봤자 의미가 없다는 걸 이해하고 있어도, 마음속으로는 시리우스 님의 안부가 신경 쓰여버립니다.

조용해지니 쓸데없이 안 좋은 생각만 떠올라버리고, 졸린 데도 잠을 잘 수 없다는 게 정말 괴롭네요.

괜찮아요. 시리우스 님께서는 반드시……, 반드시 살아계실 거예요.

그분을 완벽한 모습으로 맞이하기 위해서 지금은 조금이라도 쉬어야 하는데…….

"……역시 잠이 안 오는구나."

눈을 감고 어떻게든 마음을 가라앉히고 있자니 옆 침대에 누워있던 피아 씨께서 몸을 일으키셨다는 걸 기척으로 알 수 있었습니다.

역시 피아 씨도 비슷한 상황인 걸까요. 그때 갑자기 제 침대에 누군가가 들어왔습니다.

냄새와 기척으로 피아 씨라는 걸 금방 알 수 있었기에 저항하지 않았더니, 피아 씨께서는 아이를 달래는 것처럼 저를 끌어안아 주셨습니다.

"저기……."

"온기가 좀 필요해졌거든. 나눠줄래?"

"……네."

응석을 부리는 것처럼 들리지만, 저를 위해 거짓말을 하고 계신 거겠죠. 쓸쓸함과 불안함에 짓눌릴 것 같을 때는 다른 사람과 맞닿아서 구원을 받을 경우도 있으니까요.

"리스, 당신도 이리 와."

"……응."

성에 있는 침대는 크지만, 그래도 세 명이 누우니 조금 좁을지도 모르겠네요.

하지만……, 지금은 그게 더 마음이 편합니다.

닿은 곳에서 느껴지는 두 사람의 온기와 배려에 마음이 서서

히 차분해지는 걸 느끼며 제 의식은 천천히 가라앉았습니다.

　다음 날 아침……, 아직 주위가 어둡고, 깨어나기에는 조금 이른 시간대에 저는 깨어났습니다.

　옆에서 잠들어 있던 리스와 피아 씨도 저 다음으로 깨어났기에 서로 인사를 나누며 침대에서 몸을 일으켰습니다.

　"흐암……, 좋은 아침이야."

　"좋은 아침이에요. 리스, 몸 상태는 어떤가요?"

　"응……, 괜찮아. 나는 마력을 너무 많이 썼을 뿐이고 추위 때문에 몸이 조금 상한 것뿐이니까."

　"저도 완전하진 않지만 전투에 지장이 없을 정도로는 회복되었어요. 이 정도면 문제없겠죠."

　레우스만큼은 아니지만, 저도 은랑족입니다. 회복에 며칠이 걸릴 상처나 피로도 겨우 8할 정도까지는 회복된 것 같습니다.

　이제 레우스 일행의 상황과 필요한 물건들을 챙겨야 할 텐데, 그 전에 옷을……, 갈아입어야겠네요.

　잠옷 같은 얇은 옷을 벗고 방 안에 있던 평소에 입는 옷으로 갈아입으려 하던 와중에, 문을 노크하는 소리가 들렸습니다. 나타난 건 리펠 님과 세니아 씨.

　"당신들이 일어났다고 세니아에게 이야기를 들어서 와봤는데……, 응, 기운을 차린 모양이구나."

　"네. 어제부터 계속 신세를 진 것 같네요. 정말 감사합니다."

　"아하하, 그런 건 내가 아니라 거의 세니아가 해줬으니까 그

녀에게 말해줘. 그리고 옷을 갈아입을 거면 우선 몸을 씻고 나서 갈아입는 게 어떨까?"

"여러분. 이걸 쓰시죠. 저도 도와드리겠습니다."

세니아 씨께서 따뜻한 물을 가져다주셨습니다. 감사히 쓰도록 하죠.

이내 몸을 다 닦고 나서 머리카락을 빗고 몸단장을 어느 정도 마친 저희는 레우스 일행이 있는 방으로 향했습니다.

그 아이들은 저보다 많이 다쳤고, 몇 번이나 한계를 넘어서면서 싸웠기에 회복이 늦어질 가능성도 있었지만……, 아무래도 그건 기우였던 모양입니다.

"우물……, 우물……, 키스! 그건 내 고기야!"

"고기 하나 가지고 시끄럽네! 됐으니까 너는 거기 있는 거나 먹어!"

"추가 음식을 부탁한다! 물론 전부 특대로!"

그들은 자기는커녕, 방 가운데에 있는 테이블 앞에 앉아 엄청난 기세로 식사를 하고 있었기 때문입니다.

조금 식사 버릇이 안 좋은 것 같아 신경 쓰이긴 하지만, 그들의 표정에서는 피로가 느껴지지 않았고 오히려 기운이 넘치는 것처럼 보이기도 했습니다.

"아, 누나! 깨어났구나!"

"당연하죠. 당신은 갈 수 있겠죠?"

"당연하지! 뭐, 아픈 곳이 조금 있긴 하지만, 거기 도착할 때까지는 몸을 풀어둘게. 줄리아랑 키스는 어때?"

"나는 문제없다. 언제든 싸울 수 있지!"

"나도 마찬가지야! 한쪽 팔이 조금 저리긴 하지만, 이 정도라면 문제없어!"

정말 믿음직한 말이긴 하지만, 역시 저와 마찬가지로 완벽하게 회복되지는 못한 것 같네요. 상처가 거의 낫긴 했어도 움직임에 약간 어색한 부분이 보이니까요.

하지만 더 이상 쉬더라도 마음이 편하지 않으니 오늘 안으로 출발해야 할 것 같습니다.

세 사람은 식사를 더 할 것 같아 저희는 마대륙으로 향할 준비를 진행하고 있다는 성의 안뜰로 왔습니다.

많은 병사들이 뛰어다니는 그곳에서는 알베리오와 마리나가 가지고 갈 물자를 확인하고 있었습니다.

"이건⋯⋯, 좀 더 필요할 것 같은데. 그 짐을 조금 내려서 이쪽을 두세 상자 정도 추가해주세요."

"오라버니, 이 짐은 어떻게⋯⋯, 아, 에밀리아 씨!"

"고생이 많으시네요. 작업은 순조로운 모양이에요."

"네. 저 나름대로 생각해서 필요한 것들을 정리해 보았는데, 에밀리아 씨께서 보시기에 부족한 물건은 없을까요?"

"그렇군요⋯⋯, 충분한 것 같아요. 이번에는 구출 작전을 하러 갈 건데, 필요한 물건은 제대로 챙겨두신 것 같네요."

안뜰 한가운데에는 커다란 마차 한 대가 있었고, 거기에 무기와 식량, 그리고 의료 도구와 거점을 만들기 위한 다양한 물자가 실려 있었습니다.

알베리오의 말을 듣고 저도 간단히 확인해보았지만 부족할 만한 물건은 보이지 않네요. 시간적인 여유가 별로 없었을 텐데, 정말 일을 잘하는 것 같습니다.

그건 그렇고 마차 한 대에 물자를 꽤 많이 실어서 꼭 마차 자체가 망가지지 않더라도 움직이기가 꽤 힘들 것 같은데, 그 문제는 안뜰에 계신 분이 해결해주실 겁니다.

"제노드라 님, 이제 몸은 괜찮으신가요?"

『으음. 어떻게든 날아갈 정도는 말이지. 가능하다면 메지아와 세 용들도 데리고 갈 생각이었다만, 역시 그 녀석들은 제때 맞춰서 회복하지 못한 모양이다. 정작 중요할 때 미안하구나.』

"그렇지 않아요! 힘을 빌려주신 것에 대해 주인님 대신 감사의 말씀 드립니다."

『고맙다는 인사 같은 건 됐다. 친구를 구하러 가는 거니 나도 힘을 아낄 생각은 없다.』

제일 걱정이었던 제노드라 님의 부활이 늦지 않아서 다행입니다. 거대한 몸집도 그렇고, 당당한 분위기를 보니 믿음직스럽기만 하네요.

이제 짐 수송은 물론이고 전선 기지와 마대륙까지 단숨에 가는 것도 가능합니다.

언제 출발할지가 문제인데, 그걸 생각할 필요는 없을 것 같습니다.

"오래 기다렸지! 누나!"

"우리는 준비를 마쳤다. 언제든 갈 수 있다! 에밀리아 공!"

식사를 마치고 장비도 갖춘 레우스 일행이 왔으니 이제 마대륙으로 갈 사람들이 모두 안뜰에 모였습니다.

이틀 전에 싸웠던 마물은 아무것도 아닌, 잘 알지도 못하는 마대륙으로 가는데 아무도 겁을 먹은 기색은 없습니다.

믿음직스러운 가족과 동료들을 새삼 바라보며 저는 큰 목소리로 말했습니다.

"그럼 지금부터 시리우스 님을 구하러 가겠습니다. 여러분, 부디 잘 부탁드립니다."

마대륙으로 가는 사람은 저와 레우스, 리스와 줄리아 님. 그리고 키스 님과 알베리오, 마리나.

거기에 전투뿐만 아니라 다양한 분야의 특기를 가지고 있는 줄리아님의 친위대 정예 열 명 정도와, 전선 기지에서 합류할 예정인 할아버지와 베이올프가 있습니다.

제가 선언하자 제노드라 님의 등 위에 다들 차례차례 올라타기 시작했습니다. 저와 리스는 배웅을 위해 물러나려 하는 피아 씨에게 다가갔습니다.

"왜 그래? 아, 카렌하고 히나라면 아직 자고 있으니까 전할 말이 있다면……."

"아뇨, 피아 씨도……, 같이 가시지 않겠어요?"

"어? 그야 가고 싶냐고 하면……, 그렇지. 하지만 지금 나는 이 아이를 지켜야만 하니까."

"시리우스 님의 부탁도 있으니 잘못된 판단은 아닐 거예요.

하지만 어머니로서가 아니라 여자로서는 어떨까요?"

"그러게. 아기가 있다 해도 왠지 피아 씨답지 않은 것 같거든. 그제는 시리우스 씨에게 아버지가 없는 아이로 만들지 말라고 하던데, 평소 피아 씨라면 기다리는 게 아니라 시리우스 씨까지 지키려 하지 않을까 싶어서……."

아무것도 모르는 젊은이들이 감정만 내세우면서 하는 말이지만, 애초에 피아 씨는 무슨 일이 생기면 가만히 있을 만한 성격이 아니니 그냥 기다리는 게 마음의 부담이 더 클 거라 생각합니다. 시리우스 님께서는 그런 상황에 대해 '스트레스가 쌓인다'라고 하셨죠.

그리고 배가 많이 불러서 움직이지 못하는 거라면 이해가 되지만, 임신은 아직 초기 단계이고 어느 정도 운동도 필요하다고 들었습니다.

마물의 소굴로 가는 게 어느 정도의 운동이라는 말로 끝난다는 건 아니지만, 그건 저희가 노력하면 될 문제. 시리우스 님을 마중 나가면서 마음이 편해지는 게 아기에게도 더 좋을 것 같기 때문입니다.

게다가 별로 생각하고 싶진 않지만, 만약에 저희가 실패해서 아무도 돌아오지 못하게 되는 상황이 되어버린다면 살아남은 쪽이 더 괴로울 것 같습니다.

"피아 씨는 제가 지킬게요. 그리고 무리하지 않는 범위에서 저희를 지켜주세요."

"아하하, 나중에 시리우스 씨에게 혼날 것 같은데. 그래도 우리는 제대로 쉬어서 전력을 갖추었고, 정말로 안 될 것 같으면 일단 물러나도 되잖아?"

"네. 시리우스 님께서 어디 계신지 알지 못하는 이상, 어딘가에 거점을 만들고 퇴로도 확실하게 확보할 예정이에요. 신속하게……, 그리고 확실하게요."

"……정말. 그렇게까지 말하면 가만히 있을 수가 없잖아."

시리우스 님께는 나중에 혼날 것 같지만, 그건 이미 각오하고 있습니다.

왜냐하면 우리는 가족이고, 역시 다 함께 당신 곁으로 가고 싶기 때문입니다. 만약에 최악의 결말이 기다리고 있다 하더라도 모두 함께 온 힘을 다하고 나서 후회하고 싶네요.

이왕 쓰러질 거라면 앞쪽으로……, 말이죠.

그렇게 피아 씨도 참가하기로 결정되자 근처에 있던 리펠 님께서 미소를 지으며 고개를 끄덕이고 계셨습니다.

"그래, 당신도 가는구나."

"응. 다 함께 시리우스를 마중하러 다녀올게."

"그럼 준비가 필요하겠네, 세니아."

"네. 받으시죠, 피아 님."

성수제 활인 아르셰리온은 가지고 있지만 방어구나 망토 같은 것들은 벗어두고 있었기에 방으로 돌아갈 필요가 있었는데, 세니아 씨께서 가지고 계셨기에 수고를 덜었습니다. 피아 씨는 어느새 챙겼냐며 쓴웃음을 짓고는 받으시네요. 저도 배워야 할 기술입니다.

시간이 좀 걸렸기에 서둘러 제노드라 님의 등에 올라탄 저는 모두가 있다는 걸 확인하고 나서 호령을 내렸습니다.

"그럼, 제노드라 님. 잘 부탁드립니다!"

『알겠다. 다들 꽉 잡고 있거라.』

그리고 저희가 준비한 마차를 팔로 감싼 제노드라 님께서는 날개를 펼치고 안뜰에서 천천히 날아오르셨습니다.

좋은 소식을 기다리고 계시는 리펠 님 일행과 다음을 대비하며 계속 물자 준비를 진행하는 많은 분들께서 지켜보는 가운데, 저희는 생도르를 출발했습니다.

첫 번째 목적지인 전선 기지는 말을 타고 한나절 정도 걸리는 거리지만, 제노드라 님께서 날아가시면 금방 도착할 것입니다.

바람을 몸으로 받으며 도착할 때까지 조용히 기다리고 있자니 문득 뒤에 있는 레우스의 낌새가 이상하다는 걸 눈치챘습니다.

레우스가 애용하던 검은 그제 부러져버렸기에 지금은 예비 검을 등에 메고 있는데, 좀 전부터 그 검의 자루를 몇 번이나 쥐었다 폈다 반복하고 있었던 것입니다.

"으음……, 역시 이 검, 좀 가볍네."

"내 예비 검은 그게 마지막이다. 아쉬운 검이라 미안하다만, 조심히 써줬으면 한다."

"물론이지. 그래도 휘두르기를 좀 해두는 게……."

"이런 곳에서 휘두르면 안 된다고!"

"나, 나도 알아!"

이번에는 같이 가겠다며 반쯤 억지로 따라온 마리나에게 혼나는 레우스의 모습을 다들 웃으면서도 따스한 눈길로 바라봤습니다.

조금 느긋한 것 같기도 하지만, 그렇게 평소대로 힘을 낼 수 있다면 전혀 상관없습니다. 시리우스 님께서는 항상 이렇게 저희를 지켜보고 계셨겠지요.

도착할 때까지 시간이 좀 더 걸릴 것 같았기에 저는 출발하기 전에 준비해달라고 해서 받은 첫 번째 방벽 주변의 지도를 꺼냈습니다.

"그게 마대륙하고 제일 가까운 곳 지도야? 으음……, 그런데 이 지도로는 마대륙을 알아볼 수 없으니까 의미가 별로 없지 않을까?"

"현장을 보고 나서 생각하겠지만, 우선 이 근처에 거점을 만들까 고려 중이에요."

직접 마대륙으로 넘어가는 것도 방법이겠지만, 시리우스 님의 수색이 오래 걸릴지도 모른다는 점도 고려해서 안전한 곳을 확보해야 할 겁니다.

시리우스 님께서 살아남으시기 위해 어디로 가셔서 어떻게 행동하실까? 제가 생각할 수 있는 모든 가능성을 예상하며 지도를 바라보고 있자니 전선 기지가 보인다는 보고가 들어왔습니다.

제노드라 님께서 전선 기지에 착지하시자 아직 이른 아침이라 할 수 있는 시간대인데도 수왕님과 포르트 님께서 맞이해주셨습니다.

곧바로 기지와 부대의 상황, 주변의 마물에 대해 이야기를 나눈 다음, 이번에는 저희에 대해 질문이 들어왔습니다. 저는 설명을 줄리아 님께 맡기고 전선 기지 안으로 들어갔습니다. 시간이 아깝기 때문에 얼른 할아버지와 베이올프를 데리러 간 것입니다.

정확히 세본 건 아니지만, 어제까지 토벌한 마물의 절반 이상은 할아버지께서 베셨다고 합니다.

그렇게 믿음직스러운 할아버지를 데리고 가지 않을 이유가 없습니다. 이미 충분하고도 남을 활약을 하셨으니 쉬게 해드리고 싶지만, 할아버지 같은 경우에는 데리고 가지 않으면 오히려 화를 내실 겁니다.

그렇기에 방에서 주무시고 계시던 할아버지를 억지로 깨운 다음, 저는 잠이 덜 깨신 듯한 할아버지의 팔을 붙잡고 밖으로 나왔습니다.

"으음……, 에밀리아……, 조금만 더……."

"잠은 이동하면서도 주무실 수 있어요. 그쪽 여러분, 죄송하지만 마차 정리를 좀 도와주실 수 있을까요?"

"""네, 네!"""

가지고 온 물자의 일부를 전선 기지에 내렸기에 할아버지께서 주무실 만한 공간 정도는 확보할 수 있을 겁니다.

친위대분들께 도움을 받으며 마차 안을 정리하고 할아버지를 눕히자 어느새 와 있던 베이올프가 미묘한 표정으로 저희를 바라보고 있었습니다.

"······그 사람을 짐짝처럼 다룰 수 있는 건 아마 에밀리아 씨 뿐일 거예요."

"사정이 사정이니만큼 조금 난폭하게 모셔왔어요. 베이올프, 지금부터 시리우스 님을 찾으러 갈 건데, 힘을 빌려주실 수 있을까요?"

"물론이죠!"

그때쯤 수왕님 일행에 대한 설명도 끝났기에 할아버지와 베이 올프까지 합류한 저희는 다시 제노드라 님의 등에 타고 마대륙 으로 향했습니다.

마대륙 눈앞에 있는 첫 번째 방벽으로 향하는 동안, 저희는 베 이올프에게 상황에 대해 설명하면서 향후 움직임을 확인하고 의논을 계속했습니다.

"네, 저도 같은 의견이에요. 시리우스 씨가 그렇게 간단히 당 하시진 않을 테니까요."

"그래도 그 이후로 아무런 연락도 없는 게 신경 쓰인단 말이 지."

"무슨 사정이 생겨서 마법을 쓸 수 없다거나 의식을 잃었을 가능성도 있어요. 눈과 코뿐만이 아니라 감까지 동원하면서 우 리가 가지고 있는 모든 능력을 구사해서 찾죠."

다시 마대륙 근처의 지도를 들고 시리우스 님의 심정으로 행 동을 예측해봐야겠습니다.

다른 분들께도 의견을 들으며 내용을 정리하고 있자니 이야기에 참가하면서도 지상을 살펴보고 계시던 피아 씨께서 보고해 주셨습니다.

"음……, 지상의 마물은 전선 기지에서 들었던 대로구나. 어디든 숫자가 많이 줄어서 앞으로 진군할 때도 힘들지 않겠어."

"그럼 에밀리아 공이 예상한 대로 첫 번째 방벽을 탈환해 버릴 건가? 이쪽 숫자가 많진 않지만, 우리라면 문제가 없을 텐데."

"네. 한 번 주위를 선회해서 전체적인 모습을 확인하고 난 뒤에 그 방침으로 진행하시죠. 마대륙으로 가는 건 그 이후에 할 일이고요."

첫 번째 방벽을 탈환하기로 하자 줄리아 님과 친위대분들도 의욕이 넘치시는 것 같네요.

시리우스 님께서 마대륙을 탈출하셔서 첫 번째 방벽에서 쉬고 계실 가능성도 있으니 거점을 확보할 겸, 들러야겠습니다.

한동안 공중에서 이동하는 시간이 이어졌고, 드디어 첫 번째 방벽과 바다가 보이기 시작하자 제노드라 님께 고도를 약간 낮춰달라고 해서 첫 번째 방벽 상공을 여러 번 선회하며 지상의 상황을 확인했습니다.

"줄리아 님! 주변의 마물은 소수! 무리도 별로 없습니다!"

"첫 번째 방벽 주변도 마물이 소수! 눈에 띄는 대형도 없습니다!"

"좋아, 어떤 것이든 좋으니 수상쩍은 게 있다면 곧바로 보고해라!"

"저게 마대륙이구나. 음……, 보아하니 딱히 신경 쓰이는 건 느껴지지 않는데."

"이봐, 보고가 들어왔던 길은 어디 있지? 그럴싸한 게 안 보이는데."

각자 나누어서 살펴보았기에 정보가 일제히 들어오는데, 가장 신경 쓰이는 건 키스 님의 의문이었습니다.

그렇습니다, 마대륙과 이쪽 대륙을 연결해서 마물들을 대량으로 유입시켰다는 길이 지금은 흔적도 없는 것입니다.

그 상황에 대해 다른 분들께서도 의문을 품기 시작하셨기에 곧바로 줄리아 님께서 이 근처에 대해 잘 아시는 친위대 중 한 분께 여쭈어보셨습니다.

"여기서 도망쳐 온 전령이 한 이야기를 들어보니 길이 첫 번째 방벽 정면에 갑자기 나타났다고 했습니다. 멀리서 봐도 알아볼 수 있을 정도로 거대했다고 합니다."

"그런데 안 보이는 걸 보면 스승님 일행이 부순 건가? 아니면 해류로 인해 무너졌을 가능성도……."

"오라버니, 하지만 마물들이 잔뜩 지나온 길이잖아? 아무리 해류가 거세더라도 열흘 정도 만에 이렇게까지 깔끔하게 부서질 것 같진 않은데."

"……형님 일행이야. 형님하고 호쿠토 씨가 부순 거라고."

다양한 억측이 오가던 와중에 그 다리가 있었던 것 같은 해변을 빤히 바라보던 레우스가 딱 잘라 말했습니다. 그 점에 대해서는 저도 같은 의견이고요.

어떻게 부순 건지 고개를 갸웃거리시는 분들도 계셨지만, 아마 길을 파괴한 건 호쿠토 씨일 겁니다.

"호쿠토 씨는 그런 필살기를 가지고 있으니까. 저렇게 깔끔하게 파괴할 수 있다 해도 이상할 건 없어."

"마물이 적을 만도 하네요. 그런 상황이었는데도 시리우스 씨가 해내셨군요."

"정말 자랑스럽네요. 하지만 중요한 건 저게 파괴되었다는 점이에요."

시리우스 님께서는 항상 앞을 내다보시니 이 길을 파괴하신 시기는 마대륙으로 건너가신 직후가 아닐 겁니다.

호쿠토 씨보다 느린 마물이 많기 때문에 시리우스 님께서 끌고 가신 마물들이 생도르에서 마대륙으로 전부 건너가려면 적어도 며칠은 걸립니다.

다시 말해, 시리우스 님께서는 최대한 마대륙에 머무르셨을 테고, 그 이후에 호쿠토 씨께 길을 파괴하게 만드셨을 테니 여기서 멀리 가시지 않으셨을 가능성이 커졌네요.

"저기 근처에 시리우스 님에 대한 단서가 있을지도 몰라요. 일단 해변으로 내려가 보죠."

"그건 상관없긴 한데, 첫 번째 방벽의 탈환은……."

"으랴아아아아아아아아아아아아아앗———!"

거점의 확보와 시리우스 님의 궤적을 향해 곧바로 달려가고 싶은 마음 사이에서 망설이던 그때……, 귀에 익은 외침 소리가 바로 아래쪽에서 울려 퍼졌습니다.

아무래도 할아버지께서 깨어나신 모양이네요.

그건 전혀 상관이 없지만, 저희가 뭐라고 말하기도 전에 제노드라 님께서 안고 계신 마차에서 뛰어내리셔버렸기 때문에 다른 분들도 멍해진 모양입니다.

"그러고 보니까 할아버지를 마차에 태우기 전에 저기를 거점으로 삼자는 이야기도 했었죠. 잠이 덜 깨셨었는데, 제대로 듣고 계셨던 모양이네요."

"또 멋대로 행동하고. 아니, 저 사람도 그냥 내릴 때까지 기다려도 될 것을……."

"라이오르 할아버지가 높은 곳에서 뛰어내리는 건 자주 있는 일이잖아. 어쩔 수 없지. 쫓아가자."

"잠깐만 기다려. 강검님께서 가셨다면 모두 함께 갈 필요는 없다. 저쪽은 우리에게 맡기고 에밀리아 공 일행은 해변으로 가주게."

"나도 왕녀님을 따라가겠어. 꼼지락꼼지락 뭔가 찾는 건 서투르거든."

"그렇다면 저도 가죠. 강검님은 저희가 봐드릴 테니 베이올프 공은 그쪽을 부탁드립니다."

줄리아 님의 말씀도 일리가 있기에 이번에는 호의를 받아들이기로 했습니다.

전력을 나누는 건 현명한 생각이 아닐지도 모르겠지만, 이곳은 마대륙 바깥이니 저쪽에는 할아버지와 줄리아 님, 친위대,

그리고 키스 님과 알베리오가 있으면 충분할 겁니다.

일단 해변 상공으로 이동해서 고도를 더 낮춰달라고 한 다음, 저희는 제노드라 님의 등에서 뛰어내렸습니다.

"좋았어! 꽉 잡고 있으라고!"

"에휴……, 이런 거에 이미 익숙해져 가는 나 자신이 무서운데."

그렇게까지 높진 않았기에 저와 베이올프는 혼자 뛰어내렸고, 피아 씨께는 리스를 바람으로 내려달라고 하고, 레우스는 마리나를 안고 뛰어내렸습니다.

해변이기 때문에 충격도 별로 받지 않고 착지한 저희는 우선 주변에 있던 마물들을 쓰러뜨려 안전을 확보하고 나서 단서를 찾기 시작했습니다.

"음……, 안 되겠네. 여기를 지나간 건 틀림없는 것 같은데, 형님의 냄새는 오래된 것만 남았어."

"나이아가 마력의 흐름이 조금 이상하다고 하네. 호쿠토 씨가 그 필살기를 날려서 그런가?"

"입으로 마력의 충격파를 뿜어내는 그거지? 여기서 마대륙까지 닿게끔 날렸을 테니 호쿠토도 많이 지쳤겠네."

"저는 코나 마력 감지로 찾지 못하니 주변의 경계에 집중할게요……, 아니, 에밀리아 씨? 멍하니 계신데, 뭔가 있나요?"

"역시 마물이 너무 적은 것 같은데……, 아뇨, 아무것도 아니에요. 그럼 베이올프, 다른 분들 몫까지 경계를 부탁드릴게요."

다른 분들께서 단서를 찾으시는 와중에 저는 집중하며 해변을 돌아다녔습니다.

냄새뿐만이 아니라 그분을 원하는 본능적인 감각도 최대한 끌어올렸지만, 아무것도 느껴지지 않습니다.

역시……, 헛걸음을 한 걸까요?

시리우스 님과 호쿠토 씨께서 마대륙에서 탈출하셔서 어딘가에서 쉬고 계실 거다……라는 건 너무 지나친 소망일까요.

시리우스 님……, 당신은 지금 어디 계신가요?

뭐든지 상관없어요. 저를 당신 곁으로 인도해주는 걸 찾아낼수만 있다면…….

"………………이건?!"

그 순간……, 바람의 흐름이 살짝 바뀌었습니다.

바람의 흐름은 금방 원래대로 돌아갔지만, 그 한순간에 느낀 냄새와 말로 표현할 수 없는 감각을 저는 놓치지 않았습니다.

정신을 차리고 보니 제 다리가 움직이고 있었습니다. 해변을 따라 온 힘을 다해 뛰어가기 시작했습니다.

한발 늦게 레우스도 뛰기 시작했고 리스와 피아 씨가 뭔가 외치면서 쫓아왔지만, 저는 바람의 마법으로 가속해서 다른 분들과의 차이를 더 벌렸습니다.

그리고 중간에 있던 암초 지대를 넘어 벽처럼 늘어서 있던 바위를 넘어간 곳에 있던 해변에서…….

"아, 아아……."

생애를 함께 하기로 은월에 맹세한 시리우스 님과 호쿠토 씨를 발견할 수 있었던 것입니다.

찾아 헤매던 주인님의 모습을 보니 눈물이 흘러내릴 것 같았지만, 안타깝게도 저는 그 감동에 취해 있을 틈이 없었습니다.

왜냐하면 시리우스 님께서는 흘러온 나무처럼 해변에 힘없이 쓰러져 계셨고, 그런 시리우스 님을 지키려는 듯이 몸을 웅크리고 있던 호쿠토 씨도 의식을 잃은 건지 꼬리조차 움직이지 않았기 때문입니다.

리스는……, 아직 거리가 멀긴 하지만 제대로 쫓아와 주고 있네요.

그 전에 시리우스 님의 상태를 확인하려고 한 발짝 내디디자마자, 저를 따라잡은 레우스가 평소라면 절대 있을 수 없을 만큼 세게 제 어깨를 잡았습니다.

"잠깐만! 누나! 그 이상 다가가지 마!"

"무슨 말을 하는 건가요! 저렇게 다치신 시리우스 님께서 눈앞에……, 어서!"

"됐으니까 다가가지 말라고! 마리나도 도와줘!"

"아, 알겠어! 에밀리아 씨, 잘 모르겠지만, 일단 진정해!"

여러모로 얼빠진 구석이 있지만, 그 본능과 감은 믿을만한 레우스가 진심으로 말렸습니다.

마리나까지 제 등에 달라붙었기에 조금이나마 냉정해진 저는 겨우 멈춰서서 크게 심호흡을 한 다음, 레우스를 돌아보았습니다.

"휴우……, 그래서, 대체 뭐죠?"

"저기, 잘은 모르겠지만, 지금은 형님에게 다가가면 안 될 것 같거든."

"이유가 없으면 안 되죠. 시리우스 님께서 눈앞에 계신데……."

"레우스 군! 그쪽으로 한 마리 갔어요!"

저희를 쫓아오던 리스와 피아 씨를 노린 마물이 몇 마리 있었는지 베이올프가 대처해주고 있었지만, 그중 한 마리가 이쪽으로 도망쳐 온 모양이었습니다.

이쪽으로 다가오던 마물은 곧바로 레우스가 앞으로 나서서 검을……, 왠지 모르겠지만 뽑지 않고 맨손으로 붙잡아서 내던졌습니다.

그 행동이 의아하긴 했지만, 멍하니 있을 때가 아닙니다. 아니나 다를까 동생이 그 마물을 시리우스 님께서 계신 쪽으로 던졌으니까요.

"레우스! 대체 무슨 짓……, 을…….."

그제야 저도 레우스가 느낀 위화감을 눈치채고 반사적으로 뒤쪽으로 물러났습니다.

"잠깐만?! 대체 뭐 하는……, 꺄악?!"

"내 뒤에서 나오지 마!"

내던져진 마물은 시리우스 님 위로 넘어가는 것 같더니 갑자기 불꽃에 휩싸였습니다. 그 불꽃의 기세는 거셌고, 눈 깜짝할 새에 마물을 불태워서 흔적도 남기지 않고 없애버렸습니다.

레우스가 진심으로 말려준 덕분에 살았네요. 나중에 뭔가 보답해줄 것을 생각해봐야겠어요.

냉정하게 관찰해보니 무방비한 시리우스 님께서 계시는데도 불구하고 주위에 마물이 전혀 없었고, 지면에 까맣게 탄 자국이

남은 부분을 보면 미리 판단할 수도 있었을 법합니다. 시리우스 님을 보고는 초조해진 것 같네요.

그건 그렇고 방금 그 불꽃은 엄청난 위력이었습니다. 외부에서 날아든 공격인 것 같지는 않으니 호쿠토 씨가 한 것 같습니다.

일단 거리를 두고 어떻게 할지 생각하는 동안에 리스 씨와 피아 씨가 도착했는데, 아무래도 그녀들도 마물이 불꽃에 휩싸이는 광경을 멀리서 보고 있었던 것 같습니다.

"방금 그거, 호쿠토가 한 거지?"

"그런 것치고는 너무 강한데. 저 아이치고는 서투르다고 해야 하나, 여유가 없는 느낌이고."

"그러게요. 왠지 다가가기가 힘들어요. 하지만 우리가 왔다는 걸 눈치채면……."

"그게, 좀 전부터 몇 번이나 불렀는데 전혀 반응이 없어요. 호쿠토 씨께서 눈치채지 못하시는 이상, 저희는 마물이나 마찬가지겠죠."

시험 삼아 시리우스 님께 맞지 않게끔 돌멩이를 던져보았는데, 역시 일정 범위 안에 들어가면 불꽃으로 공격당해 소멸했습니다. 리스가 물을 채찍처럼 뻗어서 치유를 시험해 봐도 결과는 마찬가지였습니다.

마물뿐만이 아니라 생물조차 아닌 것까지 공격하는 걸 보니 지금 호쿠토 씨께서는 의식을 완전히 잃은 상태이고, 다가오는 존재를 무차별적으로 공격하시는 것 같습니다.

물론 베이올프가 말한 대로 좀 더 다가가면 저희라는 걸 눈치채시고 공격을 멈춰주실 가능성도 있습니다. 하지만 그 예상이 빗나간다면, 저희는 호쿠토 씨에게 당해서 쓰러진다는 최악의 사태를 맞이하게 될 것입니다. 그것만큼은 피해야 합니다.

그렇다고 해서 이대로 잠자코 보고만 있을 수는 없습니다. 여기에서 확인할 수 있는 시리우스 님은 많이 다치셨는지 말라붙은 피로 얼룩져 계셔서 서둘러 치료해야만 하는 상태니까요.

"호쿠토가 공격하지 못하게 될 때까지 기다리는 건 어때?"

"의식을 잃으셨는데도 시리우스 님을 지키고 계세요. 불꽃을 내뿜지 못하게 될 때는 목숨이 끊어질 때일지도 모르죠."

"그렇다면 할 수밖에 없겠네."

"……네."

불꽃 공격을 정면으로 돌파해서 억지로라도 시리우스 님을 확보한다. 그렇게 하면 적어도 두 분 다 쓰러지진 않으실 테고, 호쿠토 씨께서도 그걸 원하실 겁니다.

문제는 마물이 단숨에 불타버릴 정도로 위력이 강하니 다가갈 수 있을지입니다.

이럴 경우에는 리스의 물로 막는 게 제일이지만, 호쿠토 씨가 상대라면 불안하기 때문에 바람으로 불꽃의 기세를 경감시키기 위해서 저도 함께 갈 수밖에 없습니다.

"잠깐만, 누나. 이럴 때야말로 내가 나설 차례지! 나 혼자서 형님에게 다가갈 테니까 누나들이 뒤에서 지켜줘."

"안 돼. 멀리 떨어진 상태에선 물로 방어하기 어려우니까."

"그리고 사람이 늘어나면 부담도 커져요. 이번에는 저와 리스만 가야겠죠."

바람의 마법이라면 피아 씨께서 제일 잘 다루시지만, 그녀에게 더 이상 위험한 행동을 하게 만들 수는 없습니다.

저는 말리려 하는 분들의 목소리를 떨쳐내며 리스와 손을 잡고, 물로 감쌀 면적을 줄일 수 있게끔 최대한 몸을 맞대며 한 발짝 내디뎠습니다.

그런 와중에 유일하게 저희를 말리려 하지 않은 피아 씨께서는 비통한 표정을 지으시면서도 바람의 정령에게 말을 거셨습니다.

"나중에 뭐든지 해줄 테니까, 저 애들에게 힘을 빌려줘. 물론, 온 힘을 다해서!"

"젠장! 뭐든 상관없으니까 방패로 삼을 만한 게 없나?"

"방패가 있어도 열을 막을 수는 없다고요!"

"뭔가……, 뭔가 할 수 있는 거……."

심호흡을 마친 리스는 정령인 나이아에게 말을 걸고 나서 물을 모으기 시작했습니다.

물이 저희 온몸을 감쌀 정도로 거대한 덩어리가 되었고, 그 위에 피아 씨께서 발동시킨 바람의 장벽이 겹쳐졌습니다. 저희는 그걸 확인한 다음 호쿠토 씨의 공격 범위 안으로 들어갔습니다.

그 순간 예상했던 것보다 더욱 엄청난 불꽃과 충격이 저희를 덮쳤습니다. 물과 바람으로 보호받고 있는 몸에도 아픔과 열기가 느껴질 정도였습니다.

"으……, 크윽……, 으으……."

리스는 물 보호막을 유지하는 데 전념하고 있기에 그녀를 끌어당기며 앞으로 나아가는 건 제 역할입니다.

하지만 호쿠토 씨는 대상을 태우는 것뿐만 아니라 불꽃 벽을 맞부딪히며 날리려 했기에, 저희는 뒤로 물러나지 않게끔 버티는 게 한계였습니다.

정말로 묵직한 공격입니다. 하지만 직접 맞아보니 호쿠토 씨의 상황이 조금이나마 이해가 되는 것 같았습니다.

저희와 헤어지고 나서 어떤 위기를 넘어오셨는지는 모르겠지만, 여기 도착한 시점에서 당신은 정말로 여유가 없으셨겠죠. 분명 시리우스 님을 옮기기는커녕, 움직이지도 못하고 의식을 잃으셨을 겁니다.

그럼에도 불구하고 시리우스 님을 지키기 위해서 무의식적으로 방어 본능을 발동시킨 결과로군요. 여력이 없을 텐데도 이렇게 강력한 공격을 날릴 수 있는 건 목숨을 깎아서 마력을 만들어 냈기 때문일지도 모르겠네요.

이런 공격을 계속 가하다가는 오히려 호쿠토 씨께서 소멸하실 것 같으니 얼른 끝내야 한다는 건 알고 있습니다만…….

"이런, 누나들이 멈춰 섰어!"

"뜨거워! 하지만 우리는 어떻게 할 방법이…….”

"적어도 공격을 늦추게 만들 수만 있다면…….”

아직 호쿠토 씨와는 거리가 있는데, 불꽃의 압력이 너무 강해서 더 이상 나아갈 수가 없습니다.

저희를 지켜주고 있는 물은 이미 따뜻해졌고, 중간부터 리스가 열기를 빼내려 하고 있긴 하지만, 이대로 가다가는 펄펄 끓는 물이 되는 것도 시간문제일 겁니다.

피아 씨께서 바람의 마법으로 지켜주고 계신 것도 제가 도우면서 겨우 유지하고 있는 상태이기에 이제 손을 쓸 수가 없는 상태에 가까웠습니다.

하지만, 여기서 물러날 수는 없습니다.

"지지⋯⋯, 않을⋯⋯, 거니까아!"

시리우스 님을 위해서, 그리고 제 손을 맞잡아주는 리스도 포기하지 않았으니까요.

힘을 쥐어 짜내서 한 발짝⋯⋯, 다시 한 발짝⋯⋯, 그리고 세 발짝을 내디디려 한 순간, 큰 변화가 생겨났습니다.

그렇게 거세게 날아들던 호쿠토 씨의 공격이 한순간이나마 약해진 것입니다.

"역시 내 환상도 마력이라 반응을 보이네! 너희 둘도 공격을 분산시켜!"

"역시 마리나야! 베이올프, 양쪽에서 바위를 밀어붙이자!"

"정말, 단련한 완력이 이런 곳에서 도움이 될 줄은 몰랐네요!"

거센 불꽃 때문에 바깥의 소리가 들리진 않지만, 분명히 그 아이들이 뭔가 해줬을 겁니다.

아무튼 지금이 기회입니다.

다시 호쿠토 씨의 공격이 느슨해진 틈을 타서 저는 리스를 끌어안으며 앞쪽으로 크게 뛰었습니다.

"호쿠토 씨!"

"호쿠토!"

그리고 둘이서 호쿠토 씨에게 손을 대며 이름을 부르자, 그렇게까지 거세던 불꽃은 아무 일도 없었다는 듯이 사라졌습니다.

여기까지 다가오면 시리우스 님께서도 휘말리게 되니 불꽃을 뿜어낼 리도 없습니다.

"허억……, 허억……, 리스, 시리우스 님은?"

"아……, 아아……, 이럴 수가……, 숨을……, 숨을 안……."

"진정해! 심장을, 고동 소리를!"

예전에 시리우스 님께서 죽음에 가까운 중상을 입은 상태로도 의도적으로 육체의 기능과 호흡, 심장 박동을 한계까지 떨어뜨려서 조금이라도 오랫동안 살아남는 기술이 있다는 이야기를 해주신 적이 있습니다.

그 모습은 주위 사람들이 죽었다고 오해해 버릴 정도라고 하셨으니 혹시나…….

"아……, 움직여. 엄청 약하긴 하지만, 확실하게 움직이고 있어!"

"뭘 해야 할지는 알죠?"

"응! 나이아, 조금만 더 힘을 빌려줘! 우선 몸속의 혈관부터……."

예전에 들었던 내용을 통해 생각해보면 지금 시리우스 님께서는 자력으로 소생하실 수 없을 겁니다.

하지만 시리우스 님께 이세계의 의학을 배운 리스라면 마법을 잘 이용해서 대처할 수도 있겠죠. 이 상황을 내다보신 건지까지는 모르겠지만, 시리우스 님께서는 정말로 마지막 순간까지 살아남는 것을 포기하시지 않으셨군요.

시리우스 님의 몸 상태가 신경 쓰이긴 해도, 이제 리스에게 맡길 수밖에 없기에 저는 아직도 움직임을 보이시지 않는 호쿠토 씨의 몸에 손을 대며 말을 걸었습니다.

"호쿠토 씨, 오래 기다리셨죠."

좀 전에는 필요 없는 싸움이 일어났지만 호쿠토 씨께서는 그저 주인을 지키기 위한 도구가 되셨던 겁니다. 원망이나 그런 감정은 전혀 없고, 그 충성심에 감탄할 뿐이었습니다.

의식이 없기에 대답은 없었습니다. 그럼에도 손을 대자 당신의 마음이 느껴졌습니다.

뒷일은 부탁한다……라고.

"네. 당신께서 지켜내신 시리우스 님은 저희에게 맡겨주세요. 정말……, 고생이 많으셨습니다."

목숨을 깎아내며 계속 시리우스 님을 지키시던 호쿠토 씨는 이대로 사라져버리실 것 같지만, 안타깝게도 저는 백랑님을 회복시킬 방법을 모릅니다.

하지만, 당신은 그렇게 약한 존재가 아니시죠?

이제 푹 쉬시고 시리우스 님과 함께 건강한 모습을 저희에게 보여주세요.

"형님! 형니임~!"

"아, 정말! 이렇게 만신창이가 되어서……, 정말 용케 살아왔어……."

"치료가 끝나는 대로 어딘가 안전한 곳으로 옮겨야겠어요. 제가 제노드라 씨를 불러오겠습니다."

"잠깐만 기다려, 이쪽을 눈치채고 와준 것 같아. 오라버니! 이쪽이에요!"

이틀 전에 람다가 쓰러져 생도르의 운명을 걸고 벌어진 싸움은 끝났지만, 저희의 싸움은 계속 이어지고 있었습니다.

하지만 이렇게 모두가 모임으로써 이제야 저희 싸움도 끝이 난 것입니다.

제노드라 님의 등 위에서 손을 흔드는 다른 분들의 모습을 올려다보면서, 저는 안도의 한숨을 내쉬었습니다.

※ ※ ※ ※ ※

시리우스 님과 호쿠토 씨를 찾아내서 생도르로 데리고 온 뒤로 벌써 이틀이 지났습니다.

생도르가 승리로 들떠 있던 것도 첫날부터 며칠 정도까지였고, 지금은 수많은 사후 처리로 인해 나라 전체가 바쁘게 움직이고 있습니다. 하지만 외부에서 온 모험자인 저희는 생도르의 내정 사정과는 상관이 없기 때문에 저희는 비교적 느긋하게 지낼 수 있었습니다.

레우스나 할아버지 같은 무투파 분들은 실력이 둔해진다며 상처가 나아서 날 수 있게 된 세 용들의 힘을 빌려 마물 소탕을 도왔습니다. 얼마 전에 벌어졌던 싸움의 피로도 완전히 가시지 않았는데, 정말 기운이 넘치네요.

그리고 이번 싸움에서 가장 큰 활약을 보이신 시리우스 님과 호쿠토 씨께서는 성에서 가장 큰 객실에서 지내고 계십니다만……

"좋은 아침입니다, 시리우스 님."

안타깝게도……, 구출된 이후로 아직 깨어나지 못하셨습니다.

리스의 마법으로 바깥쪽뿐만이 아니라 몸 안쪽의 상처도 확실하게 치료했는데도 아직 의식만이 돌아오지 않고 있는 것입니다.

하지만 약했던 심장 고동과 호흡도 평소와 비슷한 정도로 돌아오긴 했고, 계속 잠들어 있던 사람이 며칠이 지나서 갑자기 깨어났다는 이야기를 들은 적이 있기에 그렇게까지 한탄할 만한 상황은 아니었습니다.

그래도 계속 주무시고 계시니 불안해졌기에 어서 시리우스 님의 목소리를 듣고 싶다는 마음이 커져만 가네요.

"호쿠토 씨도 몸은 좀 어떠세요?"

그리고 침대는 너무 작기 때문에 호쿠토 씨께서는 시리우스 님 바로 옆 바닥에 깔린 모포 위에서 주무시고 계십니다.

한때는 그대로 사라져버릴 것처럼 희미한 빛을 내뿜고 계셨지만, 지금은 겨우 진정이 된 것 같아 안심입니다.

"몸 상태는 좀 어떤 것 같아?"

"그게, 안타깝게도……."

"괘, 괜찮다니까! 그럼 먼저 좀 살펴볼게."

아침 식사를 마치고 온 리스가 시리우스 님의 진찰을 시작했습니다.

호흡과 심장 고동 소리부터 시작해서 온몸을 다시 확인하며 상처가 벌어지거나 부은 곳은 없는지, 리스는 정말 능숙하게 시리우스 님의 상태를 살펴보고 있습니다. 아는 사람이라 더 그렇게 보이는 건지도 모르겠지만, 솜씨를 보고 있자니 왠지 의술을 전문으로 다루는 사람들보다 그럴싸해 보이네요.

"응, 변화는 없고……. 에휴, 몸 쪽은 전혀 문제가 없는데. 역시 뭔가 충격이 필요한 건가?"

"위험한 짓은 하고 싶지 않지만, 슬슬 뭔가 생각해볼 필요가 있을 것 같네요."

"피아 씨하고 나중에 의논을 해볼까? 그럼 교대하자."

곧바로 누워만 계셔서 몸이 굳지 않게끔 제가 온몸을 마사지하기 시작했습니다.

지금은 아프다는 말을 하실 수가 없으니 힘 조절에 주의해야만 하지만, 역시 시리우스 님을 돌봐드리고 있으니 마음이 차분해지네요.

마지막으로 따뜻한 물을 짜낸 천으로 시리우스 님의 온몸을 닦아드리고 몸단장을 마치자 피아 씨가 카렌을 데리고 오셨습니다.

"고생했어. 한동안은 내가 보고 있을 테니까 당신도 식사하고 쉬다 오도록 해."

"네, 시리우스 님을 부탁드립니다."

"선생님도 그렇고 호쿠토도 아직 피곤한가 보네."

원래는 시리우스 님의 시종으로서 계속 곁에 있고 싶지만, 피아 씨의 제안에 따라 그러지 않기로 했습니다.

『계속 곁에 있으면 금방 풀 죽게 될 거야. 그러니 우리는 적당히 교대하고 쉬면서 그가 깨어날 때까지 느긋하게 기다리자.』

역시 시리우스 님께서 이런 상태가 되시니 저는 아무리 애를 써도 마음이 급해지거나 차분하지 못한 구석이 나오는 것 같습니다. 그런 저를 피아 씨께서 잘 달래주셨기에 정말 도움이 많이 되었습니다.

주무시는 호쿠토 씨께 카렌이 빗질을 하기 시작했을 때 제가 방을 나서자 통로 안쪽에서 걸어오신 생제르 님께서 저를 보시고 말을 거셨습니다.

"오, 여기 있었네."

"생제르 님, 무슨 일이신가요?"

"아니, 지금 그쪽 방에 가려고 하는데, 그 녀석 상태는 어때?"

"안타깝게도……."

"그렇……구나. 그럼 지금 내가 가봤자 의미는 없겠군. 일을 마무리하고 다시 상태를 보러 갈게."

"신경 써 주셔서 감사합니다. 생제르 님께서도 바쁘시겠지만 너무 무리하진 마세요."

"흥! 제일 무리하던 녀석들에게 그런 말을 듣고 싶진 않거든?"

왠지 무뚝뚝한 말투지만, 저희를 믿고 진심으로 시리우스 님을 걱정하시는 마음이 말 곳곳에서 느껴집니다.

생도르의 차기 왕……, 아니, 이미 왕의 직책을 지닌 사람으로서 나라를 구해준 시리우스 님께 어서 고맙다는 인사를 하고 싶으신 건지, 이렇게 몇 번이나 살펴보러 와주고 계십니다. 사후 처리 때문에 바쁘실 텐데, 정말로 예의 바르고 의리를 중시하시는 분이시네요.

"시리우스 님께서 몇 번이나 조언을 해주실 만도 하세요."

어제, 생제르 님은 성 아랫마을로 가서서 생도르에 살고 계시는 분들께 이번 일의 전말과 왕이 될 자신의 마음가짐에 대해 연설하셨습니다.

다른 사람이 보기에는 부모의 편애로 선택받았을 뿐인 왕이라고 생각할 수도 있겠지만, 그분의 목소리에는 신기한 힘이 있었기에 많은 분들께서 귀를 기울이신 것 같았습니다.

그분을 마음에 들어 하신 시리우스 님의 눈은 정확했다고 할 수 있겠죠.

생제르 님과 헤어져서 식당에 도착해보니 테이블에는 사람 모습으로 변하신 제노드라 님과 메지아 님께서 히나와 함께 식사를 하고 계셨습니다.

하지만 제가 왔을 때는 이미 식사를 마치셨는지, 제게 인사하며 시리우스 님의 상태에 대해 물어보시고는 식당에서 나가셨습니다.

"생제르 님……, 바쁜 것 같아……."

"뭐야, 히나는 그 애송이를 만나고 싶은 거냐? 그럼 가도록 하지."

"그래도……, 돼?"

"나는 잘 모르겠다만, 그 녀석은 어린아이의 부탁도 들어주지 못할 정도로 자그마한 남자가 아닐 거다."

"물론 그쪽도 바쁠지 모른다. 만나는 건 좋다만, 너무 억지를 쓰지는 말도록."

처음에는 용족을 무서워하던 히나도 지금은 메지아 님께 떼를 쓰거나 목마를 태워달라고 할 정도로 사이가 좋아진 걸 보니 이제 걱정할 필요는 없을 것 같네요.

그런 히나 일행을 보내고 다른 분이 준비해주신 식사를 마친 다음 방으로 돌아가려던 참에 부하와 의논하며 걸어오시던 수왕님과 만났습니다.

"으음, 준비는 다 됐나. 항의가 들어오지 않는다면 조금 더……, 오오, 에밀리아 공 아닌가!"

"좋은 아침입니다, 수왕님. 귀환 준비는 순조로우신 모양이군요."

"으음, 이미 많은 부대를 귀환시켰다만, 나는 며칠 더 머무를 예정이다. 부인이나 생도르 쪽에는 미안하지만 말이지."

수왕님은 아비트레이의 국왕이시니 최대한 빠르게 귀환하셔야겠지만, 개인적인 사정으로 생도르에 머물고 계십니다.

"그가 잠든 채로 헤어지는 건 마음에 걸리니 말이야. 보아하니 아직 그는 깨어나지 않은 것 같군."

"네. 시리우스 님께서도 수왕님과 헤어지기 전에 이야기를 나누고 싶어 하시겠죠."

"하지만 폐하. 여기에 더 머무르는 건 이틀로 끝내주십시오. 저희도 시리우스 공이 마음에 걸리긴 합니다만, 당신은 왕이시니까요."

"나도 안다. 뭐, 그를 만나기 위해 머무르고 있으니 어느 정도 늦더라도 부인과 딸은 이해해줄 거다."

개인적인 견해지만, 수왕님의 부인분과 따님이라면 어째서 시리우스 님의 안부를 확인하지 않고 돌아왔냐고 화를 낼 것 같기도 하네요.

그리고 서로 근황에 대해 이야기를 잠깐 나눈 다음에 수왕님 일행과 헤어졌는데, 마치 제가 혼자 남을 때까지 기다렸다는 듯 어떤 분들께서 제게 다가오셨습니다.

묘하게 진지한 표정을 짓고 계신 네 분. 그중 한 분은 저번 싸움에서 활약하신 카이엔 님이셨습니다. 그분은 신뢰해도 될 것 같지만, 함께 오신 분들은 저희에게 별로 좋은 감정을 품고 계시지 않은 것 같습니다.

어째서 카이엔 님과 함께 계신 건지 의아해서 자연스럽게 제 마음속에서 경계심이 커지는 와중에 그분들께서 인사를 한 다음 본론으로 들어가셨습니다.

"에밀리아 공. 오늘 점심 식사 후에 성에서 중요한 회의를 진행하기로 결정했다. 그 회의에 당신과 레우스 공도 출석해줬으면 좋겠군."

"……알겠습니다. 그런데 저희가 출석할 필요가 있는 회의라면 대체 어떤 이야기를 나누게 되는 건가요?"

"으음. 생도르의 향후에 대해, 그리고 영웅인 여러분에게 내릴 보상에 대해서 이야기를 나눌 예정이다. 수고를 끼치게 되겠지만, 부디 잘 부탁하네."

말투는 정중하지만 무조건 밀어붙이겠다는 박력이 느껴졌기에 저는 순순히 고개를 끄덕였습니다. 회의의 내용이 신경 쓰이긴 하지만, 저와 레우스만 가는 거라면 시리우스 님을 지켜드리는 것도 문제가 없을 것 같습니다.

그 뒤 필요한 말만 하고 곧바로 가버린 그들을 수상쩍게 여기긴 했지만, 아무튼 방금 들은 내용과 제가 느낀 의문에 대해 전하기 위해 서둘러 시리우스 님 곁으로 돌아갔습니다.

이야기를 간단히 마친 다음, 저는 레우스와 함께 성안의 회의실에 왔습니다.

회의에 참가하신 분들 중 제가 알고 계신 분은 왕이신 생제르 님과 줄리아 님, 그리고 카이엔 님과 수왕님인데, 왠지 모르겠지만 리펠 님도 계셨습니다.

나머지는 거의 면식이 없는 생도르의 중진 같은 분들이 수십 명 정도 계셨는데, 그중에서 제일 의아하게 느낀 출석자는 할아버지였습니다. 진심으로 귀찮다는 표정을 짓고 계시면서도 리펠 님 옆자리에 얌전히 앉아 계신 할아버지가 조금 불길하게 느껴지네요.

딱히 늦은 건 아니었지만 출석자 중에서는 저희가 마지막으로 도착했는지, 저와 레우스가 자리에 앉자 생제르 님께서 입을 여셨습니다.

"모두 모인 모양이군. 그럼 회의를 시작하도록 할까. 카이엔!"

"네! 바쁘신 와중에 갑자기 모여주셔서 감사하오. 오늘은 각 현장의 경과 보고와 생도르가 위기에 처했을 때 활약한 자들에 대한 보상에 대해 이야기를 나눌 예정이오."

카이엔 님의 진행 아래 우선 생도르의 중진분들께서 작업 진척 상황이나 문제점을 보고하셨습니다.

하지만 그쪽이 회의의 주요 주제가 아닌지 보고 같은 것들은 간단히 끝났고, 곧바로 주요 주제인 것 같은 보상 이야기를 하게 되었습니다.

"이번엔 우리나라와 관계가 없는 분들께 도움을 받았습니다. 한심하긴 하지만, 그들이 없었다면 이 나라는 멸망했을 겁니다."

"그렇지. 물론 그들뿐만이 아니라 생도르의 모두가 온 힘을 다해 싸운 덕분이다. 왕으로서 다시 모두에게 고맙다는 인사를 하게 해다오. 고맙다!"

다른 사람들 위에 서는 자가 쉽사리 고개를 숙여선 안 된다는 이야기를 듣긴 했지만, 생제르 님의 미소는 정말 자랑스럽다며 뽐내는 분위기를 보이고 있으니 그를 얕볼 생각은 별로 들지 않네요.

"보상에 대해서는 인원이 많으니 지금은 외부인에 대한 보상만 발표하려 한다."

"이건 어디까지나 임시 결정이고, 정식 수여 행사는 나중에 진행할 예정이다. 그리고 보상 내용도 우리가 독단으로 결정한 것이니 보상이 합당하지 않다는 느낌이 든다면 사양하지 말고 말하도록. 뒤끝 없이 가자고. 카이엔, 발표하지."

"네. 그럼 우선 첫 번째, 아비트레이의 수왕님. 왕이라는 입장이시면서도 최전선에서 몇 번이나 싸우셨고, 많은 병사들을 고무하시며 전장 전체를 지탱해주신 공로자 중 한 분이십니다."

저희가 직접 볼 기회는 별로 없었지만, 수왕님께서 전체를 지탱해주셨기에 저희가 온 힘을 다해 싸울 수 있었습니다.

다른 나라의 왕이시긴 하지만 이번에는 개인에 대한 보수로 훈장과 꽤 많은 금품을 받으시게 되었고, 수왕님께서는 조용히 고개를 끄덕이셨습니다.

"지금 사양하는 건 실례가 되겠지. 감사히 받도록 하겠소."

"그 뒤를 이어, 강검님과 레우스 공이다. 정확히 말하자면 줄리아 님, 키스 님, 알베리오 공도 마찬가지지만, 이번에는 대표로 두 분을 선발했다. 그들 또한 수왕님과 마찬가지로 최전선에서 싸우며 많은 적을 베었다. 그리고 람다의 심복인 히르간을 쓰러뜨려 전황에 크게 공헌했지."

아마 최근 며칠 동안 마물을 벤 숫자는 할아버지가 제일 많을 겁니다.

물론 레우스와 줄리아 님도 밀리지는 않겠지만, 지명도 같은 여러 가지 사정으로 인해 할아버지와 레우스가 선발된 것 같네요. 뭐, 정작 본인은 주는 거라면 받아둘까……라는 듯이 아무래도 상관없다는 태도지만요.

"그리고, 레우스 공의 누님인 에밀리아 공이다. 그녀는 매우 골치 아프던 람다의 심복인 루카를 쓰러뜨려 주었다. 나중에 설명할 시리우스 공의 시종으로서도 그녀의 활약상은 더 있으니 주종을 별개로 보상을 내리고자 한다."

"……알겠습니다. 삼가 받들겠습니다."

시종의 활약은 주인의 것으로 간주하는 게 보통이지만, 이번에는 활약의 크기로 인해 특별히 저 개인에게 내려주실 모양입니다. 어찌 됐든 제 보상은 시리우스 님께 바칠 생각이라 결국에는 합쳐질 테니 순순히 받기로 했습니다.

그리고 호쿠토 씨가 계신데, 종마에 대한 보상을 어떻게 해야 할지 판단을 내리지 못해 일단 보류하기로 한 모양입니다.

그리고 드디어…….

"마지막으로, 여기에는 안 계시지만, 시리우스 공입니다. 그가 세운 공적은 굳이 말할 필요도 없겠죠. 그야말로 영웅이라 부르기에 합당한 자라 생각합니다."

저뿐만 아니라 리펠 님이나 줄리아 님께서도 만족스럽게 고개를 끄덕이셨고, 옆에 있던 레우스는 기뻐하며 손바닥에 주먹을 부딪히고 있습니다.

시리우스 님은 별로 탐탁지 않아 하실 것 같지만, 그분의 훌륭함이 널리 알려진다면 저는 기쁘고, 무엇보다 자랑스러운 마음으로 가득합니다.

평범한 모험자에게는 분에 넘칠 만한 보수의 내용에 주위에 계시던 분들의 반응은 저마다 달랐습니다. 그래도 대충 호의적으로 받아들이시는 것 같네요.

그리고 이런 상황에선 흔하게도, 카이엔 님께서는 자국으로 끌어들이기 위해 작위 등의 권력을 주겠다는 이야기를 꺼내셨습니다. 하지만 그 안색이 조금 좋지 않았습니다.

"……원하면 작위나 토지를 내릴 예정입니다만, 솔직히 저는 반대입니다. 그에게 권력을 주는 건 피해야 한다고 생각합니다."

"잠깐만, 카이엔. 그게 무슨 뜻인데?"

"그러고 보니 어젯밤에 이야기를 나눴을 때도 너만은 시리우스 공에 대해 여러모로 난색을 표했었지."

살벌한 대화가 오가자 회의실의 분위기가 바뀌기 시작했고, 생도르의 중진분들은 동요하며 서로 눈길을 주고받았습니다.

그가 어째서 그런 말을 하는 건지 이해할 수 없기 때문이기도 했지만, 왕족 두 분과 맞서고 있기에 어떻게 대처해야 할지 고민하는 것 같았습니다.

"무슨 의미고 뭐고, 전부 말 그대로입니다. 그는……, 위험합니다. 상황에 따라서는 제2의 람다가 될 가능성도 있습니다."

"그럴 리가 없잖아! 그 녀석은 우리와 전혀 상관도 없는데 몸을 희생하면서까지 나라를 구해준 영웅이라고!"

"람다 때도 그러지 않았습니까."

"시리우스 공은 그 남자와는 달리 우리를 미워할 이유가 없다. 만약에 모르는 사이에 원한을 샀다 하더라도 우리가 성의 있게 대처하면 된다."

거친 목소리를 낸 생제르 님을 도우려는 듯 줄리아 님께서도 입을 여셨지만, 카이엔 님은 계속 냉정하게 말씀하셨습니다.

"그럴지도 모르겠습니다만, 저는 그 싸움이 끝난 뒤로 계속 생각하고 있었습니다. 시리우스 공의 실력도 대단하지만, 그에게는 호쿠토 공뿐만이 아니라 뛰어난 제자나 친구들도 있습니다. 다시 말해 일개 모험자가 지니기에는 지나친 힘인 겁니다. 그 사실은 곁에서 보신 줄리아 님께서 가장 잘 이해하고 계시지 않습니까?"

"그건……, 이해가 안 되는 말은 아니다. 하지만 시리우스 공의 실력은 노력을 게을리하지 않은 결과일 뿐이고, 제자들이 강한 건 그가 열심히 키워주었기 때문이다."

"애초에 말이야, 그 녀석은 람다처럼 터무니없는 마도구를 가지고 있지 않잖아."

"그럼 마물을 조종할 수 있는 마도구를 가지고 람다가 연구를 진행했다는 마대륙으로 간 사람이 누굽니까? 그렇게 위험한 기술을 그가 남몰래 익혔다면요?"

사람은 아군이라 해도 너무 거대한 존재 앞에서는 두려움을 품어버리는 법입니다.

그건 시리우스 님께서도 잘 알고 계시니, 마대륙으로 혼자 가신 이유 중 하나는 카이엔 님께서 말씀하신 듯한 의심이 저희에게 쏠리지 않게끔 하기 위해서였을지도 모르겠습니다.

하지만 그 얘기를 한다 해도 카이엔 님의 생각이 바뀔 것 같지는 않았습니다.

생제르 님과 줄리아 님의 말수가 점점 줄어들었고, 레우스도 굳은 표정으로 입을 다물고 있던 와중에 반론한 사람은…….

"그자가 람다의 기술을 손에 넣었다는 증거는 없잖나. 적어도 본인에게 물어보고 나서 판단하는 게 어떤가?"

"물어봤자 대답해줄 것 같진 않습니다. 힘을 손에 넣은 그가 만약에 지배자가 되고 싶다는 야심을 품고 있다면……."

"그건 아니지. 시리우스가 진심으로 그렇게 생각하고 있었다면 나는 이미 살해당했을 테고, 엘리시온은 그의 것이 되었을 거야."

분노를 억누르면서도 냉정하게 말씀하신 수왕님과 리펠 님이셨습니다.

특히 리펠 님의 말씀은 무엇보다 큰 증거가 되었을 겁니다. 시리우스 님께서 그럴 마음만 먹으셨다면 엘리시온뿐만이 아니라 이곳 생도르조차 지배하실 수 있으셨을 테니까요.

왕족 두 분의 정론으로 인해 카이엔 님께서도 말문이 막혀버렸지만, 여기에는 그 두 분보다 더 분노로 가득 차신 분이 계셨습니다.

"이봐, 거기 영감. 만약에 시리우스가 네 상상 같은 남자라면 어쩔 셈이지?"

"……저는 위험하다는 의견을 냈을 뿐, 아직 어떻게 할지는 생각하지 않았습니다."

"흐음, 남몰래 처치하겠다는 생각이라도 하는 거 아닌가? 뭐, 아무리 사람을 많이 모으더라도 그 남자를 해치울 수는 없겠지만 말이지."

두 분 다 인생에서 경험이 풍부한 할아버지들입니다.

어지간한 분이라면 공포 때문에 호흡조차 잊어버릴 것 같은 할아버지의 살기를 받아내면서도 카이엔 님께서는 전혀 겁을 먹지 않고 노려보셨습니다.

"네가 쓸데없는 생각을 하는 건 상관없다. 하지만 말이지, 그 녀석의……, 시리우스의 적이 된다면 내 적도 된다는 걸 기억해 두거라."

"강검님께서도 그의 편을 드시는 겁니까?"

"편을 드는 게 아니다. 그 남자는 나와 대등하게 싸울 수 있는 남자이자 먹잇감이다! 내 먹잇감을 가로채는 녀석은 그 녀석보다 먼저 내게 벨 게야!"

좀 더 솔직하게 말해도 될 것 같은데, 안타깝게도 할아버지는 저런 분입니다.

할아버지는 진심이라는 듯이 살기를 주위에 뿜어내셔서 익숙하지 않으신 분들이 겁을 먹거나 의자에서 굴러떨어졌습니다. 이제 회의를 할 상황이 아니게 됐네요.

카이엔 님께서도 곤란하신지 제게 할아버지를 말려달라고 눈짓으로 신호를 보냈을 때, 계속 조용히 있던 레우스가 천천히 입을 열었습니다.

"이봐, 나도 한마디 하겠는데 말이야. 만약에 형님이 당신이 생각한 것처럼 쓸데없는 짓을 한다면 나는 내 목숨을 걸어서라도 형님을 벨 생각이야."

"훌륭한 마음가짐이로군요. 하지만 당신이 정말로 스승인 그를 벨 수 있습니까?"

"할 수 있지. 그게 형님이 원하는 거니까."

"……알겠습니다. 그렇게까지 생각하신다면 더 이상 말하진 않겠습니다. 생제르 님, 줄리아 님, 쓸데없는 참견으로 분위기를 어지럽혀 송구합니다."

"아니, 뒤끝 없이 하자고 한 건 나니까. 신경 안 써도 돼."

"별로 마음에 들진 않지만, 너도 이 나라를 생각해서 한 말이지? 사과할 필요는 없어."

카이엔 님께서는 아직 완전히 납득하시지 못한 것 같지만, 더 이상 말다툼을 계속해봤자 무의미할 거라 판단하신 모양입니다. 순순히 사과를 하신 뒤 시리우스 님에 대해 아무런 말씀도 하지 않으셨습니다.

다행히도 방금 그 이야기 때문에 시리우스 님을 두려워하게 되신 분은 별로 없으신 것 같았습니다. 개중에는 시리우스 님에 대한 보상을 늘려서 어떻게 해서든 자국으로 끌어들여야 한다고 열변을 토하시는 분까지 계셨습니다.

하지만, 역시 카이엔 님께서 하신 말씀이 불안의 씨앗이 되었나 봅니다. 복잡한 표정을 짓고 계신 분들도 약간이나마 계셨습니다.

할아버지의 살기를 알게 되었으니 직접적으로 손을 쓰진 않겠지만, 저는 시리우스 님께서 깨어나실 때까지는 경계를 강화해야겠다고 마음속으로 다짐했습니다.

예정이라고는 해도 각자의 보상 내용이 적힌 목록을 간단한 양식이나마 받았기에 저희는 그것을 챙겨서 시리우스 님 곁으로 돌아왔습니다. 무슨 일이 생길 가능성도 고려해서 정보를 공유할 겸 신뢰할 수 있는 분들을 한 방에 모으니 꽤 사람이 많아졌네요.

그래도 넓은 방이라 문제없이 지낼 수 있었기에 방의 테이블에 앉아 회의 내용을 다른 분들께 보고하려 하자 리펠 님께서 살짝 한숨을 쉬시면서 중얼거리기 시작하셨습니다.

"설마 내게도 상을 줄 줄은 몰랐네. 이건 분명 엘리시온에 대한 체면을 신경 써서 주는 거겠지?"

"그것뿐만은 아닐 거야. 나를 지켜준 데다 혼란스러워하는 병사분들을 잘 챙겨줬잖아. 언니도 모두를 지탱해줬다고."

"뭐, 할 수 있는 일을 하긴 했지만, 나보다 활약한 사람이 많은데 선발된 게 찜찜하거든. 그 왜, 당신 오빠 같은 사람은 좀 더 칭찬받아야 하지 않을까?"

"네?! 저기……, 오라버니는 그런 걸 위해 싸운 게 아니니까 별로 신경 쓰지 않을 것 같은데요."

좀 전의 회의 때는 주로 저나 레우스 일행에 대한 보상을 발표했지만, 그 사이에는 알베리오 이름도 나오긴 했습니다.

지금 그는 키스 님과 함께 마물들의 토벌을 돕고 있어서 이 성에 없기에 그의 보상이 적힌 목록은 제가 대신 받아서 지금은 마리나가 가지고 있는데, 그 목록을 바라보던 마리나가 복잡한 표정으로 끙끙댔습니다.

"그런데 정말 대단하네. 오라버니가 이렇게 보상을 잔뜩 받은 건 처음인 것 같아."

"그만큼 알이 열심히 싸웠으니까. 그러고 보니 수왕님이나 키스도 알을 마음에 들어 했고, 이번 싸움에서 여러모로 신세를 졌다고 아비트레이에서도 뭔가 줄 모양이던데?"

"으아……, 이제 우리 집 재정 상황이 풍족해지긴 할 것 같은데, 이렇게 갑자기 늘어나니까 오히려 겁이 나기도 하네."

"재정 상황이라니, 집을 위해서 쓴다는 거야? 알이 받은 돈이니까 가지고 싶던 거라도 사지."

"으음……, 파멜라 언니나 가족에게 선물 정도……려나? 아무튼 혼자 챙기기에는 너무 많은 금액이고, 오라버니라면 고향을 위해서 쓸 것 같단 말이지. 그러는 네 보상은 어떤 건데?"

"나? 나는 이 정도야."

그렇게 묻자 레우스는 자기가 받은 목록을 마리나에게 건넸습니다.

보통은 다툼을 방지하기 위해 가족에게만 보여줘야 할 것을 아무렇지도 않게 건네는 레우스를 보고 마리나는 어이없어하면서도 목록을 확인했는데, 내용을 살펴보던 그녀의 표정이 점점 굳어갔습니다.

"이게……, 뭐야? 금품 같은 건 그렇다 치고, 원하면 마음에 드는 토지나 작위도 주겠다고 적혀 있는데, 이걸 전부 받으면 한 나라의 영주 정도는 될 수 있지 않을까?"

아마 줄리아 님과 맺어질 가능성을 고려해서 레우스에게 그에 맞는 권력을 주려는 의도가 있을지도 모르겠습니다. 원하면 주겠다고 적혀 있으니 저희를 배려해주었다는 걸 알 수 있네요.

평범한 모험자에게는 파격적이라고 할 수 있는 내용이지만, 예상대로 레우스의 반응은 무덤덤한 것 같습니다.

"그래? 하지만 나는 영주나 그런 거에 흥미가 없단 말이지. 일단은 돈만 받아서 형님하고 마리나에게 반씩 나눠줄까?"

"시리우스 씨는 이해가 되는데, 왜 나한테?"

"아니, 우리 돈이 될 거잖아? 그렇다면 잘 쓰는 법을 알고 있는 마리나에게 맡기는 게 더 낫잖아."

"끄윽?!"

원래는 전부 시리우스 님께 맡기는 게 당연할지도 모르겠지만, 당신은 이미 반려자로 인정한 상대가 있는 몸이니까요. 레우스치고는 꽤 괜찮은 판단이네요.

말의 의미를 이해한 마리나는 볼을 붉히며 아무런 대답도 못하는 것 같은데, 그런 그녀의 낌새도 눈치채지 못하고 레우스가 어떤 생각이 떠올랐는지 손뼉을 쳤습니다.

"아, 맞다. 땅이나 그런 거 말고 광석을 받을까! 엘리시온으로 돌아가면 새 검을 만들어 달라고 할 예정이니까."

"어흠……, 거, 검 말이지. 그렇다면 비용이 꽤 들 테니까 보상 중 일부는 거기에 쓸 거라 생각할게."

"뭐냐, 검에 돈을 들일 필요는 없을 텐데. 네놈의 실력을 견뎌내지 못할 정도로 무딘 칼을 만든 그 영감 잘못이니 불평을 늘어놓으면 알아서 만들어줄 게다."

"아니, 그럴 순 없고, 그 검이 무딘 칼이라고 생각하지도 않아. 지금까지 계속 열심히 싸워준 내 단짝이라고!"

"그 이상 큰 목소리로 말할 거면 밖에서 이야기를 나누세요."

"".............""

할아버지까지 끼어들어서 조금 소란스러워졌기에 저는 두 사람에게 미소를 보이며 조용히 시켰습니다. 정말, 시리우스 님께서 깨어나시지 않는다고 해서 너무 시끄럽게 떠든다고요.

주위가 조용해지자 다시 회의 내용에 대해 다른 분들의 의견을 들었습니다. 역시 신경 쓰이는 부분은 똑같은 것 같았습니다.

"알고 있긴 했는데, 그걸 신경 쓰는 사람이 나왔네."

"네. 회의에 참가하신 분들께서는 대충 시리우스 님께 호의적이셨지만, 생도르에서 유명한 카이엔 님의 말씀이기에 무시하지 못하시는 분들도 계신 것 같아요."

"진짜, 들으면 들을수록 말도 안 되는 소리지. 형님이 그렇게 쪼잔한 짓을 할 리가 없는데 말이야."

"그래도 시리우스 씨의 성격은 우리처럼 가까운 사람이 아니면 알 수가 없으니까."

"그리고 시리우스가 마대륙에서 뭘 봤는지는 직접 이야기를 들어봐야 알 수 있으니 불안해하는 것도 어쩔 수 없어. 뭐, 뭘 봤든지 시리우스는 변함이 없겠지만."

하지만 만약 시리우스 님께서 람다의 마도구나 기술 같은 걸 아무것도 보지 않았다고 설명하셔도 납득하지 않는 분들은 계실 겁니다.

거짓말을 하면서 기술을 독점하고 뭔가 음모를 꾸미고 있다……, 그렇게 두려움이나 위기감 때문에 지나친 생각에 빠져버리는 분이 생기더라도 이상할 게 없습니다.

저희가 경계해야 할 것은 시리우스 님에게서 지식이나 기술을 빼앗기 위해 억지로 신병을 확보하려는 분들이나 카이엔 님의 말처럼 강대한 힘을 두려워하며 제거하려는 분들입니다.

정면에서 맞부딪히려 한다면 대처도 손쉽겠지만, 그런 생각에 이른 분들은 자신이 정의라고 믿으며 지나친 행동에 나서곤 하니까요.

"역시 이 나라를 어서 떠나야 할지도 모르겠네요."

"그러게. 조금 쓸쓸하긴 하지만, 오래 머무를 이유도 없고."

시리우스 님께서 계속 잠들어 계신 이상, 지금은 저희끼리 방침을 정하고 움직여야만 합니다.

지금 시점에서 우선시해야 할 것은 시리우스 님과 저희 모두의 안전 확보이기에 조금이라도 습격당할 가능성이 적은 곳으로 가야 할 것입니다. 다행히도 시리우스 님께서는 계속 잠들어 계실 뿐이니 마차만 있으면 이동하는 데 문제는 없으니까요.

다른 분들도 그 생각에 동의해주셨기에 원래 예정이기도 했던 엘리시온으로 가기로 했는데, 저는 일부러 리펠 님께 여쭈어보았습니다.

"실례라는 건 압니다만, 부디 여쭙게 해주세요. 리펠 님께서는 시리우스 님의 힘을 원하시나요?"

"원한다고 해야 하나, 무슨 일이 생기면 도와달라고 부탁 정도는 할 생각이야. 적어도 그의 의사를 무시하고 억지로 이용할 생각은 없어."

"그럼 두렵지는 않으신가요? 그분이 마대륙에서 한 나라조차 멸망시킬 수 있는 힘이나 지식을 가져오셨을 가능성도 있을지 모르는데요?"

"그런 부분을 이제 와서 따질 필요는 없지. 다른 사람이었다면 모르겠지만, 시리우스는 힘을 쓰는 법이나 위험성, 그리고 사람의 본질에 의한 선악도 이해하고 있으니까. 적대하지 않는 한, 부조리한 폭력은 휘두르지 않는다는 것도 알고 있으니 두렵다고 생각한 적은 없어."

"후후, 역시 언니세요."

회의 때 시리우스 님을 감싸주신 시점에서 쓸데없는 질문이었을지도 모르겠지만, 시리우스 님의 시종으로서 저는 어떻게 해서든 확인해야만 했습니다.

하지만……, 역시 리펠 님은 제가 상상하던 분이셨네요.

처음 만났을 때 이후로 변함이 없으세요. 대담하면서도 냉정하고, 그러면서도 친지에게는 매우 자상하고 마음씨 착한 분이십니다.

"그리고 지금 나는 그의 처형이니까. 시리우스는 이러쿵저러쿵해도 친지에게는 자상한 애니까 여러모로 편의를 봐주겠지. 실력이 좋은 그를 붙잡아줘서 정말 다행이야, 리스. 내가 칭찬해줄게!"

"저는 그럴 생각으로 그런 게……, 아으으……."

물론 실력이 좋은 부하를 손에 넣었다는 타산도 있을지 모르겠지만, 리펠 님 같은 경우에는 그것뿐만이 아닐 겁니다. 왜냐하면 리스만큼은 아니지만, 리펠 님께서는 시리우스 님에 대해 말씀하실 때 가족을 보는 것처럼 자상한 눈초리를 보이시니까요.

아무튼, 이제 엘리시온으로 가는 것도 걱정할 필요가 없게 되었습니다.

"그럼 빠르게 보상을 받고 나서 생도르를 떠난다……, 그러면 되는 거지?"

"네. 원래는 보상을 신경 쓰지 않고 떠나야 할지도 모르겠지만, 생제르 님이나 줄리아 님의 체면을 고려하면 무시할 수는 없으니까요."

"정당한 보수고, 아이들 양육비도 들 테니까 사양하지 말고 받자. 그러고 보니 시리우스의 보상이 적힌 목록은 없어?"

"실은 그것에 대해 이런저런 이야기가 나와서요……."

저희는 목록을 받을 때, 내용을 낭독하며 생제르 님께 받는 식으로 간단한 의식을 진행했습니다.

당연히 그곳에 계시지 않았던 시리우스 님께서는 그러시지 못하셨기에 특별히 이 방에서 의식을 진행하며 목록을 주고 싶다고 카이엔 님께서 제안하신 겁니다.

"그런 건 깨어난 뒤에 해도 될 것 같은데. 우리도 사정이 있으면 일정을 연기하곤 하니까."

"시리우스 님께서는 받으실 보상이 매우 많으셔서 어서 임시 의식을 끝내고 준비에 들어가야 할 것 같다네요. 게다가 복잡한 사정이 있는 것 같아서 거절하기 힘든 분위기였어요."

"뭐, 잠든 사람을 옥좌 앞으로 끌고 가겠다는 이야기를 꺼내지 않은 게 다행이려나?"

"대리인이 받으면 안 돼?"

"억지로 밀어붙이면 대표로 받을 수 있을 것 같긴 하지만, 실은 생각해 둔 게 있어서 지금은 보류해달라고 했어요."

위험하고 억지스러운 생각이라는 건 저도 알고 있지만, 다른 분들의 의견을 듣고 싶은 계획이 떠올랐기 때문입니다.

그렇게 제 의견을 말하자 처음에는 다들 그러면 안 된다고 했지만, 설명을 계속 해나가다 보니 어이없어하거나 쓴웃음을 짓는 식으로 다양한 표정이 나왔습니다.

"아……, 그렇구나. 잘 생각해보니 그럴 수도 있을지 모르겠어."

"딱히 잘못한 건 아니지만, 평범하진 않으니까."

"해볼 가치는 있지 않을까? 우리가 있으면 어떻게든 될 것 같기도 하고."

다양한 의미로서의 신뢰를 통해 제 제안은 통과되었고, 대표가 아니라 이 방에서 의식을 진행하는 걸 받아들였습니다.

그 내용을 생제르 님과 줄리아 님께 전하러 가자 두 분께서는 난색을 표하셨지만, 저희 모두가 각오를 다졌다고 하니 이 방에서 의식을 진행하기로 결정된 것입니다.

다음 날……, 시리우스 님께서는 여전히 깨어나시지 않으셨기에 이 방에서 시리우스 님의 보상 수여식이 진행되었습니다.

방으로 들어온 사람은 생제르 님과 의례용 복장을 입은 세 분이셨는데, 왠지 모르겠지만 의식 이야기를 꺼낸 카이엔 님의 모습이 보이지 않았습니다. 세 분은 어디서 본 적이 있는 것 같더니 어제 아침에 카이엔 님과 함께 계셨던 분들이시네요.

시리우스 님께서 주무시는 침대에서 조금 떨어진 곳에서 지켜보고 있던 저희는 보상 내용을 낭독하는 진행 담당자분의 목소리를 들으며 경계하고 있었습니다.

"……이상의 공적에 따라 시리우스 공에게는 여기에 적힌 금화와 토지, 작위를 수여한다."

원래는 이러한 상황이 되는 걸 막아야만 할 겁니다.

표적이 될 가능성도 있는 와중에 모르는 분들을 계속 잠들어 계신 시리우스 님께 다가가게 두다니, 너무 위험한 행동이니까요.

그럼에도 불구하고 저희는…….

"불만이 있다면 나중에 제기하도록. 대리인……, 목록을."

그리고 낭독이 끝나 담당자분이 내민 목록을 제가 한쪽 무릎을 꿇으며 받아든 그 순간……, 분위기가 바뀌었습니다.

"위험한 녀석 같으니!"

"그대로 잠들어 있어라!"

"더 이상 내버려 두진 않겠다!"

세 사람이 뿜어낸 명확한 살의.

각자가 품속에 숨겨두고 있던 무기를 꺼내 시리우스 님을 노렸고, 저는 그와 동시에 저는 받아든 목록을 놓고 제일 가까운 남자에게 파고들었습니다. 바람총을 들고 있던 그의 손목을 비틀며 바닥에 쓰러뜨렸습니다.

다른 한 사람은 어떤 마법진이 새겨진 마석을 들고 있었지만 곧바로 레우스의 주먹에 맞아서 날아갔고, 떨어뜨린 마석은 베이올프가 쌍검으로 파괴했습니다.

마지막 남자는 바람총과 나이프를 들고 시리우스 님을 들이받을 기세로 달려들었습니다. 리스와 피아 씨가 마법으로 무력화시키려고 손을 뻗었지만, 두 사람의 마법은 발동되지 않았습니다.

왜냐하면…….

"우리나라를 제멋대로……, 우웃?!"

그럴 필요가……, 없었으니까요.

날아간 바람총은 하얗게 빛나는 꼬리에 튕겨 나갔고, 내지른 나이프보다 빠르게 남자의 손목이 잡히나 싶더니 그가 마치 마법처럼 가볍게 공중에 떠올랐기 때문입니다.

합기도라 불리는 기술로 내던져진 남자가 세니아 씨에게 포박당했습니다. 제가 천천히 일어서서 침대로 다가가자 아무리 작아도 못 듣고 지나칠 수 없는 목소리가 들려왔습니다.

"……상황……은?"

"이제……, 괜찮아요. 적은 없습니다."

"호쿠토……는…….."

"끄응……."

"무사하세요! 당신과 마찬가지로 깨어나셨어요!"

"그렇……군……."

이분들께서 깨어나시려면 어떤 충격이나 계기가 필요할 거라 생각한 결과가……, 이거였습니다.

지금의 저희들로서는 결코 뿜어낼 수 없는, 진심으로 시리우스 님을 노리는 살기.

그것을 느끼시자, 그제야 시리우스 님께서 깨어나신 겁니다.

정말……, 이런 살기로 깨어나신 게 믿기지 않는다고 해야 하나, 신기한 분들이십니다.

의식은 희미하고 시선도 또렷하지 않은 것 같지만, 진정한 의미로 시리우스 님과 호쿠토 씨께서 저희 곁으로 돌아오셨습니다.

다른 분들께서 달려오시는 와중에 저는 눈물을 닦는 것도 잊은 채 사랑스러운 주인님의 손을 두 손으로 감쌌습니다.

"나……, 돌아온……, 건가?"

"네! 어서 오십시오……, 시리우스 님."

"그래…………, 다녀왔어."

—— 생제르 ——

"……진짜 이런 걸로 깨어날 줄이야. 제자들도 그렇고, 대체 이 녀석들은 어떻게 되어 먹은 거야?"

어제, 은랑족 누님이 살기를 느끼면 반응을 보일지도 모르니 의식을 수락하겠다……는 말을 꺼냈을 때는 무슨 말을 하는 거냐고 소리를 질러버렸지만, 그대로 될 줄이야.

뭐, 알고 지낸 기간은 그 녀석들이 훨씬 오래되었으니까. 어찌 됐든 그 녀석이 깨어났다면 불만은 없고, 아무튼 내 일을 얼른 마치도록 할까.

세 명 중 두 명은 기절했지만, 리펠 왕녀의 시종에게 붙잡힌 녀석은 의식을 잃지 않았기에 나는 분노하는 표정으로 그 녀석에게 다가갔다.

"야, 내 앞에서 꽤 제멋대로 굴던데."

"기, 기다려주십시오! 저 남자는, 저 남자는 너무 위험합니다!"

"그렇다고 해서 이렇게 기습을 가해놓고 부끄럽지도 않아?"

"카이엔 공도 위험하다고 하지 않았습니까! 만약 저 남자가 제2의 람다처럼 되어버리면 생도르뿐만이 아니라 세계에 위기가 닥칠지도 모릅니다!"

나라나 세계의 위기……라.

그렇기 때문에 자기가 옳다고 착각하고 이렇게 목숨을 걸고서라도 그 녀석을 해치우려 한 거로군.

그래도 말이지, 나라를 위해서라거나 세계를 지키기 위해서라고 정말 훌륭하신 대의명분을 내걸고는 있지만, 결국은 그 녀석이 적으로 돌아서는 걸 멋대로 망상해서 두려워하는 거나 마찬가지잖아.

적어도 상대방에 대해 조금 더 알고 나서 움직이라고 말하려던 참에, 시끄러운 소리를 듣고 카이엔이 병사 몇 명과 함께 방으로 들어왔다. 방과 내 상태를 본 카이엔은 금방 눈치를 챈 모양인지, 정말 시원스러운 표정을 짓고 있다.

"야, 카이엔. 어떻게 할 거야? 이 바보들을 고른 건 너잖아?"

"송구합니다. 나라를 구해낸 영웅을 치하하고 싶다며 의욕을 보이기에 그리하였습니다. 곧바로 제가 처분하도록 하겠습니다."

"……알겠어, 얼른 데리고 가. 더 이상 손님에게 창피를 사지 말라고!"

"……분부 받들겠습니다."

좀 전부터 계속 노려보고 있는데 표정이 전혀 바뀌지도 않네.

한편 그 녀석을 습격한 바보 자식은 카이엔이 구해줄 거라 생각하고 입가에 미소를 드리우고 있지만, 역시 아무것도 모르네.

너희는 카이엔이 자기 편이라고 생각하는 모양인데, 사실은 그 반대다.

너희는 카이엔의 손바닥 위에서 놀아난 거라고.

시작은 시리우스 녀석이 마대륙으로 간 뒤였다.

마물 소탕이 어느 정도 끝나서 일단 생도르 성으로 돌아가려던 참에 갑자기 카이엔이 다른 사람들을 물린 다음에 이야기를 하기 시작했다.

『만약에……, 그가 돌아오면 골치 아프게 될 겁니다.』

녀석이 묘하게 진지한 표정으로 이야기한 내용은 마대륙에서 람다의 지식이나 기술을 얻었을지도 모르는 시리우스가 두려움의 대상이 되고, 그걸 제거하려 움직이는 자가 나타날……, 가능성이었다.

『그러니 앞으로 저는 시리우스 공의 적처럼 행동하겠습니다. 최대한 그와는 만나지 않고 위험성을 호소하며 주위 사람들에게 적대시하는 것처럼 행세하는 겁니다.』

반대 조직이라는 건 몇 번을 짓밟아도 벌레처럼 생겨나는 법.

그러니 카이엔은 돌아다니면서 짓밟는 게 아니라 일부러 중심인물이 되어 잘 제어하기만 하면 된다고 생각한 것이다. 나쁘지 않은 생각이긴 한데, 이렇게 귀찮은 짓은 너 정도밖에 할 사람이 없겠지.

『그래도 말이야, 너는 어떻게 생각하는데? 너처럼 똑똑한 녀석이라면 나라나 세계를 위협할 존재가 있다는 사실을 무시할 수 없을 텐데.』

『그는 힘을 쓰는 법을 이해하고 있으니까요. 그리고 강한 자와 좋은 관계를 맺으면 두려워할 필요도 없습니다. 애초에 세계에는 자신보다 강한 존재가 얼마든지 있으니 잘 알지도 못하는 상대를 멋대로 두려워하는 시점에서 정신이 미숙한 거지요.』

『이야기를 듣고 보니 강검 영감님도 두려운 존재였지.』

『그리고 시리우스 공은 당신들뿐만이 아니라 이 나라까지 구해준 진정한 영웅이자 은인입니다. 그 은혜에 보답하지 않는다면 이 나라를 섬기는 자로서 한심하기 짝이 없을 겁니다.』

『그럼 말이야, 만약에……, 만약에 말이야. 마대륙에서 돌아온 그 녀석이 네가 상상한 것처럼 최악의 녀석으로 바뀌었다면?』

『그때는 제가 진짜 적이 될 뿐이겠지요.』

말투는 진지했지만, 카이엔은 그럴 일은 없을 거라는 듯이 부드러운 미소를 짓고 있었다. 이러쿵저러쿵해도 너 또한 그 녀석이 정말 마음에 든 모양이구나.

『생제르 님. 제 쪽에 수상쩍은 인물이 나타나거나 접촉해 오면 남몰래 움직임을 보고하겠습니다. 그들에 대한 설명이나 연락은 맡기겠습니다.』

『……알겠어.』

『상황에 따라서는 이 역할을 생제르 님께서 이어받으실 예정이니까요. 나라의 재건뿐만이 아니라 그쪽 공부도 게을리하지 마시길.』

그렇게 카이엔은 시리우스의 적 역할을 맡게 되었다.

다시 말해 이번 사건은 시리우스를 위험시하는 녀석들을 색출하기 위해 카이엔이 연기를 했고, 아군인 척하면서 자기 밑으로 모아들인 것뿐이다. 사실은 이 방에 데리고 오기 전에 대처할 생각이었지만, 은랑족 누님이 제안한 것도 있었기에 이번에는 여기까지 녀석들을 들여보냈다.

시리우스가 깨어나자 많은 동료들이 침대로 모여드는 와중에 조금 거리를 두고 그 광경을 지켜보던 엘프 누님이 내게 말을 걸었다.

"있지, 미리 이야기를 듣긴 했는데, 정말로 괜찮은 거야?"

"이제 와서 신뢰고 뭐고 없다고 생각하겠지만, 안심해. 이제 그 녀석들이 손을 댈 일은 없을 거야."

순서가 바뀌긴 했지만, 그 세 사람은 나중에 누구에게도 알려지지 않고 카이엔에게 제거당할 테니까. 생각이 과격하다고 해야 하나, 다루기 곤란한 녀석들이기도 했고 카이엔 말처럼 정신이 미숙한 녀석들에 불과한 것 같으니 처분하는 것에 저항감은 별로 없다.

내가 생각해도 꽤 간단히 잘라내 버리는 것 같긴 하지만, 나는 이미 이 나라의 왕이니까.

전체적인 움직임을 맞추기는커녕 망상에 사로잡혀서 쓸데없는 짓을 하는 녀석은 자비심 없이 잘라내 주겠어.

나는 이미……, 피로 얼룩진 길을 나아갈 각오를 다졌다.

"자, 그 녀석에게서 이것저것 이야기를 듣고 싶긴 하지만, 보아하니 한동안은 힘들 것 같네."

"그러게. 한동안 진정이 되진 않을 것 같아."

"어쩔 수 없지. 나도 다른 일정이 밀려 있으니까, 나중에 들르겠다고 전해줘."

꽤 마음 편한 관계를 맺게 된 이 엘프 누님도 시리우스가 신경
쓰이는 모양이었기에 나는 말을 전해달라고 부탁한 뒤에 방을
나섰다.

이제 내가 갈 곳은 마대륙이 코앞인 첫 번째 방벽이다. 예전부
터 진행하던 계획이 오늘 아침에야 준비를 마쳤다는 보고가 들
어왔기 때문이다.

보통은 가는 데만 며칠이 걸릴 거리지만, 지금 내게는 딱히 대
단한 거리도 아니다.

왜냐하면…….

"미안한데. 신세를 많이 진 당신에게 이런 짓까지 시켜서 말
이야."

『흥! 히나의 부탁이라 어쩔 수 없이 도와주는 거다.』

"……고마워, 아저씨."

상처가 나아서 날 수 있게 된 용족, 메지아가 태워주었기 때문
이다.

함께 있는 사람은 히나와 내 호위 몇 명뿐이기에 속도를 꽤 빠
르게 낼 수 있는 모양이라 보아하니 오전에는 도착할 수 있을
것 같다.

이런저런 일들이 있었지만, 이렇게 하늘을 나는 것도 기분이 좋
다고 생각하며 바람을 느꼈다. 꼬맹이의 묘한 시선이 느껴졌다.

"……생제르."

"응? 왜?"

"······메지아 아저씨, ······빠르지."

"그러게. 이런저런 일들 때문에 용은 한 마리도 남지 않게 되었지만, 역시 동료로 있으니 편하네."

그건 그렇고 이 꼬맹이도 이해가 잘 안 되네.

람다 때문에 고생하게 된 것 같아서 동정심에 몇 번 놀아준 것뿐인데, 왠지 묘하게 나를 잘 따르게 되어버렸다. 지금은 멋대로 내 무릎 위로 올라올 정도니까 역시 어린애는 이해가 잘 안 된다.

뭐 어린애가 잘 따르는 건 나쁘지 않지만, 가끔 메지아가 나를 압박하는 것만은 좀 어떻게 해줬으면 좋겠다.

그렇게 약간 껄끄러운 분위기로 하늘 여행이 이어졌고, 예상대로 오전에 첫 번째 방벽에 도착한 나는 첫 번째 방벽에 있던 포르트와 합류했다.

그리고 꼬맹이, 메지아와 헤어진 다음, 우리는 정박해 있던 대형선을 타고 마대륙 근처까지 와 있었다.

"배 고정, 완료되었습니다!"

"생제르 님, 모든 준비가 끝났습니다."

"그 꼬맹이는 따라오지 않았지?"

"네! 멀리서나마 용의 모습이 보이니 그 아가씨가 그쪽에 있는 건 틀림없을 겁니다."

이제부터 할 일을 어린애에게 보여줄 수는 없으니까. 꼬맹이와 메지아가 첫 번째 방벽 쪽에 있는 걸 확인한 다음, 나는 지시를 내렸다.

"좋아, 작은 배를 내려라! 한 명도 놓치지 않게끔 감시를 게을리하지 말고!"

"""네!"""

내가 타고 있는 대형선에서 열 명은 탈 수 있을 것 같은 작은 배가 여러 척 바다로 내려져서 마대륙 쪽으로 차례차례 나아갔다.

그 작은 배에는 병사들이 아니라 팔다리를 묶어서 움직이지 못하게 만든 죄인만 타고 있다. 정확히 말하자면 람다가 평범하게 살던 무렵에 그를 함정에 빠뜨린 녀석들과 거기에 관여한 자들이다.

전부 스무 명 이상은 되는데, 특히 신경 쓰이는 건 예전에 우리 아버지와 왕위를 두고 쟁탈전을 벌이다 패배한 해밀튼과 마도구 연구 쪽에서 나름대로 성과를 남겼던 로드다.

양쪽 다 아버지에게 충성을 맹세했고 신뢰도 쌓았기에 람다와는 상관이 없는 줄 알았는데, 그 녀석이 최후의 순간에 제일 먼저 이름을 말한 게 신경 쓰였기에 나는 그 두 사람을 철저하게 조사했다.

동생인 애슐리를 통해 정보상에게 의뢰하거나, 리펠 왕녀의 시종에게 부탁해서 정보를 모아보니 그 두 사람이 모든 것의 원흉이라는 사실을 알아냈다.

당연하지만, 과거에 있었던 일이라고 해서 용서할 수 있을 리가 없다. 죄를 모조리 뒤집어씌우고 모든 것을 빼앗은 다음, 저 작은 배에 태워 보낸 것이다.

그런 두 사람과 다른 사람들을 태운 작은 배가 바람의 마법을 타고 마대륙을 향해 나아가는 모습을 지켜보고 있을 때 내 옆에 있던 카이엔이 갑자기 어이없다는 듯이 중얼거렸다.

"아이러니하군요. 유희로 즐기던 것에 자기가 참가하게 되다니."

"흥……."

예전에 생도르에서 비공식적으로 진행하던 처형법 중 하나로 죄인을 마대륙으로 추방해서 마물에게 습격당하게 만든다는 것이 있었다.

그 모습을 지금 우리처럼 멀리서 지켜보며 즐기는 행위, 이야기를 듣기만 해도 구역질이 나올 것 같은 그런 행동을 저 작은 배에 탄 바보들이 람다에게 저지른 것이다. 죽을 때 람다 본인이 한 증언과 관계자를 심문해서까지 알아낸 사실이니 이번 원인을 만든 녀석들은 저게 전부겠지.

재갈을 물려두었기에 하소연을 하거나 소리를 지르지도 못하고 필사적으로 신음하며 도움을 요청하고 있는 것 같지만, 봐도 아무런 감정이 안 생기네.

배가 마대륙 해변으로 올라가자 이변과 냄새를 눈치채고 마물들이 차례차례 모여들기 시작했다.

"도망치는 녀석이 있는지 확실하게 지켜보라고. 저런 녀석들이 람다처럼 살아남을 수 있을 것 같진 않지만, 혹시 모르니까."

"안심하시길. 이미 도망칠 틈조차 없을 겁니다."

눈이 좋은 몇 명에게 감시를 맡겼는데, 확실히 말해 이제 확인할 필요도 없을 것 같을 정도로 마물들이 많이 몰려들었다.

어떤 충격 때문에 입에 물린 재갈이 풀어졌는지 단말마도 들리기 시작했고, 해변이 피로 물들어가는 광경을 보고 있자니 나는 점점 짜증이 나기 시작했다.

"……하찮군. 이런 걸 구경거리로 즐기는 녀석들의 심정이 이해가 안 돼."

"동감입니다. 하지만 저런 걸 즐기는 자가 있다는 것도 사실이니까요."

"나도 알아. 하지만 말이지, 나는 마음에 안 든다고. 이 처형법은 완전히 폐지시킨다. 만약에 멋대로 진행하려는 바보가 있다면 무조건 목을 치겠어!"

"분부 받들겠습니다!"

점점 먹을 부분이 없어지는지 마물들이 물러나서 반쯤 부서진 배와 피만 남은 현장을 확인한 다음, 나는 귀환 명령을 내렸다.

"이제……, 끝났구나."

마지막으로 본 그 녀석의 얼굴을 떠올리며 나는 하늘을 올려다보았다.

"어때? 약속은 지켰다고……."

봤으면 알겠지만, 너를 함정에 빠뜨린 녀석들은 모두 처분했어.

그 대신, 네가 안달이 나서 멸망시키려 한 생도르는 내가 더욱 발전시킬 거다.

네가 이런 말을 들으면 분해서 견딜 수 없겠지만 말이야, 그게 나를 오랫동안 이용하고 배신한 네놈에 대한 복수라는 거지. 불평 같은 건 못하게 만들 거다.

그러니 저세상에서 분해하면서 내가 올 때까지 기다리라
고……, 람다.

─── 시리우스 ───

예상하지 못한 상황뿐이었지만, 겨우 마대륙에서 생환할 수
있었다.

치열한 전투로 쌓인 피로와 동굴의 붕괴에 휘말려서 입은 부
상 때문인지 나는 구출된 이후로 사흘 가까이 계속 잠들어 있었
던 모양이다.

에밀리아 일행의 재치로 인해 겨우 깨어날 수 있게 되었는데,
아무리 그래도 다른 사람의 살기를 내게 쏟아내게끔 부추겼을
줄이야. 나를 잘 이해하고 있는 것 같아 좋긴 한데, 그 설명을
들었을 때는 뭔가 복잡한 심정이었다.

"물을 더 드시겠어요? 홍차는 어떠세요? 배는 고프지 않으신
가요?"

"괘, 괜찮아. 식사는……, 좀 힘들긴 하지만 뭐라도 먹어야겠
지. 소화가 잘되는 걸로 부탁해."

"레우스! 식당에 만들어 둔 수프가 있으니 얼른 가져오세요!"

"내가 왜! 누나만 그러지 말고 나도 형님하고 이야기 좀 하자!"

목이 말라서 그런지 말을 제대로 할 수가 없었지만, 에밀리아
가 먹여준 물 덕분에 어떻게든 이야기를 하게 되었다.

보아하니 남매 싸움이 시작된 것 같은데, 그런 두 사람을 달래

며 나를 찾아냈을 때의 상황에 대해 리스에게 물어보니 한 가지 신경 쓰이는 점이 생겼다.

내가 의식을 잃은 곳은 바닷속이었는데, 생도르 쪽 해변에 있던 이유는 뭘까.

"바닷속에 있었어?! 그런 곳에 있었는데 호쿠토가 용케도 찾아냈네."

"아니, 그때는 호쿠토와 따로 행동하고 있었으니까 찾는 게……, 잠깐만?"

넓은 바닷속에 있었던 데다 완전히 발자취가 끊긴 나를 찾아내는 건 확실히 말해 불가능하다. 냄새를 맡아서 찾으려 해도 나는 해수면 위로 한 번도 올라가지 못했으니까.

하지만 그때 나는 바다 위로 보이는 방향으로 손을 뻗어 최후의 힘으로 '매그넘'을 날렸다. 아마 그 '매그넘'을 호쿠토가 놓치지 않고 감지해서 나를 구해주었을 것이다.

그것도 대륙 사이를 연결하고 있던 바위 다리를 파괴하고 난 뒤에. 자칫하다가는 소멸했어도 이상할 게 없는 상황이었는데도 나를 지키기 위해 제자들에게 공격을 가하기도 한 모양이고, 정말 너무 무리하게 만들어버렸구나.

"정말 고맙다, 호쿠토."

"끄응……."

이름을 부르자 바로 옆에 있던 호쿠토가 목만 내밀어서 내 가슴 근처에 머리를 기댔다. 나는 고맙다는 마음을 잔뜩 담아서 머리를 쓰다듬어 주었다.

※ ※ ※ ※ ※

그 이후로, 에밀리아 같은 사람들에게 간호를 받으며 며칠이
지났다.

부상의 후유증이나 계속 누워만 있던 것 때문에 몸이 제대로
움직이지 않았지만, 겨우 걸어다닐 수 있을 정도까지 회복되자
우리는 생도르를 떠나기로 했다.

조금 더 움직일 수 있게 되고 나서 출발해도 되겠지만 아무래
도 생도르 쪽에서는 마대륙에서 돌아온 나를 어떻게 대해야 할
지 곤란한 모양이었다. 만에 하나를 대비해서 빨리 떠나야 한다
고 제자들과 병문안을 와준 생제르가 말했다.

참고로 마대륙에서 발견한 것에 대해서는 어느 정도 선별해서
생제르 일행에게 이야기했다.

마석 기둥이 된 사형이나 무너진 동굴에 대해서는 아무도 모
르는 게 낫기 때문에 마대륙에서 람다의 연구소 같은 건물을 발
견했지만 안으로 들어가자 람다가 설치한 함정이 발동되어서
그가 남긴 것들은 전부 소멸했다……고 설명한 것이다.

물론 나도 마물들을 상대하는 것만으로도 벅차서 람다의 지식
이나 기술에 대해 조사할 여유가 없었다고도 말했다. 얼마나 믿
어준 건지는 모르겠지만, 거기에 대해 추궁하지 않는 걸 보니 일
부러 적 행세를 해주었다는 카이엔이 잘 움직인 덕분인 것 같다.

그리고 어떤 의미로는 제일 눈에 띄고 그 싸움 때는 하늘을 맡

아준 용족들은 내가 깨어난 다음 날에 고향인 유익인 마을로 돌아갔다. 마을을 지키는 걸 더 이상 동포들에게 떠넘기는 게 껄끄러운 모양이었다.

물론 미리 정해둔 대로 용족의 피를 이어받은 히나는 메지아가 보호하기로 했기에 마을로 데리고 가게 되었다.

고독한 과거와 실험체 같은 취급을 받아서 그런지 감정이나 표정 변화가 별로 없는 소녀였지만, 카렌과 헤어질 때는 쓸쓸한 듯이 눈물을 흘렸다. 그런데 놀라운 것은 카렌뿐만이 아니라 생제르에게도 똑같은 반응을 보인 것이다.

"…………."

"응? 왜 그래, 꼬맹이."

생제르는 자기 다리를 끌어안고 조용히 눈물을 흘리는 히나를 보고 동요를 숨기지 못하다가도 이대로 두면 안 될 거라 생각하고는 히나를 안아 들고 미소를 지었다.

"울 필요는 없잖아. 꼬맹이한테는 믿음직한 용 아저씨가 있지? 진짜로 나를 다시 만나고 싶어지면 여기로 놀러와. 귀찮긴 하지만, 내가 직접 놀아주마."

"……응, ……응."

메지아도 참견하진 않았지만, 여기까지 들릴 정도로 이를 갈고 있었기에 세 용들이 당황하며 물러났었지.

제노드라가 쓴웃음을 지으며 그런 모습을 바라보고 있었기에 에밀리아에게 부축받고 있던 나도 무심코 태클을 걸어버렸다.

"저거, 괜찮은 거야? 이미 아버지 같은 느낌인데."

"훗, 이미 그 정도 각오를 하고 있다는 증거겠지. 걱정할 필요는 없다. 그건 그렇고, 시리우스. 무사히 돌아온 건 좋다만, 앞으로는 너무 무리하지 말거라. 그대보다 주위 사람들이 가엾어서 견딜 수가 없더구나."

"귀가 따갑긴 한데, 충고는 고맙게 받아들일게."

"으음. 카렌도 있으니 언제든 우리가 있는 곳에 들려다오. 뭔가 신호를 보내면 금방 데리러 가마."

"그래. 그럼 또 만나자."

그렇게 우리는 용들과 헤어져서 일상으로 돌아왔다.

그런 일들이 있던 와중에 찾아온 생도르를 출발하는 당일. 성 정문 앞에서 마차의 최종 점검을 하고 있자니 많은 사람들이 우리를 배웅하러 와주었다.

생제르 같은 왕족을 비롯해 나뿐만이 아니라 제자들이 개인적으로 사이좋게 지내게 된 사람들까지 교대로 들러서 이야기가 좀처럼 끝나지 않았지만, 점검을 마친 마차에 호쿠토를 묶고 겨우 출발하게 되었다.

"레우스. 인수인계가 끝나면 나는 곧바로 네 곁으로 가마. 행선지는 엘리시온이 확실한 거겠지?"

"그래. 형님하고 피아 누나의 아이가 태어날 때까지는 머무를 것 같으니까 한동안은 거기 있을 거야."

"알겠다. 후후, 피아 공의 아기를 보게 되는 날이 벌써부터 기대되어서 어쩔 줄 모르겠구나."

우리를 따라올 줄 알았던 줄리아는 방금 들은 대로 생도르의 사후 처리를 맡아야 하기에 동료로 참가하는 것을 연기하게 되었다.

이별을 아쉬워하듯 계속 이야기를 나누는 두 사람을 곁눈질하며 나는 생제르와 악수를 나누고 질문을 던졌다.

"역시 카이엔 공은 안 오신 모양이군요. 마지막으로 인사 정도는 하고 싶었는데요."

"뭐, 너를 싫어하니까 어쩔 수 없지. 내가 전해둘 테니 신경 쓰지 마."

깨어난 뒤로 카이엔과는 몇 번 정도, 그것도 사무적인 대화만 나누었다.

다시 말해 그만큼 진심으로 행세하고 있다는 것이다. 내가 말을 걸면 오히려 방해하게 되어버리기에 나도 그와 만나는 걸 피하고 있었지만, 아무리 그래도 이대로 헤어지는 건 좀…….

그때 시선이 느껴졌기에 시력을 강화시켜서 성 위쪽을 살펴보니 멀리 창문 너머로 우리를 내려다보고 있던 카이엔이 보였다.

『카이엔 공, 여러모로 편의를 봐주셔서 감사합니다. 부디 건강하시길.』

곧바로 '콜'을 발동시켜 고맙다는 인사를 해보았다.

카이엔에게는 내가 만든 마도구가 없기에 대답은 들리지 않았지만, 그는 살짝 입가에 미소를 드리우고는 뭔가 중얼거리고 나서 자취를 감추었다. 내게 한 말인지는 모르겠지만, 독순술로 내용은 확실하게 이해할 수 있었다.

『나야말로 고맙군. 잘 지내게.』

가능하다면 한 번 정도는 술잔을 나누고 싶었지만, 그건 나중으로 미뤄두어야겠다. 두 번 다시 만나지 못할 것도 아니니까.

내가 뭔가 하고 있다는 걸 눈치챘는지 잠자코 보고 있던 생제르는 내가 다시 돌아보자 마지막 인사를 건넸다.

"이런저런 일들이 있긴 했지만, 너는 이 나라를 구해낸 영웅이야. 쓸데없는 짓을 하는 녀석들은 우리가 어떻게든 할 테니까 실망하지 말고 또 와달라고."

"레우스와 줄리아 님 일도 있으니 들를 가능성은 있을 것 같은데요."

"그래, 그때는 아버지가 왕이었을 무렵보다 더 훌륭한 나라로 만들어둘게. 그러니 네가 꼭 봐줬으면 하거든. 더욱 커진 나라와……, 나를 말이야!"

"네, 기대하겠습니다."

왕의 소질을 깨우친 생제르와 그를 제대로 지탱해주는 사람들이 있다면 생도르는 이제 괜찮을 것이다.

거의 조언 정도밖에 해준 게 없지만, 마치 제자가 어엿하게 성장한 듯한 충족감을 느끼며 생제르에게 작별 인사를 하고 마차를 출발시켰다.

성문을 지나 마을로 나왔다. 정보 통제가 이루어진 건지 딱히 큰 소동도 일어나지 않았기에 우리는 평화롭게 마을을 지나 생도르 전체를 지키고 있는 방벽을 통과했다.

거기서 마차 몇 대로 이루어진 일행과 합류할 예정이었는데, 그러기 전에 여기에 와서 처음으로 갔던 곳, 방벽을 따라 형성된 슬럼가를 돌아보았다.

예전에 정보 수집을 하러 세니아와 함께 갔던 그곳에 람다에 대해 가르쳐준 정보상이 있었는데…….

"홋……, 여전히 사이가 좋은 모양이네."

건물 그늘에 숨어서 이쪽을 살펴보고 있던 사람은 내가 준 휠체어 같은 물건에 앉아 있는 정보상 프리지아와 생제르, 줄리아의 동생인 애슐리였다.

저 두 사람은 무대 뒤에서 활약했기에 그 이후로 거의 얼굴을 볼 수가 없었지만, 둘 사이 관계나 건강도 괜찮아 보였다.

그건 그렇고 왕족의 차남과 포르트의 손녀딸 커플이라.

복잡함으로 따지면 레우스와 줄리아 정도는 아니지만, 두 사람이 행복해졌으면 좋겠다.

거리가 멀어서 두 사람에게 보일지는 모르겠지만, 살짝 고개를 끄덕여서 인사를 하고 있자니 우리와 앞으로 함께 행동하게 될 일행의 우두머리……, 리펠 공주가 어이없다는 표정으로 기다리고 있었다.

"예상하긴 했지만, 늦었네. 그쪽이 놔주지 않아서 그런가?"

"기다리게 해드려 죄송합니다. 뭐, 그런 느낌이죠."

"됐어. 그건 그렇고 마차 순서 말인데, 기본적으로는 우리가 앞에서 나아갈 테니 당신들은 느긋하게 따라와 줘."

그 일행은 우리를 걱정하며 남아있던 리펠 공주의 근위대들이다.

하지만 모두가 남은 것은 아니고 근위대들은 대부분 왕인 카디아스와 함께 엘리시온으로 돌아갔기에 여기 있는 건 서른 명 정도뿐인 것 같았다.

"그래도 자칫하다간 여기에 알베리오나 아비트레이 사람들도 끼었을 거 아냐? 만약에 그렇게 되었다면 아무도 손을 댈 수 없는 부대가 되었겠지."

"언니, 이미 지금 시점에서도 그러긴 힘들 것 같은데."

"그러게. 오히려 할아버지가 너무 지나치게 날뛰지 않게끔 우리가 열심히 움직여야지."

"아……, 동료가 있다는 건 멋지네요."

수왕과 알베리오 일행은 내가 깨어난 것을 지켜본 뒤에 생도르를 떠났기에 우리가 여기에 왔을 때와 달라진 게 있다면 리펠 공주 일행과 영감님, 그리고 베이올프가 합류했다는 점일 것이다.

그렇게 우리 일행은 처음으로 많은 인원들과 함께 여행을 하게 되었는데, 여정은 매우 평화로웠다.

마물이 나타나더라도 영감님이나 레우스 같은 사람들이 나서서 해치워버리니 나는 마차에 탄 채로 아무것도 할 필요가 없었기 때문이다.

애초에 둔해진 몸으로는 제대로 싸울 수가 없었기에 나는 계속 재활 훈련에 힘쓰거나 카렌에게 이론 수업을 해주었고, 우리는 그렇게 느긋한 분위기로 엘리시온을 향해 나아갔다.

내가 마대륙에서 돌아온 뒤로 세 달 정도가 지났다.

그 이후로 우리는 무사히 엘리시온에 도착했고, 어떤 것을 준비하느라 바쁘긴 하지만 충실한 나날을 보내고 있다.

"으랴아아아아아아아아아아앗———!"

"흐아아아아아아아아아아압———!"

나는 오늘도 이른 아침부터 검사들이 모의전을 벌이며 외치는 소리를 침대 위에서 멍하니 들으며 몸을 일으켰다.

지금 우리가 지내고 있는 곳은 엘리시온 중심에서 조금 떨어져 있고, 열 명 정도라면 문제없이 살 수 있을 정도로 큰 저택이다.

본래 리펠 공주가 가지고 있는 아지트 중 한 곳이지만, 엘리시온에 머무르는 동안에는 마음대로 써도 된다고 허락을 받았기에 우리 거점으로 쓰고 있다.

"자, 잠깐만요! 두 분! 오늘은 고대하던 날이니 이쯤에서……."

"그러니까 이러는 거지! 으하하하하하하하!"

"어쩔 수 없지, 조금 더 어울려줄게. 실은 나도 진정이 안 되어서 말이야!"

평소보다 밖에서 들리는 목소리 톤이 높은 건 드디어 이날을 맞이했기 때문일 것이다. 그러는 나도 깨어난 이후로 미묘하게 마음이 들뜬다.

이유는 이미 알고 있다. 실제로 해보는 건 처음이라 어쩔 수

223

없을지도 모르겠다. 그것도 보통과는 달리 3인분이니까.

그대로 몸 상태를 확인하고 나서 침대에서 내려오자 문에서 평소보다 횟수가 많은 노크 소리가 들렸다.

"시리우스 님~! 깨어나셨나요! 깨어나셨겠죠! 깨어나셨어야 해요!"

매우 흥분한 것 같은데도 노크에는 최대한 냉정함을 남겨둔 느낌이었다.

그리고 내 허락을 받고 평소보다 몇 배나 더 신이 나서 방에 들어온 사람은 기운찬 게 장점인 자칭 간판 소녀, 노엘이었다.

평소였다면 에밀리아가 깨우러 왔겠지만, 오늘만큼은 특별히 노엘이 대신 온 것이다. 그런데 예상했던 것보다 더 심하다.

"좋은 아침입니다! 자, 옷을 갈아입으실 시간이에요! 제가 도와드릴 테니 옷을 벗으시죠!"

"내가 할 테니까 됐어. 정말, 왜 본인보다 더 기뻐하는 거야?"

"당연하잖아요! 드디어……, 드디어……, 에밀리아네의 기념비적인 날이 왔으니까요!"

기쁨의 춤이라며 내 앞에서 아무런 의미도 없이 돌기 시작한 노엘을 보고 있자니 긴장했던 게 바보 같아졌다.

일단 노엘을 방에서 쫓아낸 뒤 항상 입던 옷으로 갈아입고 나서 식당을 향했다. 노엘과 마찬가지로 엘리시온에 와 있던 디와 그의 딸인 느와르가 테이블에 요리를 늘어놓고 있었다.

"좋은 아침입니다, 시리우스 님."

"좋은 아침입니다~!"

"그래, 좋은 아침이야. 손님인데 요리까지 시켜서 미안하네."

"아뇨, 이렇게 여러분께 요리를 대접해드리는 게 정겹고 정말 기쁩니다. 그리고……, 아침부터 저희 노엘이 시끄럽게 해드려 죄송합니다."

"디 씨까지 왜 그러는데요! 에밀리아네에게는 평생의 추억이 될 날이라고요!"

"그건 나도 기쁘긴 한데, 우리가 쓸데없이 떠들어봤자 아무런 소용도 없잖아. 그런데 레우스하고 다른 사람들은 아직 밖에 있나?"

"그럼 내가 불러올게!"

레우스의 시종이 되기로 결심한 느와르는 잡일이라 해도 적극적으로 도맡아 하고 있는 모양이다.

밖으로 뛰어나가는 느와르를 보고 있자니 나와 마찬가지로 딸의 뒷모습을 바라보고 있던 디가 감격한 듯이 중얼거렸다.

"노엘처럼 마구 들뜨진 않지만, 저도 정말 기쁘게 생각합니다. 이제 저희와 똑같은 행복을 시리우스 님과 그녀들도 맛보게 되실 테니까요."

바로 옆을 돌아보니 좀 전까지 의자에 앉혀 두었던 두 살 정도 남자아이를 끌어안고 볼을 비벼대는 노엘이 보였다.

그 아이는 노엘과 디 사이에서 태어난 둘째인 디란. 아직 낯선 나를 멍하니 바라보다가, 지금은 어머니의 행복 오라에 감화되어서 기쁜 듯이 들떠 있었다.

"그래, 기대되긴 해. 그러니까 식을 제대로 치러서 기쁘게 해주고 싶은데."

"네, 시리우스 님과 다른 분들께서 축복해주신 그 식 때 본 노엘의 미소는 지금도 기억 속에 선명하게 남아있습니다. 물론 지금 미소도 최고지만요."

"여전히 노엘 일편단심이라 좋아 보이네. 그렇군, 이번에는 내가 축하받는 쪽인가?"

"네! 성대하게 축하해드리겠습니다!"

"저도요!"

그렇다……, 오늘 진행되는 건 결혼식이다.

신랑은 나, 신부는 에밀리아와 리스, 그리고 피아, 그렇게 네 명이 주역인 결혼식이다.

원래는 엘리시온에 도착한 뒤에 바로 올릴 예정이었지만, 이야기를 들은 리펠 공주의 제안……이라고 해야 하나, 폭주로 인해 규모가 조금 커지게 된 것이다.

『관계자 몇 명만 모여서 조촐하게……, 말이지. 모처럼 리스가 결혼식을 하는 거니까 좀 더……, 어떻게든 하자고!』

『나는 딱히 조촐하게 해도 상관없는데.』

『어설퍼! 너무 어설프다고! 신부가 세 명이나 있으니까, 의상이나 장소, 인원을 신경 써야지! 아니, 신경 써!』

『어어…….』

『미리 말해두지만, 나는 그나마 얌전한 편이거든? 아버지는 성의 일부를 개방하자는 이야기까지 꺼냈으니까.』

성대하게 하는 건 좋지만, 아무리 그래도 왕족급 규모로 치르는 건 그만두자는 결론이 나왔기에 여기가 아닌 다른 저택을 대절했다.

그러다 대절하기로 한 저택의 개수 작업이나 의상 등을 준비하느라 식을 두 달 정도 연기하게 된 것이다. 마침 고향에서 인수인계 작업을 마친 마리나와 줄리아가 이쪽으로 오고 있었기에 그녀들이 합류할 때까지 기다린다는 의미도 있었다.

그런 와중에 눈앞에 있는 노엘 일가를 비롯해 마리나와 줄리아와 합류했고, 다른 준비들도 갖춰져서 이렇게 식 당일을 맞이하게 되었다.

디와 이야기를 나누다 보니 마음이 조금 차분해졌다가도, 식에 대해 생각하니 다시 긴장되어 왔다. 그걸 무마하려 노엘이 끓여준 홍차를 마시고 있자니 바깥에서 검을 휘두르던 세 사람이 돌아왔다.

"아야야……, 정말, 이런 날 정도는 좀 더 얌전히 하면 안 되나요?"

"시끄럽다! 에밀리아가 없으니 어쩔 수 없잖아!"

"그렇다고 멋대로 누나가 있는 곳에 가면 안 된다? 그쪽은 여자만 갈 수 있으니까."

여기에 노엘과 느와르를 제외한 다른 여자들이 없는 건 준비를 위해 결혼식 식장인 저택에 전날부터 머무르고 있기 때문이다.

이제 부인들의 모습을 보게 되는 건 식이 시작된 이후일 것이다. 특히 리펠 공주가 신경을 많이 썼다는 드레스가 부인들을 어떻게 장식해줄지 기대되어서 어쩔 줄 모르겠다.

"레우스 님! 이걸로 땀을 닦아주세요."

"오, 고마워. 그건 그렇고, 디 형치고는 조금 조촐한 식사인데."

"낮에 결혼식에서 맛있는 걸 많이 먹을 수 있잖아?"

"그렇긴 하겠구나. 그럼 배에서 소리가 나지 않을 정도로만 먹어도 충분하겠네."

"한 그릇 더 다오!"

"이 사람은 여전히 아무 말도 안 듣네요."

노엘 일행 덕분에 별로 쓸쓸한 느낌이 들진 않지만, 역시 모두 다 모인 상태가 제일이구나.

나는 나중에 여기 나와 레우스의 부인들이 모두 모이고 아이들도 태어난 광경을 상상하며 식사를 해나갔다.

결혼식이 치러질 저택에 온 나는 결혼식용 의상으로 갈아입고 손님들을 상대하고 있었다.

모여든 손님들은 우선 아침부터 함께 있던 노엘 일가.

엘리시온에서는 몰래 외출용 복장을 차려입고 나온 카디아스와 리펠 공주 일행. 그리고 학교장인 로드벨과 마그나 선생님. 덤으로 가르간 상회 엘리시온 지점의 점장인 잭도 와 있다.

이웃 대륙에서는 알베리오와 마리나.

그리고 가장 멀리서 온 사람이 레우스와 결혼하기 위해 온 거나 마찬가지인 줄리아다.

마지막으로……, 그쪽 사정도 있기에 부를지 말지 망설이긴 했지만, 에밀리아의 요청으로 인해 초대한 그녀의 조부 가브도 있었다.

"시리우스. 이렇게 경사스러운 날에 불러줘서 고맙구나."

"저야말로 바쁘신 와중에 와주셔서 감사합니다. 고맙다는 인사는 에밀리아와 호쿠토에게 해주세요."

"이미 했다. 그건 그렇고, 아들과 며느리를 잃고 자포자기하던 내가 설마 손주의 경사를 보게 될 줄이야. 정말로……, 멋진 일이다."

그의 주거지인 은랑족 마을은 숲 깊숙한 곳에 있기에 연락이나 이동 수단 같은 문제가 있긴 했지만, 호쿠토가 데리러 감으로써 해결했다.

리펠 공주를 통해 빌려 입은 정장을 입고 있어서 답답해 보이긴 했지만, 표정은 매우 부드러웠다. 처음 만났을 때는 사정 때문에 손주들과 거리를 뒀어도, 그 고집이 사라진 지금은 손주들을 축복해주고 싶어서 어쩔 줄 모르는 모양이었다.

여담이지만 피아의 아버지도 부를까 생각해봤는데, 그는 숲 밖으로 나오는 것을 꺼리는 엘프이기에 포기했다. 뭐, 피아가 그러지 않는 게 좋겠다고 했고, 나중에 아이를 보여주러 가면 충분할 거라 판단했다.

"후후후, 저희 학교에서 배우던 그 아이들이 돌아왔나 싶더니 세 명과 동시에 결혼할 줄이야. 정말 보고 있으면 심심할 일이 없는 아이로군요."

"졸업한 뒤로 몇 년밖에 지나지 않았는데, 너무 심하게 변했다고요. 제 수업을 듣던 게 벌써 머나먼 과거처럼 느껴지네요."

"저도 동감입니다. 그리고 저번에 가르쳐주신 새로운 마도구 아이디어가 너무 많아서 뭐부터 만들어야 할지 고민이네요."

"별로 칭찬 같지가 않은데……."

식장에서 선생님과 학생이 다시 만났으니 좀 더……, 감격스러운 분위기가 되어도 괜찮을 것 같지만, 우리 같은 경우에는 조금 특이한 관계니까. 이 정도가 딱 좋을지도 모르겠다.

잭도 마찬가지로 결혼을 축하하기보다는 잡담을 하러 온 것 같은 느낌이다. 이 세계의 결혼식은 기본적으로 식사 모임 같은 분위기로 치러지기에 나무랄 정도는 아니었다.

그대로 손님들에게 인사를 하고 돌아다니다 일단락되자 레우스와 알베리오, 베이올프가 다가왔다.

"스승님. 축하드립니다. 저도 결혼식을 올렸을 때는 정말 긴장했는데, 스승님도 예외가 아니신 모양이네요."

"커다란 마물 무리 앞에서도 그렇게 냉정하시더니, 이럴 때는 동요하시네요. 왠지 신기해요."

"역시 싸움과는 전혀 다르니까. 너도 언젠가는 알게 될 거야."

"음……, 저는 결혼은커녕 여자가 없으니 한동안은 검술 실력을 갈고닦는 데 전념할게요."

"오오, 그러니까 검이 애인이라는 거지? 멋지네!"

"크윽?! 왠지 레우스 군에게만은 그런 말을 듣고 싶지 않은데요!"

"레우스, 일단은 사과하는 게 좋을 것 같아."

"응? 잘은 모르겠지만, 미안해."

레우스도 나와 마찬가지로 장래를 약속한 거나 마찬가지인 여자가 세 명이나 있으니까. 어지간한 일이 생기지 않는 이상, 나와 마찬가지로 세 명을 동시에 부인으로 맞이할 것 같다.

아직 어린 느와르가 있으니 레우스가 결혼식을 올리는 건 언제쯤일까. 그런 생각을 하고 있을 때 안쪽 문이 열리고 세 여자……, 레우스의 부인 후보들이 회장으로 들어왔다.

"오, 돌아온 모양이네. 누나들은 어땠어?"

"완벽해! 시리우스 씨, 다들 단장을 마치셨어요."

"언니들, 엄청……, 엄청 예뻤어요!"

"그래. 그야말로 보석이라 하기에 걸맞은 아름다움이었다. 드레스는 거추장스러워서 별로 좋아하지 않지만, 그거라면 나도 입어보고 싶더군."

그녀들은 나중을 대비해서 내 부인들이 입을 드레스를 입혀주거나 다른 준비를 하는 걸 돕고 있었다.

그런 세 사람이 나타났다는 건, 드디어 때가 되었다는 뜻인가?

더욱 긴장되는 와중에 사회자 역할을 맡겠다고 자처하고 나선 리펠 공주까지 나타나 신부들의 입장을 선언했다.

드디어…….

전생에서는 어린아이들을 거두어서 제자로 삼았기에 아이 키우기에 가까운 경험은 있지만, 부인을 맞이한 적은 없다. 부인처럼 지탱해준 여자는 있었어도 내 직업 때문에 결혼까지는 하지 않았다.

다시 말해 결혼식은 처음이라는 거다. 아무튼 부인들이 창피를 사지 않게끔 냉정해지기 위해 심호흡을 한 순간…….

"""오오……"""

참가자들이 감탄하는 목소리가 회장에 울려 퍼졌다. 나는 한순간 숨을 쉬는 것조차 잊었다.

긴장이니 신랑의 역할이니 같은 것들이 전부 날아가 버릴 정도로, 웨딩드레스를 입은 그녀들에게 넋이 나갔기 때문이다. 줄리아가 보석 같다고 비유했는데 그 말이 딱 들어맞았다.

"시리우스 님……."

"시리우스 씨……."

"시리우스……."

그녀들의 드레스는 내가 말한 적이 있는 전생의 웨딩드레스처럼 만들어졌다.

최고급 원단으로 만든 세 사람의 드레스가 빛을 반사하며 빛났다. 리펠 공주의 아이디어나 재봉 기술자들의 어레인지를 통해 각자의 드레스에는 약간의 개성이나 특징이 들어갔다.

에밀리아의 드레스는 정통파라고 해야 하나, 전체적으로 장식이 얌전하다. 하지만 그것은 그녀의 아름다움을 몇 배로 돋보이게 만들기 위한 조치였고, 마치 달처럼 빛나며 왠지 덧없게조차 느껴지는 미를 뽐내고 있었다.

리스의 드레스에는 리본과 프릴이 장식되어 있어서 예쁘다기보다는 귀여움에 중점을 둔 생김새였다. 상대를 자상하게 감싸주는 그녀의 이미지를 잘 나타냈기에 훌륭한 드레스라고 생각했다.

피아의 드레스는 일부에 연한 원단을 써서 피부가 비쳐 보이는 부분이 있고, 엘프라는 종족의 신비로움을 체현한 듯한 드레스였다. 신성함까지 느껴져서 지모신이라 해도 이상할 게 없겠는데.

"흥흥~흥……, 에헤헤!"

그런 웨딩드레스를 입은 그녀들 앞에서 마찬가지로 귀여운 옷을 입은 카렌이 바구니에 든 꽃잎을 흩뿌리며 걸어오고 있었다.

저것도 내 이야기를 듣고 준비한 플라워 걸이라는 역할이다. 카렌은 회장 중심에 서 있던 내 근처까지 꽃잎으로 길을 만든 다음 내게 활짝 웃어 보이고 나서 느와르 곁으로 돌아갔다.

카렌 덕분에 조금 차분해졌기에, 나는 심호흡을 한 번 하고 나서 바로 앞까지 천천히 다가온 그녀들에게 손을 내밀었다.

"그……, 뭐야. 할 말이 떠오르지 않는 아름다움이라는 게 이런 거겠지. 식 도중이라 많이 말할 순 없지만, 지금은 한마디만 하게 해줘. 에밀리아, 리스, 피아……, 예쁘다."

"아……, 대단해요. 이게 그때 언니가 느꼈던 행복이군요."

"에헤헤. 이제 뭐라고 해야 할지……, 기뻐서 눈물이 나올 것 같아."

"바깥 세계가 신경 쓰이지 않았다면, 당신을 만나지 못했다면, 나는 이 가슴속의 따스함을 알지 못했겠지. 정말 고마워."

내가 내민 손에 세 사람이 손을 겹치고 넷이서 돌아보았다. 거기엔 약간 엄숙한 옷을 입은 신부 담당……, 디가 있었다. 노엘과 디의 결혼식 때는 내가 신부를 맡았기에 정말 감격스럽다.

제아무리 디라 해도 호화로운 손님들과 많은 사람들의 주목이 쏠려서 그런지 매우 긴장한 모양이었다. 들고 있던 책을 펴는 손이 약간 떨리고 있었다.

그럼에도 불구하고 낭독할 페이지를 제대로 확인한 디는, 등을 돌리고 예전에 나도 했던 말을 하면서 다시 우리를 돌아보았다.

"그럼……, 신랑, 시리우스. 당신은 신부 에밀리아, 페어리스, 셰미피아를 평등하게 사랑하고 평생 서로 받쳐줄 것을 맹세합니까?"
"맹세합니다."

"신부, 에밀리아, 당신은 신랑 시리우스를 부인으로서뿐만 아니라 시종으로서도 사랑하고 평생 서로 받쳐줄 것을 맹세합니까?"
"맹세합니다!"

"신부, 페어리스. 당신은 신랑 시리우스를 부인으로서 계속 사랑하고 평생 서로 받쳐줄 것을 맹세합니까?"
"매, 맹세합니다!"

"신부, 셰미피아. 당신은 신랑 시리우스를 부인으로서 계속 사랑하고 평생 서로 받쳐줄 것을 맹세합니까?"

"맹세하겠어."

인원수와 개인적인 사정도 있기에 맹세의 내용을 약간 바꾸었다. 이런 맹세를 하는 건 전 세계에서 우리밖에 없을 것 같다.

"당신들은, 스스로를 서로에게 바치시겠습니까?"
"""""바치겠습니다."""""

"그럼, 반지 교환을."
그녀들에 대한 마음은 이 반지를 처음 건넸을 때 이후로 변함이 없다.
그녀들에게 반지를 끼워주는 건 이번이 두 번째지만, 이런 의식으로서의 행위는 부인들에게 있어 평생 추억으로 남을 테니 나는 마음을 담아 천천히 반지를 끼워나갔다.
마지막으로 다 같이 준비해준 내 반지를 셋이서 협력해서 내게 끼워주는, 약간 신기한 행동을 거치고 나서 나는 부인들과 입맞춤을 나누었다.
"오늘 이 순간부터, 네 사람은 부부가 되었습니다. 여러분, 축복과 아낌없는 박수를."
그렇게 의식은 끝났다.
디가 종료를 선언하고, 손님들 쪽을 돌아보니 마치 폭발한 것 같은 기세로 박수와 축하의 말이 쏟아졌다.
"으으……, 잘됐어, 잘됐어! 지금 에미네 모습, 나는 계속 기억해둘 거야!"

"리스, 정말 축하해. 모두 함께 행복해지지 않으면 용서하지 않을 거야."

"형님! 누나들! 축하해!"

"축하한다! 그건 그렇고 주역도 아닌데 가슴이 뛰어서 견딜 수가 없군. 지금 당장에라도 검을 휘두르고 싶은 기분이야."

"축하드립니……, 아니, 휘두르면 안 되거든요!"

알아듣기만 하는 것도 힘들 정도로 많은 사람들이 해주는 축하 인사에 우리는 손을 들어 답했다.

그대로 회장을 둘러본 순간……, 너무나도 이질적인 집단이 보였기에 내 시선은 자연스럽게 그쪽으로 쏠렸다.

"큭……, 정말로……, 아름다운 모습이구나. 펠리오스, 로나……, 보고 있느냐?"

"리스……, 흐흑……, 리스으……."

"으……, 흑……, 에밀리아. 예쁘구나……, 예쁘구나……."

그렇다, 멋지게 사나이처럼 눈물을 흘리고 있는 가족들이었다.

뭐, 한 명은 분명히 아니긴 하지만. 박력과 기묘함이 너무나도 엄청났기에 정색하는 사람들도 보였다. 뭔가 맥이 빠지긴 하지만, 이것도 결혼식의 묘미일지도 모르겠다.

"자! 중요한 맹세가 끝났으니……, 떠들어대자! 요리를 가져다줘!"

정신을 차리고 보니 사회자 역할을 맡은 리펠 공주가 입을 열었고, 그녀의 시녀들이 요리를 들고 회장 안으로 몰려들어 왔다.

차례차례 테이블에 요리가 놓였다. 각자 거기로 다가가 음료수와 요리에 손을 뻗는 광경을 멍하니 바라보고 있자니 에밀리아와 리스가 내 두 팔을 살짝 잡아당겼고, 등 뒤에는 피아의 손이 닿았다.

"시리우스 님, 왜 그러세요?"

"멍하니 있을 때가 아니라고. 얼른 가자."

"응, 모두가 기다리고 있어."

"……그래, 갈까."

제자들과 많은 동료들에게 축복받고, 무엇과도 바꿀 수 없는 가족의 온기를 느끼며 나는 신이 나서 떠들어대는 사람들 곁으로 다가갔다.

────── 카렌 ──────

"카렌, 일어나~. 벌써 아침이야!"

"으……, 으으……, 벌써……, 아치임?"

아직……, 졸린데……, 어째서 아침은 이렇게 일찍 오는 거지?

일어나야만 하는데, 이불이 너무 기분 좋아서……, 아, 이길 수가 없다.

"조금만 더……."

"잘 일어나지 못하는 버릇은 시간이 아무리 지나도 고치질 못하는구나. 자, 일어나지 않으면 아침 식사인 벌꿀 빵을 다른 사람들이 전부 먹어버릴 거라고."

"벌꾸울……."

디 아저씨가 만들어주는 벌꿀 빵은……, 놓칠 수 없다.

침대의 유혹을 겨우 떨쳐내고 일어서니 내 앞으로 다가온 느와르가 내 머리카락에 빗을 가져다 댔다.

"봐, 머리카락이 흐트러졌잖아. 정말, 나는 카렌의 시종이 아니거든?"

"고마워……, 흐아암……."

느와르는 어이없어하면서도 싫은 기색은 전혀 없이, 어머니에게 물려받은 천진난만한 미소를 지으며 내 머리카락을 다듬어

주었다.

재빨리 머리카락을 손질해준 느와르가 방에서 나갔을 때쯤에는 잠이 깼기에 옷을 갈아입기 위해서 잠옷을 벗었다. 큰 거울에 비친 내 모습에서 위화감이 들었다.

"으음~, 머리카락이 또 자랐나? 그래도 키가 컸으니까 다음에는 길게 길러볼까?"

선생님하고 만난 뒤로 벌써 10년이 넘었으니까.

그 이후로 계속 이 길이를 유지하고 있으니까 나도 그……, 선생님이 말했던 '이미지 체인지'를 해보는 것도 나쁘지 않을지도 모르겠다.

그런 부분은 느와르나 언니들하고 의논해서 정하기로 하고, 슬슬 가야 할 것 같았기에 재빠르게 옷을 갈아입고 방을 나섰다.

"휴우……, 선생님이 봄이라고는 했는데 아침에는 아직 조금 쌀쌀한 것 같아."

아침의 싸늘한 공기 때문에 무심코 복도의 창문으로 바깥을 보니 오늘도 기운차게 검을 휘두르고 있는 레우 오빠들 모습이 보였다. 그 주위에는 레우 오빠와 라이 할아버지를 동경해서 모여든 검사들도 잔뜩. 필사적으로 그들을 따라잡기 위해 검을 휘두르고 있다.

으음~, 그래도 저번에 봤을 때보다 검을 휘두르는 사람이 줄어든 것 같은 느낌이 든다. 뭐, 레우 오빠나 베이 오빠처럼 라이 할아버지의 난폭함을 견뎌낼 수 있는 사람은 별로 없으니까.

그런 생각을 하면서 집 식당으로 들어가 보니 느와르와 노에 언니, 디 아저씨가 테이블에 아침 식사를 늘어놓고 있었다.

"좋은 아침이야, 카렌. 역시 디 씨가 이걸 구운 날은 일찍 일어나는구나."

"아하하! 저번에 라이오르 아저씨가 전부 먹어버렸을 때는 엄청 소동을 피웠으니까."

"만드는 사람으로서는 기쁘긴 하지만, 식사는 가리지 않고 해야지."

좀 전에 이미지 체인지에 대해 생각해서 그런지 사람들의 외모가 조금 신경 쓰이기 시작했다.

디 아저씨는 여전히 눈매가 날카롭고 할아버지처럼 주름이 늘어난 것 같지만, 자상한 분위기는 여전하네. 생각해보니 디 아저씨가 화를 내는 모습은 본 적이 없는 것 같은데.

나보다 조금 연상인 느와르는 요즘 더더욱 노에 언니를 닮아가는 것 같아. 레우 오빠의 첫사랑이 노에 언니였던 것 같으니까 이대로 노에 언니 같은 노선으로 나아갈 생각인가?

노에 언니는……, 성격도 외모도 거의 변하지 않은 것 같네. 아, 그래도 요즘은 얼굴에 주름이 늘어서…….

"카렌? 뭔가 실례가 되는 생각을 하는 거 아니니?"

"아니야. 내 빵, 세 개는 따로 빼줘."

"그래, 그래. 슬슬 레우스 님께서 돌아올 테니……, 아!"

테이블에 놓인 가장 큰 벌꿀 빵을 노리고 있자니 아침 훈련을 하던 레우 오빠 일행이 돌아왔다. 느와르가 수건을 들고 뛰어갔다.

"로슈, 오늘은 아까웠지. 그래도 마지막 일격은 나쁘지 않았다고."

"으음, 네 성장이 기쁘구나. 나중에 마리나에게 보고하러 가야겠군!"

"헤헤! 내일이야말로 아빠하고 엄마에게 한 판 따낼 거라고!"

레우 오빠는 그 이후로 몸집이 더 커지고 얼굴도 어른스러워졌지만, 그것 말고는 별로 바뀐 게 없는 것 같네.

하지만 레우 오빠 옆에 있는 줄리 언니는 뭔가……, 엄청 바뀐 것 같다. 지금은 검을 휘두르기 위해서 움직이기 편하고 남자 같은 옷을 입고 있는데, 어른의 향기가 엄청나다. 작년에 아기를 낳고 어머니가 되어서 그런가?

그런 두 사람 사이에 끼어있는 레우 오빠와 마리 언니의 아이인 로슈는 부모님이 머리를 쓰다듬어주는 와중에 레우 오빠와 똑같은 미소를 짓고 있었다.

"흥, 오늘도 얼간이들뿐이로군. 그나마 애송이네 아들들이 의욕이 넘치더구나."

"라이오르 씨의 힘조절이 부족해서 그렇죠. 그래도 로슈와 디란이 더 훌륭하다는 건 저도 동의하지만요."

"아하하, 감사합니다."

여전히 여자가 생긴 낌새는 없지만 성장해서 여러모로 멋있어진 베이 오빠와는 달리, 10년이 지났는데도 전혀 변한 구석이 없는 라이 할아버지는 어떤 의미로 대단한 것 같다. 아니, 이미 나이가 꽤 들었을 텐데 어떻게 그렇게 검을 휘두를 수 있는 거지?

느와르의 동생인 디란도 요즘은 레우 오빠네가 단련시켜줘서 그런지 아직 아이인데도 꽤 듬직해졌고.

사람이 갑자기 늘어났기에 나는 급하게 자리에 앉아 벌꿀 빵을 확보하기 시작했다.

에밀리아 씨가 보면 혼날 법한 버릇없는 행동이라는 건 알고 있지만, 라이 할아버지는 정신을 차리고 보면 전부 먹어버리니까 먼저 확보해두는 게 중요하다.

열심히 벌꿀 빵을 옮기고 있자니 이번에는 마리 언니가 레우 오빠와 줄리 언니의 아기를 안고 다가왔다.

"다들, 좋은 아침이야. 자, 줄리 마마가 돌아왔단다."

"으음, 고맙다. 착하다, 착해, 테오는 오늘도 귀엽구나."

"기저귀는 좀 전에 갈아두었어. 느와르, 미안한데 나중에 빨래를 좀 해줄래? 나는 아침 식사를 하고 바로 나가야 해서."

"네에~. 내게 맡겨줘."

"엄마! 엄마! 나, 아빠한테 한 판을 따내기 직전까지 갔어!"

"어머, 대단하네. 아버지를 뛰어넘는 것도 꿈이 아니겠는데."

두 사람에게 휘둘려서 동요하거나 당황하기만 했던 마리 언니도 지금은 항상 침착하고 자상한 어머니다. 돈 관리까지 맡고 있으니 우리 중에서 가장 착실한 사람일지도 모르겠다.

아침 식사를 마친 나는 기분전환도 할 겸 산책을 하기로 했다.

저택을 나선 뒤에 한동안 주위를 걷고 나서 기지개를 켜고 있자니 밭일을 하러 가려던 마을 아주머니가 말을 걸었다.

"어라, 좋은 아침이야, 카렌. 어제는 안 보이던데, 무슨 일 있었니?"

"아하하, 어제는 기분이 내키지 않아서 계속 방에서 책을 쓰기만 했거든."

"그렇구나, 건강하다니 다행이야. 나중에 수확한 채소를 가지고 갈 테니 디 씨에게 전해주렴."

"응, 항상 고마워."

근처에 사는 아주머니를 보낸 다음, 나는 주위 경치를 보면서 숨을 크게 내쉬었다.

지금은 집이나 밭이 어느 정도 생겨서 마을이라고 할 만한 규모가 되었지만, 불과 몇 년 전까지 우리가 사는 저택⋯⋯, 선생님이 태어난 그 저택밖에 없었다는 사실은 바깥에서 온 사람은 모르겠지.

"아리아도 꽤 커진 모양이네."

아리아는 이 마을의 이름이다. 선생님의 어머니 이름에서 따와서 지은 모양이었다.

처음에는 추억이 담긴 저택을 유지하기 위해 살 예정이었는데, 리펠 님의 제안에 따라 인재와 물자가 모여들었고, 정신을 차리고 보니 이렇게 발전되었다.

산과 숲으로 둘러싸인 이곳에 사람이 모여들 것 같진 않았는데도, 선생님이나 라이 할아버지의 이름을 듣고 찾아오는 사람이 꽤 있는 걸 보니 리펠 님의 예측은 멋지게 들어맞은 모양이다.

물론 사람이 모여들면 위험한 일도 늘어나겠지만 아리아에서는 그럴 걱정이 거의 없다.

왜냐하면…….

"'멍!'"

"나나, 세이. 고생했어. 어제 못 해줬으니까 오늘은 빗질을 해줄게."

"'끄응…….'"

호쿠토의 아이……라고 해도 될지는 잘 모르겠지만, 나와 비슷한 크기의 백랑이 마을을 지키고 있기 때문이다. 그것도 두 마리나.

참고로 이름은 '나나'와 '세이'다.

몇 년 전, 갑작스럽게 호쿠토가 만들어낸 빛이 강아지 모습으로 바뀌었기에 그때는 정말 놀랐다.

그리고 이 마을의 상징이라고도 할 수 있는, 마을 중심에 서 있는 한 그루의 나무도 있다.

그건 선생님이 가지고 있던 스승님의 나이프가 성장한 것으로, 높이는 내 두 배 정도밖에 안 된다. 하지만 그 나무는 지하를 통해 피아 언니의 고향에 있는 성수님과 이어져 있다고 한다. 딱 한 번 선생님이 성수님과 만나게 해준 적이 있었는데 정말 대단했지.

그런 성수님의 가호와 백랑 두 마리가 지키고 있으니 이곳 아리아가 도적들에게 습격당해서 피해를 입은 적은 한 번도 없다.

"아, 여기 있네! 카렌, 슬슬 일을 돕고 훈련할 시간이야. 얼른 돌아가자."

"어라? 벌써 그런 시간이야?"

별생각 없이 멈춰서서 자그마한 성수를 올려다보며 생각에 잠겨 있을 때, 느와르가 나를 데리러 와줬다.

조금 더 마을을 돌아다니다가 돌아갈 예정이었는데 시간이 꽤 지난 모양이다. 마을을 구경하는 동안 여기에는 없는 선생님 생각을 해서 그런가?

"다들 벌써 거기 도착했을까?"

"아마 그럴 거야. 호쿠토의 속도라면 이미 학교에 있을지도 몰라."

선생님과 언니들은 지금, 학교에서 임시 강사가 되어달라는 부탁을 받고 엘리시온에 가 있다.

2년 정도 전에 아직 가본 적이 없는 대륙을 여행한 참인데 정말 행동력이 대단한 선생님이다. 따라가는 게 힘들 때도 있긴 하지만 그 이상으로 재미있는 걸 잔뜩 가르쳐주기 때문에, 함께 지내다 보면 즐거워서 어쩔 줄 모르겠다.

뭐, 이번에는 제대로 책을 쓰고 싶어서 여기 남은 거다. 그래도 엘리시온에서 돌아오면 다음 여행을 떠날 계획을 세우고 있는 것 같으니 그때까지는 이 책을 정리해야겠다.

"선생님이 돌아오면 제일 먼저 읽어달라고 해야지."

───── 시리우스 ─────

가끔 리펠 공주가 부르곤 하기에 엘리시온에는 자주 왔지만,

학교 안으로 들어온 건 오랜만일지도 모르겠다.

엘리시온에서 지낼 곳을 확보한 다음 날 학교를 찾은 우리는 우선 교장실에 와 있었다. 리스와 피아는 다른 용건 때문에 다른 곳에 가 있기에 이 방에 온 것은 나와 에밀리아뿐이다.

수명이 긴 엘프라 외모가 전혀 바뀌지 않은 로드벨을 보고 정겨움을 느끼면서 나는 상대 맞은편에 앉아 인사했다.

"드디어 왔군요, 시리우스 군. 일시적이나마 당신을 강사로 초빙할 수 있게 되니 기쁩니다."

"이곳은 어렸을 때 신세를 진 곳이기도 하니 온 힘을 다하겠습니다. 하지만 예전에 말씀드렸듯이 뭘 가르칠지에 대해서는……."

"네, 그건 마법이든 뭐든 당신 마음대로 하세요. 그 시리우스 군이 강사가 된다고 미리 알렸더니 많은 학생들이 당신의 수업을 희망하더군요."

"기간이 최장 1년에 불과한데 그렇게 많이 모이던가요?"

"당연하죠. 당신은 이제 저 못지않을 정도로 세계에 이름이 알려진 남자니까요."

예전에 생도르의 위기를 구해낸 것을 계기로 내 이름은 급속도로 퍼져나가기 시작했다.

생도르가 세계에서 가장 큰 나라이기 때문이기도 하겠지만, 그때 생도르에서는 대륙 간 회합이 진행되고 있어서 각 나라의 왕족이 모여있었기 때문이기도 하다.

신속한 판단을 통해 왕족들은 무사히 자기 나라로 돌아갔다.

그래도 그 와중에 각 나라에서 생도르에서 무슨 일이 일어났고 어떻게 해결되었는지까지 자세히 조사했을 테니, 그때 내 이름이 단숨에 퍼져나간 것이다.

그런 유명세로 인해 골치 아픈 일에 몇 번 휘말리긴 했으나 동시에 많은 사람들의 도움도 받을 수 있었기에 우리는 자유로우면서도 평화롭게 지내고 있었다.

"그런데 제가 부르긴 했지만 용케 와줬군요. 고향에 눌러앉아 자식을 키울 생각은 없었나요?"

"그런 건 좀 더 나이를 먹고 나서 하지 않을까요. 움직일 수 있는 동안에는 저뿐만이 아니라 제자나 아이들에게도 다양한 경험을 하게 해주고 싶어서요."

"그렇군요. 그래서 아이를. 기간 한정 입학이라고는 해도 저희 학교의 교복을 당신의 아이들이 입는다니 왠지 기쁘네요."

현재, 우리에게는 다섯 명의 아이가 있다.

그중에서 제일 나이가 어린 아이는 아직 한 살 정도라 힘들겠지만, 나머지 네 명은 로드벨에게 부탁해서 일시적으로 입학시켰다. 내가 이번 특별 강사 일을 받아들인 건 그 조건이 받아들여졌기 때문이나 마찬가지다.

내가 학교에 들어갔던 건 열 살 즈음이었다.

가장 나이가 많은 아이는 문제가 없겠지만, 다른 아이들과는 두세 살 정도 나이 차이가 있기 때문에 입학시키기에는 조금 일렀을지도 모르겠다.

하지만 모르는 사람들과 교류하면서 함께 배우는 경험은 분명

도움이 될 테고, 만약 다른 학생이 시비를 건다 해도 우리 아이들이라면 대처하는 것도 어렵지 않을 테니까. 팔불출일지도 모르겠지만, 그 나이 또래 중에 그 아이들을 이길 사람은 없을 것 같다.

"그런데……, 그 물건은요?"

"물론이죠. 에밀리아."

"네, 여기 있습니다."

내 뒤에서 대기하고 있던 에밀리아가 들고 있던 상자를 로드벨 앞에 내려놓았다.

다른 사람이 보면 뇌물로 오해할지도 모르겠지만, 상자 안에는 항상 주던 그게 들어있다.

"작은 쪽은 꽤 오래 가니까 내일 드셔도 괜찮지만, 최대한 빨리 드세요."

"내일은커녕, 오늘 안으로 먹을 건데요! 아……, 이겁니다, 이거! 이제 한동안 시리우스 군이 만들어주는 케이크를 먹을 수 있다고 생각하니 가슴이 뛰는군요."

"케이크라면 가르간 상회에서 먹을 수 있지 않나요? 저번에도 신작이 나왔던데요."

"제게 있어서 케이크의 원점은 시리우스 군이 만든 케이크입니다. 아무리 사치스러운 케이크라 해도 당신이 만든 게 제 입에 가장 잘 맞거든요."

"동감이에요! 저도 시리우스 님께서 해주시는 요리가 제일이니까요!"

로드벨은 상자 안을 보고 어린애처럼 눈을 반짝이다가 갑자기 시원스럽게 웃으며 나를 보았다.

"어렸을 때 입학했던 시리우스 군은 이 학교에 새로운 바람을……, 아니, 폭풍을 불러일으켜 주었습니다. 그런 당신이 강사로서 돌아와 주었으니, 이번에는 뭘 보여줄지 기대하겠습니다."

곧바로 수속 같은 것들을 마치고 교장실을 나서 아이들과 함께 학교 안을 견학하고 있던 피아, 호쿠토와 합류했다.

피아 품속에는 작년에 태어난 그녀의 둘째 아이……, 릴이 있었다. 릴은 소란스러운 주위 상황 같은 건 아무런 상관도 없다는 듯이 조용히 숨소리를 내며 자고 있었다.

반대로 나와 에밀리아의 아이인 쌍둥이 루시오와 케이는 신기하다는 듯이 주위를 뛰어다녔다. 꽤 개구쟁이라 지켜보고 있는 호쿠토도 힘들 것 같다.

"아빠~! 엄마~! 이야기, 끝났어?"

"그래, 끝났어. 학교 견학은 어땠니?"

"재미있었어! 여기, 성처럼 넓네!"

"네, 하지만 건물 안에서는 너무 뛰어다니면 안 돼요. 다른 분들하고 부딪히면 큰일이니까요."

""네에~!""

어머니에게 물려받은 귀와 꼬리를 기쁜 듯이 흔들면서 이쪽으로 달려온 쌍둥이의 머리를 부드럽게 쓰다듬어주었다.

쌍둥이는 이제부터 진행될 내 수업에 참가하기 때문에 학교

교복을 입고 있는데, 옷 사이즈가 커서 그런지 소매와 옷자락이 헐렁해 보였다. 하지만 그런 모습도 귀여워서 평소보다 머리를 더 오래 쓰다듬었다.

그러다 아이들 중에서 제일 나이가 많은 남자애……, 이오스가 나를 보며 쓴웃음을 짓고 있다는 걸 눈치챘다.

"아리아에서도 이런 일이 있었지만, 이렇게 학생들이 잔뜩 있는 곳에서 아버지를 보는 건 처음일지도."

"뭐, 그렇지. 너는 이미 알고 있는 내용이겠지만, 졸고 그러면 안 된다. 시범을 보이게끔 지명할 예정이니까."

"나도 알아. 나는 아직 거만해질 정도로 강해지지 않았으니까."

이오스는 슬슬 열 살이 되어가는데, 연장자라는 입장 때문인지 왠지 정신적인 성장이 빠른 것 같다. 혹시 엘프의 핏줄인 것도 관계가 있을지도 모르겠지만, 아직 어리니까 좀 더 어린애처럼 응석을 부려줬으면 하는 건 너무 욕심인가?

갑자기 이오스의 머리를 툭툭 두드려보았더니 이쪽을 올려다보며 눈을 흘기는 게 다였다. 그래도 싫어하는 건 아닌 모양이라 다행이다.

"마마! 파파가 있어!"

"후후, 알았으니까 그렇게 잡아당기지 마. 마마가 넘어져 버리잖아."

그 뒤를 이어 리스의 아이인 니나가 어머니의 손을 잡아당기며 다가왔다.

아이들 중에서 두 번째로 어린 니나가 몸통박치기를 날릴 기세로 내게 달려들었기에 그 충격을 잘 흘려보내면서 안아 들었다.

"왜 그래? 왠지 평소보다 난폭한 것 같은데."

"으……."

"아하하, 좀 전에 만나고 온 언니하고 아버님이 너무 거칠어서 조금 토라졌거든."

"리페 언니랑 할아버지가 너무 끈질겨!"

"오랜만에 만난 니나가 귀여워서 살짝 폭주해버렸을 뿐이야. 그리고 간식은 잔뜩 먹었지? 감사합니다라고 했어?"

"응! 맛있었어!"

이 아이도 어머니 못지않게 먹는 걸 정말 좋아하니까. 게다가 다른 아이들보다 두 배 가까이 먹는데도 살이 찔 낌새가 보이지 않는다. 그야말로 리스의 딸이기 때문일 것이다.

과자의 맛을 떠올리며 그때그때 표정이 바뀌는 딸을 보고 쓴웃음을 지으며 바닥으로 내려주자 부러워하는 듯한 두 시선이 느껴졌다. 결국 쌍둥이까지 안아주게 되었다.

자, 이렇게 모두 다 모였지만, 이제 다시 헤어지게 된다.

리스와 피아는 릴을 돌봐주고 이삿짐을 정리하기 위해 예전에도 신세를 졌던 그 저택으로 돌아간다. 호쿠토도 함께 가니 안전뿐만 아니라 힘을 쓰는 작업도 문제없다.

그리고 마그나 선생님……, 아니, 지금은 교감 선생님이 된 마그나 교감 선생님에게 네 아이들을 맡긴 다음, 나와 에밀리아는 준비를 마치고 나서 수업을 진행할 교실로 향했다.

"자, 첫 번째 수업이구나. 아니, 정말로 올 셈이야?"

"네. 우리 아이들이 무슨 짓을 할지 모르니까요. 그리고 시리우스 님의 곁에는 제가 있다는 사실을 제자들 모두에게 가르쳐 주어야만 하고요."

억지로 보조 역할을 맡은 에밀리아와 함께 교실로 들어가자 교실 책상 앞에 앉아있던 학생들의 시선이 일제히 쏠렸다.

흥미, 의문, 동경 같은 다양한 감정이 담긴 시선을 받으며 교탁 앞에 서자, 학생들 사이에 섞인 아이들과 눈이 마주쳤다. 나보다 부인들을 더 많이 닮아서 사랑스러운 아이들이 예전에 내가 있던 곳에 앉아있는 것도 신기한 느낌이다.

"저게 그 유명한?"

"평범한 사람……, 맞지?"

"옆에 있는 사람은 누군데?"

작은 목소리로 나와 에밀리아에 대해 이야기를 나누는 학생들이 보이는 와중에, 우선 뒤쪽 칠판에 이름을 적었다.

"그럼, 수업을 시작하기 전에 우선 간단히 자기소개를 할까."

"저, 저기……."

"왜 그러지? 여기 있는 사람은 내 부인이자 조수인 에밀리아고……."

"아뇨, 그쪽도 신경 쓰이긴 하지만요, 그 기호 같은 건 뭐죠?"

그 학생이 말한 건 칠판에 적은 시리우스와 티처 사이에 들어가 있는 한 글자일 것이다.

"이거 말이야? 이건……."

──── 카렌 ────

"있지, 있지, 그러고 보니까 카렌이 쓰고 있는 책의 제목은 정했어?"

"응, 이미 정해두었어."

"그 책은 시리우스 님의 자서전 같은 거잖아? 제목이 이상하면 에밀리아 씨가 화를 낼 것 같은데."

"그러진 않을 거야. 일부를 지우긴 했지만 이름에서 따왔고, 선생님 이야기에 따르면 이건 엄청 선생님하고 잘 맞는 제목이니까."

"호오……, 그래서 제목이 뭔데?"

"그러니까. 세계를 돌아다니면서 많은 사람들을 가르쳐준 교사라는 의미로……."

"이건……, 약간 특수한 상황에서 가문의 이름을 받았기 때문이야."

생도르에서 벌어진 전투로 인해 받은 많은 보상 중엔 가문 이름의 수여도 있었다.

나는 멋대로 티처라는 성을 쓰고 있었지만, 신분이 높은 가문을 만들 경우에는 나라의 왕에게서 이름을 받을 필요가 있기에 이 세계에서 가문 이름의 수여는 최대급의 명예다.

보통은 멋대로 쓰던 이름을 버리고 새로운 가문의 이름으로 바꾸곤 하지만, 이제 와서 티처라는 성을 버릴 생각은 없어서 성을 하나 더 늘리자는 결론에 이르렀다.

그렇게 어떤 이름이 어울릴지 좀처럼 정하지 못해 의논이 점점 잡담으로 바뀌어 가는 와중에 내 목표나 향후에 대한 얘기가 나왔다. 거기서 갑자기 누군가가 중얼거린 말에 따라 정한 것이다.

더 이상 이름이 길어지는 건 좀 그렇고, 이왕 만드는 거니 전생의 어떤 단어의 머리글자만 따오기로 했다. 학생이 기호라고 말한 건 그런 이유 때문일 것이다.

전생에서 있었던 일을 잊지 않게끔 정한 그 한 글자를 읽는 방식은…….

"앞으로 너희 교사가 될, 시리우스……."

"월드 티처다."

《이루어낸 자》

정신을 차렸을 때, 나는 하얀 세계에 서 있었다.

"……여긴?"

어떤 방향을 봐도 장애물은커녕 지평선조차 보이지 않았고, 마치 하얀 세계에 사로잡혀 버린 것 같은 느낌이었다.

적의 공격……? 아니, 그런 공격을 당한 기억은 없다.

애초에 나는 어째서 이런 곳에 있는 거지?

천천히 기억을 더듬으며 이 세계에 오기 전에 내가 뭘 하고 있었는지 떠올려 보았다.

"아……, 그렇구나. 나는…….."

나는……, 죽었다.

하지만 살해당했다거나 병 같은 이유는 아니다.

육체가 한계를 맞이했기 때문에, 다시 말해 수명으로 인해 죽은 것이다.

최후의 순간도……, 또렷하게 떠오른다.

부인과 아이, 손주들, 그리고 제자와 동료들, 많은 사람들이 나를 지켜봐 주는 가운데 행복했다며 고맙다는 말을 모두에게 하고 나서 생애를 마쳤다.

나는 두 번째 인생을……, 마지막까지 이루어낸 것이다.

그런데, 그렇다면 여긴 어디지?

스승님이 전생의 내게 새겨둔 환생 마법진은 일회용이라고 들었으니 그런 느낌은 아닌 것 같다.

게다가 지금 내 모습도 내가 가장 활동적이었던 스무 살 무렵의 육체다.

"일단, 여기는 저세상이라고 생각해야 하나?"

그렇다면 상관이 없긴 한데, 이런 곳에 내던져져서 어쩌라는 건지.

그래도 계속 멍하니 서 있어봤자 소용이 없기에 적당히 걸어가려던 순간, 어느새 눈앞에 한 여자가 서 있었다.

좀 전까지 아무도 없던 거기에, 마치 처음부터 있었던 것처럼 선 여자는…….

"시리우스 님."

"에리나……, 어머니…….."

내가 처음 어머니라고 부른 여자……, 에리나였다.

"어째서 어머니가 여기에?"

"후후, 모르겠네요. 하지만 저는 계속 여기 있었어요. 당신을……, 계속 보고 있었죠."

이 하얀 세계에서 계속? 나를 보고 있었다고?

영문을 알 수 없는 일만 일어나는 와중에도, 눈앞에 있는 어머니는 결코 적이 아니라는 사실만은 알 수 있었다. 이유나 논리 같은 게 아니다. 왠지 모르게 알 수 있는 것이다.

"그건 그렇고, 시리우스 님께 소개해드리고 싶은 분이…….."

"아, 정말! 됐어! 번거롭네! 진짜!"

그리고 에리나와 마찬가지로 또 기척 하나 없이 여자가 나타났다.

처음 만나는 여자였다.

그럼에도 불구하고 나는……, 이 여자를 알고 있다.

예전에 그림으로 본 적이 있기도 하지만, 몸이 기억하고 있는 건지도 모르겠다.

"설마……."

"그래! 내가 바로, 너를 낳아준 엄마란다!"

미리아리아……, 통칭 아리아라 불리던 여자로, 나를 낳아주고 그와 동시에 죽은 사람이다.

외모는 귀족 영애 같은 느낌이지만, 말괄량이라는 단어가 잘 어울릴 것 같은 느낌이 든다. 그러고 보니 에리나 어머니에게 자주 휘둘렸다는 이야기를 들은 적이 있다.

놀라운 일이 연달아 일어나서 일단 마음을 가라앉히고 싶긴 하지만, 눈앞에 어머니가 있으니 잠자코 있을 수는 없다.

"아……, 우선 처음 뵙겠습니다라고 해야 하나?"

"나는 너한테 제대로 인사를 하고 떠났으니까 그런 식으로 말하지 마. 오랜만이야, 사랑스러운 내 아들내미."

"아리아 님. 시리우스 님께서는 이미 어른이시니 그런 말투는 바람직하지 않을 것 같네요."

"뭐~? 나는 애정을 못 줬으니까 어리광이라도 부리게 해주고 싶었는데."

어른이고 뭐고 전생까지 합치면 백 살을 넘겼으니 이제 와서 그러라고 해봤자 곤란하다.

하지만, 그렇게 묘한 대화를 듣다가 냉정해졌다. 두 사람을 번갈아 보면서 대답했다.

"미리아리아……, 어머니라고 부르면 되나?"

"아리아라고 불러도 돼."

"그럼, 아리아 어머니. 애정이라면 에리나 어머니에게 제대로 받았어."

"어머, 말은 꽤 잘하네. 아……, 어쩔 수 없다는 건 알고 있지만 말이지. 이것만은 에리나가 참 치사하게 느껴지네."

"후후, 죄송합니다."

농담을 주고받는 두 사람의 분위기는 정말로 포근해서 왠지 보고 있기만 해도 미소가 드리워졌다. 만약 이 사람과 그 저택에서 함께 살았다면 더 즐거운 나날을 보냈겠지.

"뭐, 됐어. 이렇게 많이 자란 아들하고 만날 수 있어서 만족했고, 이제야 네게 전해줄 수 있게 되었으니까."

"전해준다고?"

"보면 알겠지만, 여기는 신기한 곳이라서. 우리는 네 인생을 계속 보고 있었단다."

"좀 전에 에리나 어머니도 그러던데, 혹시 내 전생도……."

"그래, 네가 환생했다는 이야기도 들었어. 하지만 그런 건 상관없지. 무슨 일이 있어도 너는 우리 아들이니까."

뭐라고 해야 하나, 어머니의 그릇이 정말 크다는 걸 새삼 깨달았네.

죽었는데도 마음이 따스해지는 와중에 어머니들이 과거를 돌아보며 이야기를 계속 이어나갔다.

"결혼식 때와 아들인 이오스 님께서 태어나셨을 때는 한동안 눈물이 멈추질 않았죠."

"맞아! 맞아! 아니, 부인을 셋이나 동시에 맞이하기도 하고, 세계에 이름을 널리 떨치기도 하고, 정말 대단한 일만 해내더라. 너는 내 자랑스러운 아들이야."

"네! 시리우스 님의 어머니가 된 걸 저도 자랑스럽게 생각해요."

자랑스러운 아들이다, 자랑거리다. 그런 말을 들으니 눈물이 나올 정도로 기뻤다.

"전하고 싶었던 말은 그것뿐이야. 그럼 가자."

"간다니, 어디로?"

"잘 모르겠지만, 여기가 아닌 어딘가겠죠. 시리우스 님께서 오신 이상, 저희가 여기 남을 이유는 없으니까요."

"……미안. 같이 가고 싶긴 하지만, 나도 어머니들처럼 부인들을 기다릴게."

젊었을 무렵에 너무 무리한 탓인지, 나는 전생과 거의 비슷한 나이에 끝을 맞이해버렸다.

그런 나와는 달리 에밀리아 같은 사람들은 아직 10년 넘게 살수 있을 테고, 특히 피아는 얼마나 오래 살지 모른다.

어쩔 수 없다고는 해도 나는 그녀들을 두고 먼저 떠나버렸으니, 적어도 여기서 계속 기다릴 생각이다.

"그렇군요. 저도 시리우스 님께서는 그렇게 하셔야 한다고 생각해요. 그럼 저희는……."

"그래, 남을까? 에리나, 홍차를 끓여줘."

"네?! 저기, 아리아 님? 지금은 저희가 사라질 흐름 아닌가요……."

"상관없어. 그리고 같이 있으면 며느리들하고 인사도 할 수 있을 테니까 남지 않을 이유가 없잖아!"

"그렇긴 하네요. 금방 홍차를 준비하겠습니다."

"하하……, 뭐, 상관없지."

어디선가 나타난 테이블 세트에 에리나 어머니가 끓여준 홍차 컵이 놓였다.

의자에 앉아 오랜만에 맛보는 에리나 어머니의 홍차를 마시며 정겨워하고 있자니 맞은편에 앉은 두 사람이 나를 빤히 바라보고 있다는 걸 눈치챘다.

그리고 어머니들은……, 자애로운 미소를 지으며 내게 이렇게 말해주었다.

"시리우스……."

"시리우스 님……."

""고생 많았어.""

World teacher forever...

《검을 내려칠 때》

─── 레우스 ───

엘리시온에서 교사 생활을 마친 형님 일행이 1년 만에 아리아 마을로 돌아왔다.

그날은 아리아 전체가 완전히 축제 분위기였고, 마을에 사는 사람들 모두가 잘 왔다는 인사를 하러 저택에 찾아왔을 정도였다.

그런 사람들에게 인사를 하러 돌아다니거나 내 아이들을 상대해주느라 바쁜 와중에도 형님은 우리와 모의전까지 제대로 해주었다.

"모의전은 저쪽에서 학생들하고도 했는데, 역시 힘을 조절할 필요가 있겠더라고. 몸이 둔해진 것 같으니 단련을 좀 다시 해야겠어."

"하하하! 역시 대단하군, 좋은 마음가짐이다! 그럼 나부터 가마!"

"라이오르 씨가 먼저 나서면 지쳐버릴 테니 나중에 하세요. 시리우스 씨와 모의전을 하고 싶은 분들은 여기 잔뜩 있으니까요."

"나도! 나도! 할아버지하고 싸우고 싶어!"

"저, 저도 나중이라도 괜찮으니 부탁드릴 수 있을까요?"

형님은 여전히 인기가 많다.

내 아들인 로슈나 디 형의 아들인 디란도 대련을 부탁하기 위해 형님 주위를 어슬렁거리고 있다.

우선 형님의 요청에 따라 어린아이나 미숙한 사람들부터 모의전을 시작했는데, 예상했던 대로 형님의 압승으로 끝났다. 물론, 그냥 이기기만 한 게 아니라 상대방의 문제점을 확실하게 가르쳐주는 게 내게는 왠지 정겨운 광경이었다.

"봐, 다리 쪽이 허술해졌잖아. 검에만 너무 정신이 팔렸어."

"으앗?! 그런 건 힘들다고!"

내가 형님에게 저런 식으로 배우지 않게 된 지 얼마나 지났을까?

그만큼 내가 강해졌다는 증거겠지만, 왠지 쓸쓸한 느낌도 든다.

그런 생각을 하고 있던 와중에 로슈와의 모의전이 끝났고, 이제 나와 베이올프, 할아버지, 이렇게 세 사람만 남았기에 미리 정해둔 순서대로 베이올프부터 싸우게 되었다.

"그럼, 갑니다. 1년 동안의 성과, 보여드리죠."

"그래, 강한 걸로 부탁할게."

공격 횟수뿐만 아니라 일격에 담긴 힘도 훨씬 강해진 베이올프의 이도류 연속 공격이 날아들었지만, 형님은 목검 한 자루와 체술로 전부 흘리고 있었다.

평소에 나나 할아버지와 싸우는 모습에 익숙해진 녀석들도 차이를 이해한 건지 놀라움을 감추지 못하며 엄청난 집중력으로 두 사람을 바라보고 있다.

"오오……, 오오……! 역시 삼촌도 그렇고 베이올프 씨도 대단하네!"

"어떻게 하면 저렇게 수많은 검을 주먹으로 흘릴 수 있을까요?"

음……. 좀 전에 들은 대로, 형님의 움직임이 많이 둔해진 것 같네.

그만큼 베이올프가 성장한 것도 있지만, 움직임을 미리 예측하고 있는데도 몸이 따라오지 못하는 것 같았기에 이제 곧 결판이 날 듯했다.

"휴우……, 졌다. 방금 그건 멋진 받아치기였어. 실력이 늘었구나."

"아뇨, 처음 보고도 그 정도로 대처하셨으니 예전의 시리우스 씨였다면 피하셨을 거예요. 좀 더 기술을 갈고닦아야겠네요……."

내 예상대로 베이올프가 형님의 목검을 쳐내서 날리자 형님은 패배를 인정했다.

할아버지나 내게 검을 배우러 온 녀석들의 흥분이 가시기도 전에 형님과 할아버지의 모의전이 시작되었는데…….

"……그만!"

"그래."

왠지 모르겠지만 할아버지는 열 번 정도 검을 휘두르다가 모의전을 그만두었다.

딱히 형님의 힘이 부족하거나 그런 느낌은 아니었다. 중간까지는 신이 나서 검을 휘둘렀고, 할아버지뿐만 아니라 형님 쪽도 납득하고 멈췄으니까.

잘 모르겠지만 내 차례가 되었기에 형님 앞에 서서 검을 겨누었다.

"괜찮겠어? 형님. 연달아 싸워서 지쳤을 테니 나는 내일 해도 상관없는데?"

"말했잖아, 다시 단련하고 싶다고. 사양하지 말고 와라!"

그렇게까지 말하니 나도 멈출 이유가 없다. 나는 내 전용으로 만들어진 큼직한 목검을 다시 고쳐 쥐고는, 개시 신호와 동시에 단숨에 파고들며 온 힘을 다해 목검을 내리쳤다.

모의전이 끝나자 집으로 돌아온 우리는 디 형이 차려준 저녁 식사를 하면서 오늘 있었던 일에 대해 모두와 이야기를 나누었다.

아이들이 늘어난 것도 있고, 형님이나 디 형, 우리 가족까지 한데 모여서 사람이 많기 때문에 날마다 파티를 하는 것처럼 떠들썩하다.

"그래서 그렇게 지쳤구나."

"시리우스 님, 혹시 괜찮으시다면 나중에 마사지를 해드릴까요?"

"미안하지만 부탁 좀 할게. 그건 그렇고, 오랜만에 연달아 싸우니 둔해진 걸 진심으로 실감했어. 한동안은 모의전만 하는 나날이겠는데."

"말리진 않겠지만, 적당히 해. 아이들도 같이 놀고 싶어 하니까."

"내일은 나도 할래~!"

"나도!"

그렇게 떠들썩한 저녁 식사가 끝나 목욕을 하고 아이들이 잠든 뒤, 나는 거실에서 누나에게 마사지를 받고 있던 형님에게 다가갔다.

"왜 그래? 뭔가 할 말이 있는 것 같은데."

"저기, 조금 신경 쓰이는 게 있어서 말이야. 이야기를 좀 들어

줄 수 있을까?"

"상관없어. 여기서는 하기 힘든 내용이야?"

내가 조용히 고개를 끄덕이자 형님은 누나들과 눈짓을 주고받은 다음에 밖으로 나갔고, 나도 뒤를 따랐다.

밖에는 미리 이야기를 해두었던 베이올프도 있었다. 누나가 음료수를 내주고 가자 형님이 입을 열었다.

"그래서? 무슨 일인데?"

"저기, 오늘 모의전 말인데."

모의전에서 형님에게 이긴 건 나와 베이올프뿐이었다.

뭐, 지금 우리가 형님을 이기는 것도 이상할 일도 아니고, 이번에는 형님도 본격적으로 싸운 게 오랜만이라 그 점에 대해서는 딱히 따질 필요가 없다.

그래서 신경 쓰이는 건······.

"할아버지 말이야, 어떻게 생각해?"

"오늘 모의전도 그렇고, 요즘 라이오르 씨의 분위기가 이상하거든요."

형님이 돌아오기 조금 전쯤부터일까? 요즘은 할아버지의 훈련이나 우리와 벌이는 모의전이 더욱 치열해졌다.

그런 상태에서 시작된 게 오늘의 모의전인데.

그만큼 형님과 싸우는 걸 기대하고 있었으면서 어중간하게 끝내다니, 정말 믿기지 않았다.

우리와는 다른 의미로 할아버지와 인연이 깊은 형님이라면 뭔가 알고 있을 것 같아서 의논해보았지만, 형님은 아무런 문제도 없다는 듯이 부드럽게 웃고 있었다.

"신경 쓰이긴 하겠지. 그래도 영감님은 한동안 마음대로 하게 해줘. 언젠가 너희도 이해하게 될 테니까."

"그, 그래. 알겠어!"

"그리고 저녁 식사 때도 설명했지만, 나는 최대한 빨리 다시 단련하고 싶어. 한동안 모의전 횟수가 늘어날 것 같은데, 잘 부탁한다."

"네, 저도 바라던 바죠!"

형님이 그렇게 말한다면 우리가 떠들어봤자 소용이 없겠지.

조금 마음에 걸리긴 했지만, 그 뒤 형님에게서 엘리시온에서 살던 이야기를 이것저것 듣고 나서 우리는 해산해 잠들었다.

다음 날부터 형님이 말한 대로 모의전이 더욱 치열해졌다.

형님은 실력이 약한 상대를 최대한 피하면서 나나 베이올프와 연달아 싸웠다.

때로는 호쿠토 씨나 호쿠토 씨의 아이 같은 존재인 나나, 세이와 동시에 모의전을 하는 등, 꽤 무리하면서 둔해진 몸을 계속 다시 단련하고 있었다.

"애송이! 한눈팔고 있을 때냐!"

그건 할아버지도 마찬가지. 여러 사람을 동시에 상대하거나, 나를 상대로 목검이 아니라 애용하는 검을 들기도 했다.

그쯤 되니 우리도 할아버지가 뭘 하려는 건지 이해할 수 있었다.

아마 할아버지는……, 형님과 진심으로 싸울 생각일 것이다.

그래서 모의전을 반복하며 몸을 최고의 상태로 갖추려 하고 있다. 우리가 최강이라 생각하는 두 사람의 싸움을 지켜보고 싶기에 최대한 계속 도왔다.

그렇게 칼날을 갈고 닦듯이 서로 다시 단련하는 나날이 한동안 이어졌고, 며칠 뒤……, 드디어 그날이 다가왔다.

꽤 피비린내가 날 것 같았기에 피아 누나와 피아 누나의 딸인 릴, 리스 누나의 딸인 니나를 저택에 남겨두고 아리아를 출발한 우리는 산을 두 개 넘어간 곳에 있는 초원에 와 있었다.

형님과 할아버지가 초원 한복판에 섰다. 우리가 조금 떨어진 언덕으로 오자 옆에 서 있던 로슈가 내 옷소매를 잡아당겼다.

"저기, 저기, 아빠. 왜 이렇게 멀리까지 온 거야?"

"형님과 할아버지가 온 힘을 다해 싸우면 주위가 엉망진창이 되거든. 할아버지가 날린 참격 때문에 마을이 부서지거나 너희가 일을 도운 밭이 날아가 버리면 싫겠지?"

"우옷?! 아빠, 좀 더 물러나는 게 낫지 않을까?"

"하하하, 이 정도면 괜찮아. 그리고 로슈, 지금부터 벌어질 싸움을 잘 봐두거라. 시리우스 공과 라이오르 공이 온 힘을 다해 싸우는 모습은 두 번 다시 볼 수 없을지도 모르니까."

"알겠어!"

검사로서 그냥 넘어갈 수 없다며 거센 콧김을 내뿜는 줄리아가 한 말에 로슈는 진지한 표정으로 대답했지만…….

"여러분, 피곤하면 이쪽에서 쉬셔도 괜찮아요."

"주먹밥도 잔뜩 만들어왔으니까."

"네에~! 주먹밥! 주먹밥~!"

"로슈도 먹을래?"

"좋았어~! 먹을래! 먹을래!"

누나들과 누나의 아이인 쌍둥이가 부르자 미리 준비해온 돗자리 위에 앉아서 주먹밥을 먹기 시작했다.

그래. 주먹밥이라면 어쩔 수 없고, 아직 시작하지 않았으니 딱히 상관없으려나. 줄리아도 훈훈하다는 듯이 바라보고 있고.

"너희들은 괜찮겠어? 아직 시작하지 않았으니까 먹고 와도 되는데."

"나는……, 됐어. 뭔가 먹을 기분도 아니고."

"저, 저도요. 이렇게 멀리 떨어져 있는데도 저 두 분을 보고 있자니 왠지 몸이 근질거린다고 해야 하나……."

아이들 중에서 연장자인 이오스와 디 형의 아들인 디란은 형님과 할아버지가 내뿜고 있는 살기를 느끼고 긴장한 모양이었다.

일단 심호흡을 하라고 조언해주고 있자니 어느 정도 차분해진 이오스가 내게 질문했다.

"저기, 레우스 삼촌. 저 두 사람, 왜 마주보기만 하고 움직이지 않는 거야?"

"그러고 보니 너희는 형님의 저걸 처음 보는 거였나?"

"그렇죠. 저 기술은 좀처럼 쓰지 않으니까요. 이오스 군, 저건 시리우스 씨의 준비가 끝날 때까지 기다리고 있는 거예요."

람다를 상대로 처음 쓴 이후로 오늘까지 정말 손에 꼽을 정도만 사용했던……, 형님의 비장의 수.

이번에 할아버지가 아낌없이 쓰라고 했기에 형님은 시간을 들여 막대한 마력을 집중시켜서 그 갑옷을 두르고 있었다.

"아마 'PAS'……라고 했던가? 이오스, 디란, 잘 보라고."

""윽?!""

형님의 몸이 농밀한 마력으로 감싸이자 준비가 다 된 건지, 할아버지가 검을 들어 올렸다. 동시에 최강이라 불리던 두 사람의 싸움이 시작되었다.

"으랴아아아아아아아아아아아아아아아아아아앗———!"

지면을 부수며 앞으로 뛰쳐나간 할아버지는 단숨에 형님의 품속으로 파고들어 검을 내리쳤다. 힘 조절 따위 하나도 없이, 확실하게 상대를 베어버리는 필살의 검이다.

그에 맞서 형님은 아슬아슬하게……, 아니, 내려오는 검을 쳐서 흘렸다.

"오옷?!"

"너희들, 알겠어? 형님은 아무렇지도 않게 저러고 있지만, 보통은 절대로 못 하는 방식이라고, 저거."

예전에 저 상태의 형님과 단 한 번 싸운 적이 있는데, 그때는 내가 온 힘을 다해 날린 주먹을 정면으로 받아낼 정도의 힘이 있었다. 다시 말해 그 정도의 힘을 쏟아내지 않으면 지금 할아버지의 검을 흘릴 수 없다는 뜻이다.

"역시 양쪽 다 대단하네. 나라면……, 정면으로 검을 맞부딪힐 수밖에 없겠지."

"저는 피하기만 하겠죠. 그대로 내려치는 순간을 노려서……, 아, 역시 힘들려나요."

형님은 일격을 흘리고 검을 내려친 뒤에 잠깐 생기는 빈틈을 노렸지만, 재빠르게 검을 되돌리는 할아버지의 공격이 그러지 못하게 만들었다.

형님은 급소를 노리는 늑대의 이빨처럼 휘둘린 검을 살짝 물러나서 피한 다음, 반격으로 할아버지의 얼굴에 주먹을 때려 넣었다.

"끄윽?! 하하하! 그렇게 나와야지!"

"여전히 철판 같은 얼굴이군."

다시 말하지만, 지금 형님의 완력은 나와 거의 비슷하다. 그럼에도 불구하고 코피가 살짝 나는 정도에 그치다니, 할아버지의 몸도 정말 튼튼하네.

그 이후로도 두 사람은 멀리 떨어지지 않고 거리를 유지하며 계속 싸웠다.

형님은 완전히 피하지 못하거나 제대로 흘리지 못해서 작은 상처가 조금씩 늘어났지만, 제대로 맞으면 확실하게 두 동강 날 할아버지의 공격을 종이 한 장 차이로 계속 넘기고 있다.

그런 한편, 할아버지는 코앞에서 바로 날아드는 '매그넘'과 '샷건'을 겨우 피하다 그 틈새로 날아드는 형님의 주먹과 발차기를 여러 방 맞았다. 그럼에도 불구하고 할아버지는 한 발짝도 물러서지 않았고, 형님을 베려고 계속 검을 휘두르고 있었다.

척 보기에도 공격을 더 많이 맞은 건 할아버지다. 하지만 그렇다고 해서 형님이 유리하다는 생각은 전혀 들지 않았다. 잠깐 눈을 감은 사이에 결판이 날지도 모른다. 그 정도로 빠르고 기세가 엄청난 싸움이었다.

"""…………."""

그야말로 목숨을 깎아내고 있는 공방이 오가자 아이들 모두가 입을 벌린 채 멍해졌다. 좀 전까지 소풍을 온 기분이었던 로슈와 쌍둥이도 주먹밥을 든 채 굳어 있다.

아이들은 싸우고 있는 두 사람을 점점 걱정하기 시작했지만, 우리는 오히려 쓴웃음을 짓고 있었다.

"즐거워 보이네……, 할아버지."

"네. 궁지에 몰리는 게 더 즐겁다니, 정말 특이한 분이죠."

"하지만 무슨 심정인지는 나도 알겠다. 자신의 온 힘을 쏟아낼 수 있는 호적수는 정말 귀한 존재니까."

즐거워 보이는 건 할아버지뿐만이 아니다. 줄리아의 말대로 필사적인 형님 또한, 왠지 온 힘을 쏟아낼 수 있어 즐거워하는 것 같았다.

그런 싸움이 형님이 자주 말하는 한 시간 정도 이어지고, 드디어 결판의 순간이 찾아왔다.

일부러 공격을 피하지 않고 거의 결사의 각오에 가까운 맹공을 가하던 할아버지가 형님이 피할 수 없는 일격을 내려친 것이다.

"아버지!"

이오스의 목소리가 울려 퍼지는 와중에 형님은 재빨리 팔을 교차시켜 검을 막아내려 했다.

하지만 아무리 마력의 갑옷으로 단단해진다 하더라도 할아버지의 검을 막을 수 있을 리가 없다.

더 이상은 한계일 거라 생각한 우리가 뛰쳐나가려 한 순간……, 우리를 막으려는 듯 충격파가 날아들었다.

방금 그건 형님에게 들은 적이 있다. 람다의 공격으로부터 벗어나기 위해 썼다는, 'PAS'의 모든 마력을 충격파로 바꿔서 날리는 기술인가?

그 상급 마법을 뛰어넘는 충격파를 견뎌낸 우리가 마지막으로 본 것은, 튕겨 나가듯이 각자 다른 방향으로 날아가는 형님과 할아버지의 모습이었다. 아무리 할아버지라 해도 그 충격파를 코앞에서 맞았으니 버티지 못한 모양이었다.

"할아버지의 일격을 막아내긴 했지만, 이러면 양쪽 다 멀쩡하진 못하겠는데?!"

"윽?! 아이들은 무사한가?!"

"문제없어요. 당신들은 시리우스 님을!"

다행이다, 아이들은 누나와 리스 누나가 지켜준 모양이다.

진심으로 안도하며 흙먼지 때문에 아무것도 보이지 않게 된 초원으로 달려간 우리는 형님을 찾아보았는데…… 결판은 이미 난 듯했다.

형님은 뒤쪽으로 날아가면서도 곧바로 움직였던 거다. 우리가 두 사람을 발견했을 때는 쓰러진 할아버지의 목덜미에 나이프를 들이댄 형님이 있었다.

"……이번에는 팔을 베지 않아도 되겠는데."

"흥! 나라면 목에 나이프가 꽂히더라도 끝까지 검을 휘두를 수 있다만."

할아버지는 쓰러진 상태로도 검을 휘둘렀는지, 형님에게 맞기 직전에 검을 멈추고 있었다. 하지만 두 사람의 상황으로 보아 형님 쪽이 아주 약간 빨랐던 것 같다.

중간까지는 그렇게까지 멋지게 싸웠는데 마지막에는 양쪽 다 땅바닥을 구르면서 먼지투성이가 될 줄이야. 온몸이 피에 흙까지 묻어 지저분해졌지만, 온 힘을 다해 치열한 전투를 마친 두 사람의 모습은 정말 멋져 보였다.

"으음……, 분하군. 역시 네게는 닿지 못했나."

"그렇게 말하는 것치고는 만족스러워 보이는데. 그래도, 아직 할 일이 있잖아?"

"……그렇지."

뭔가 이야기를 나누고 있는 두 사람에게 우리가 달려가자 할아버지는 천천히 몸을 일으켰다.

그건 그렇고 이렇게까지 만신창이가 된 할아버지를 본 건 처음일지도 모르겠다. 이미 서 있는 게 신기할 정도지만, 리스 누나도 이쪽으로 오고 있으니 안심이네.

어서 두 사람을 치료해달라고 한 다음 이번 싸움에 대한 감상을 부탁해야겠다는 생각을 하고 있자니 갑자기 내 꼬리털이 곤두섰다.

그 이유가 살기 때문이라는 걸 깨달은 건 우리가 뒤쪽으로 멀리 뛰어서 물러선 뒤였고, 살기를 뿜어낸 건……, 다름 아닌 할아버지였다.

"가, 갑자기 뭐죠?! 싸움은 이미 끝났다고요."

"라이오르 공, 저희가 무슨 잘못이라도 한 겁니까?"

"애송이……, 아니, 레우스."

"그, 그래!"

할아버지는 10년이 지났는데도 거의 입에 담지 않던 내 이름을 갑자기 부르나 싶더니, 검을 상단으로 잡으며……, 강파일도류의 기본 자세를 취했다.

"자세를 잡거라."

"뭐? 무슨 소리야. 됐으니까 리스 누나에게 치료를……."

"자세를 잡거라."

검을 겨눈 할아버지는 얼른 하라는 듯이 똑같은 말만 반복했다.

갑작스럽고도 이상한 소리다. 할아버지가 이렇게까지 말도 안되는 고집을 부린 건 처음일지도 모르겠다. 지금 당장 쓰러지더라도……, 아니, 죽어도 이상할 게 없을 정도로 다쳤는데, 나랑 싸우겠다고?

장난은 그만 치라고 진심으로 소리 지르려 한 순간, 정신을 차리고 보니 내 곁에 와 있던 형님이 어깨에 손을 얹었다.

"어울려줘라."

"그, 그래도……."

"아마 영감님에게 다음 기회는 없을 거야. 기술을 이어받은 자로서, 마지막 부탁을 들어줘라."

"아……."

애초에 할아버지가 갑자기 형님과 온 힘을 다해 싸우게 된 건 할아버지의 몸이 한계에 도달했기 때문이다.

아무리 기력이 정정하다 해도, 늙음으로 인한 육체의 노화는 어떻게 해볼 수가 없다. 하지만 할아버지는 본격적으로 힘이 떨어지기 전에 온 힘을 다해 싸우고 싶었던 것이다.

그렇게 형님과 싸워서 만족했을 텐데도, 할아버지는 다시 검을 들어 올렸다.

예전에 침대 위에서 편안하게 죽는 게 아니라 싸우다 죽고 싶다고 했던……, 라이오르 할아버지.

할아버지는 분명 여기서 모든 것을 불태우고 죽을 생각인 것이다.

그리고 그 최후의 상대로 형님이 아닌……, 나를 선택했다.

"자세를 잡거라……, 레우스!"

검을 배우긴 했지만 역시 나는 형님의 제자이고, 할아버지를 스승으로 여긴 적은 없다.

게다가 정말 엉망진창인 할아버지라, 주위 사람들을 마구 휘두르며 폐를 끼치곤 해서 진심으로 화를 낸 적도 몇 번 있다.

그런 할아버지지만……, 나는 존경했다.

이 사람의 검에 대한 열의는 정말 대단했고, 아직도 배우고 싶은 게 많이 남았다.

"레우스 군, 나는 아무 말도 하지 않겠어."

"그래. 나는 네 판단에 맡길 테고, 어느 쪽을 고르더라도 협력

하마.”

그러니 장난치지 말라며 소리를 지르고, 옆에 있는 두 사람과 협력해서 할아버지를 말릴 수도 있다.

하지만, 나는…….

“……할아버지.”

형님이 말한 것처럼, 강파일도류를 이어받은 남자다.

대답은 할아버지와 같이 검을 겨누는 것만으로도 충분했다. 주위에 있던 줄리아나 다른 사람들은 아무 말도 하지 않고 내게서 물러나 주었다.

“사양할 필요는 없다! 죽일 생각으로 덤비거라!”

“그래!”

형님 때와는 달리, 여러 번 검을 맞댈 필요는 없다.

강파일도류라는 이름대로 우리는 한 번만 휘둘러도 충분하니까.

다친 짐승이 무섭다는 이야기도 있기에 아마 이제 곧 날아들 할아버지의 검은 지금까지 본 것 중에서도 가장 날카롭고 파괴력이 강한 일격일 것이다.

그래도, 해야 할 일은 마찬가지다.

““………….””

이 일격에 내 모든 것을 담아, 할아버지의 검을 향해 쏟아낸다. 그저 그것만을 생각하며, 나는 검을 내리쳤다.

“흐아아아아아아아아아아아아아아아아아아아아아아아아아아

아아압———!"

"으랴아아아아아아아아아아아아아아아아아아아아아아아아
아아앗———!"

동시에 검이 내리쳐졌고, 날카로운 쇳소리가 울려 퍼진 다
음……, 내 칼끝은 할아버지의 머리에 닿기 직전에 멈춰 있었다.

할아버지의 검은 끄트머리가 사라진 상태였다. 사라진 부분은
잠시 시간이 지나고 난 뒤에 우리 바로 옆에 소리를 내며 떨어
졌다.

"홋……, 훌륭하다. 내……, 패배로군."

"할아버지는……, 형님하고 싸우면서 지쳤으니까 당연하잖아?"

"겸손해할 필요는 없다. 방금 그 일격은 내가 지금까지 날렸
던 어떤 검보다 기합을 담았다. 네놈이라면 알 수 있을 텐데?"

"그래……."

할아버지가 내게 패배를 인정하고, 또한 칭찬해 주었다.

기쁨이나 쓸쓸함 같은 감정 때문에 뭐라 말해야 할지 망설이
고 있자니 미소를 짓고 있던 할아버지가 쓰러졌기에 급히 뛰어
갔다.

할아버지를 안아서 일으켜보니 몸이 이상하게 싸늘하다는 걸
눈치챘다.

"강검의 이름……, 네놈이 이어받을 테냐?"

"……필요 없어."

"애송이답구나. 뭐, 됐다. 마음이 내키면 멋대로 자칭하거라."

"알았으니까 좀 조용히 있으라고. 리스 누나! 얼른!"

"응, 할 수 있는 건 해볼게. 그래도……, 각오는 해둬."

나도 알아. 할아버지에게 살 의지가 없다면 상처가 낫는다 해도 의미가 없는 거지?

그래도 말이야, 모든 것을 쏟아내고 몸 안에 깃들어 있던 마음의 불꽃을 모조리 태워버린 할아버지에게 살아갈 의미 같은 건…….

"다행이야, 늦지 않은 것 같네!"

그 순간, 그곳에 있을 리가 없는 목소리가 들렸다. 돌아보니 거기에는 저택에서 집을 지키고 있는 줄 알았던 피아 누나가 있었다.

게다가 피아 누나뿐만이 아니었다. 피아 누나가 바람의 정령을 이용해서 데리고 온 건지, 바로 옆에 낯선 여자와 아이까지 있었던 것이다.

"피아, 그쪽은 대체 누구야?"

"당신들이 출발한 뒤에 아리아에 찾아온 손님이야. 혹시나 싶어서 데리고 왔는데, 정답이었던 모양이네."

"설마 하늘을 날 줄은 몰랐어. 여기에 온 뒤로는 놀라운 일만 연달아 일어나네!"

"네! 대단했죠! 어머님!"

뭐지? 나보다 연상인 여자하고 백발 소년인데, 아까부터 뭔가 마음에 걸린다.

그리고 소년이 어머님이라고 부른 여자는, 어디선가 본 적이 있는 것 같은데…….

"아?! 혹시 투무제에서 중계를 맡았던……, 그러니까…….

"뷰테 씨……, 시죠? 길드 접수처도 맡으셨던 게 기억나는데요."

"어머, 기뻐라! 당신들처럼 강한 사람들이 기억해주니 정말 기뻐!"

맞아, 맞아, 10년도 전에……, 형님이 우승한 투무제에서 강한 사람을 좋아한다면서 중계를 맡았던, 주위 사람들이 묘하게 섹시하다고 하던 뷰테 씨다.

그녀가 여긴 왜 왔지? 게다가 아까부터 저 소년이 신경 쓰여서 견딜 수가 없다.

"여러모로 물어보고 싶은 게 많긴 하겠지만, 우선 라이오르 님께 이 아이의 이야기를 들어달라고 부탁할 수 있을까?"

"그건 딱히 상관없긴 한데요. 어때? 리스."

"아, 응. 치료에 방해되지 않는 범위라면 상관없어."

"저기, 말씀 도중에 끼어들어서 죄송합니다만, 뷰테 님, 그 아이는 대체 누구죠?"

"이 아이는 내 아들이야. 그리고……, 라이오르 님의 아이이기도 해."

"""……네?!"""

여기 있던 모두가 뷰테 씨의 말을 듣고 굳었다.

아니……, 잠깐만 기다려 봐? 할아버지의……, 아이?

아니, 누나를 제외하고는 다른 여자에게 전혀 흥미가 없는 그 할아버지가?

형님은 성욕이 전투욕으로 바뀌었다고 말했을 정도니 아이를 만들려 할 리는 절대로 없을 것 같은데.

너무나도 있을 수 없는 이야기라 혼란스러워하던 우리에게 미리 이야기를 들었던 피아 누나가 설명해 주었다.

"뭔가……, 말이지, 이 아이는 서로 동의해서 만든 아이가 아닌 것 같거든."

"그래, 라이오르 님께서는 아무것도 모르셔. 이 아이는 말이지, 내가 정열을 억누르지 못했기 때문에 태어난 아이니까."

뷰테 씨는 미안해하면서도 후회 같은 건 전혀 하지 않는 듯한 표정으로 말했다.

이야기를 들어보니 우리와 합류하기 전에 투무제에서 우승한 날 밤에 시작되었다는데.

"라이오르 님께서 술을 잔뜩 드신 그날, 너무 많이 드셔서 그런지 잠드신 채로 깨지 않으셨어. 그래서 참지 못하고……, 말이지?"

"당신이 덮친 쪽이야?!"

"결국 라이오르 님께서는 한 번도 깨지 않으셨지만, 주무시고 계실 때도 훌륭하셨어. 이 아이가 배 속에 있다는 걸 눈치챘을 때는 라이오르 님께서 이미 여행을 떠나신 뒤였고."

할아버지치고는 너무 방심한 것 같기도 한데, 여러 조건이 기적적으로 겹쳐진 걸까.

나중에 알게 된 이야기지만, 당시 투무제 출장자가 너무 약해서 토라진 할아버지는 기억이 희미해질 정도로 술을 마셨다고 한다. 게다가 할아버지는 습격당하는 걸 오히려 원하는 성격이라 뷰테 씨의 사냥감을 노리는 감각이 오히려 기분이 좋아서 깨어나지 못한 건지도 모르겠다.

"내가 멋대로 굴다가 태어난 아이니까 혼자서 키울 생각이었는데, 요즘 이 아이가 어떻게 해서든 라이오르 님을 만나고 싶다고 해서 말이지. 어떤 마을에 살고 계신다는 이야기는 들었으니까 큰맘 먹고 와본 거야."

"어머님께 억지를 부린 건 저도 알고 있습니다만, 늦기 전에 만나지 않으면 후회할 것 같다는 생각이 들어서요."

뷰테 씨가 착각을 했거나 거짓말을 하고 있을 가능성도 있지만, 나는 이 백발 아이가 틀림없이 할아버지의 아이일 거라 느꼈다.

실제로 할아버지가 위험한 상태일 때 달려오는 뛰어난 감이나, 말투는 정중하긴 해도 분위기는 비슷하다는 면이 생각하면 할수록 할아버지의 아이라는 걸 납득시켰던 것이다.

갑자기 아이가 등장하자 우리도 깜짝 놀랐지만, 제일 놀란 사람은 할아버지겠지.

할아버지는 바로 옆에서 이야기를 들었는데도 여전히 눈을 크게 뜬 채 굳어 있다가, 소년이 바로 앞으로 다가오자 그제야 한마디만 겨우 쥐어 짜냈다.

"내 아이……, 라고?"

"네! 갑자기 이런 말씀을 드려도 곤란할 뿐이시겠지만, 만나 뵙게 되어 영광입니다! 아버님이 얼마나 대단하신지는 어머님뿐만 아니라 주위 사람들에게도 많이 들었습니다!"

아버지라서 그런 게 아니다. 많은 사람들로부터 할아버지의 활약상을 듣고 진심으로 동경한 모양이다.

소년은 눈을 반짝이면서 허리에 차고 있던 검을 뽑아 할아버지에게 보여주었다.

"저도, 아버님 같은 검사가 되고 싶습니다! 검을 가르쳐주셨으면 합니다! 그러니……, 그런 상처에 지지 말아주세요!"

소년은 할아버지의 상태를 알면서도 떼를 쓰듯 터무니없는 말을 꺼냈다.

그런 자식을 보고 할아버지는 떨리는 손을 소년의 머리에 대고는……, 웃었다.

"으……, 으하하! 그래……, 그래! 내 아이가 검을 말이지! 그럼……, 죽을 때가 아니로구나!"

다 타버린 줄 알았던 할아버지의 마음속 불꽃이 다시 타오르기 시작한 순간이었다.

할아버지의 수명은 여전히 얼마 남지 않은 상태이지만, 평소처럼 호쾌한 웃음소리를 들으니 이제 괜찮다는 걸 알 수 있었다.

"왠지 터무니없는 일만 일어나는 것 같아서 영문을 모르겠는데, 아무튼 할아버지가 살아난다면 된……, 건가?"

"안심하긴 이르지. 앞으로는 저 영감님이 너무 지나치게 가르치진 않는지 우리가 감시할 필요가 있을 것 같아. 그건 네가 가장 잘 알고 있을 텐데?"

"으……, 그렇구나. 이번엔 내 차례네."

내가 할아버지에게 검을 배웠을 때는 몇 번이나 죽을 뻔했고, 그때마다 형님이 구해주었다.

강검이라는 이름을 이어받을 예정은 없지만 나는 소년에게 있어서 사형 같은 존재. 할아버지가 너무 지나치게 가르치지 않게 끔 확실히 지켜봐야겠다.

나와 똑같은 생각을 하고 있었는지, 무의식적으로 줄리아, 베이올프와 서로 마주 보며 고개를 끄덕였다. 누나와 피아 누나에게 간호를 받고 있던 형님이 감격스러운 듯이 숨을 내쉬었다.

"휴우……, 골치 아픈 일이 한 가지 끝났다 싶었는데 또 새로운 골칫거리가 늘었네."

"하지만 할아버지의 저 웃음소리를 다시 들을 수 있게 되어서 저는 기뻐요."

"후후, 그러게. 그리고 앞으로 더더욱 심심하진 않을 테니 당신도 바라던 바지?"

"뭐, 그렇지. 하하하!"

형님과 누나들의 웃음소리를 듣고 우리도 덩달아 큰 소리로 웃어댔다.

몇 년 뒤…….

강검이라 불리던 남자는 아들에게 자신의 기술을 전부 전수해준 뒤에……, 생애를 마쳤다.

그의 최후는 침대 위가 아니라 별다를 것 없는 이른 아침, 훈련 도중이었다.

함께 검을 단련하던 친구와 아들의 이름을 부른 다음, 강검이 마지막으로 내려친 그 일격은 예전에 보았던 어떤 검보다 아름답게 빛나고 있었다고 한다.

그 일격은 그의 아들뿐만 아니라 주위에 있던 많은 사람들에게 큰 영향을 끼쳤다.

강검의 검은 두 번 다시 올라가지 않게 되었다.

하지만 그걸 내려친 강검……, 라이오르가 마지막으로 보인 표정은 매우 평온했고, 그리고…….

"……으음."

만족스러웠다고 한다.

여러분, 오랜만에 뵙는 네코입니다.

이렇게 드디어 16권이 발매되었고, 시리우스 일행의 이야기를 마칠 수 있었습니다.

아니, 정말 길었네요. 솔직히 이렇게 길게는커녕 애초에 계속 이어나갈 수 있을지조차 몰랐고, 이 작품을 쓰기 시작했을 때는 결말조차 전혀 정해두지 못하고 있었습니다.

중간에 이야기를 끝낼 흐름이 떠오르긴 했지만, 거기에 이르기까지의 과정이 뭐라 해야 하나, 정말 까다로워서……, 아무튼 마지막까지 쓸 수 있게 되어 다행입니다.

이 '월드 티처'를 쓰기 시작하게 된 계기는 흔히 있는 경우이긴 하지만, 간단히 자기 작품을 올릴 수 있는 WEB 소설이라는 존재를 알게 되어 다른 작품을 읽고 시험 삼아 올려보자는 생각이 들었기 때문이었습니다.

일단 라이트노벨을 수십 권 정도 읽었고, 이 책의 절반 정도 분량인 오리지널 소설을 써본 적이 있었기에 다른 작품을 참고로 쓰기 시작한 것입니다.

당시에는 아직 WEB 소설 사이트도 그렇게까지 지명도가 높지 않았기에 읽어주시는 분들이 한 명, 두 명, 늘어날 때마다 기뻤는데, 정신을 차리고 보니 책까지 내게 되었고 만화조차 연재되었기에 당시에는 정말 흥분했습니다.

하지만 계속 써나가면서 의욕이 점점 떨어졌고, 이런 흐름으로 하자는 소재가 생각나더라도 자잘한 작업에 피로를 느껴서 집필 속도가 매우 떨어지기 시작했습니다.

그런 와중에 개인적인 사정이나 무리한 전개 때문에 포기한 소재도 꽤 있습니다.

시리우스가 스승님의 초인적인 힘을 통해 전생으로 돌아가거나, 시리우스가 기억을 잃고 귀족의 저택에서 일하거나.

한때는 완전히 도망치자는 생각도 할 정도로 꽤 많이 낙담한 시기도 있었습니다만, 이렇게 끝까지 쓴……, 마무리를 지은 건 무엇보다 얻기 힘든 경험이었던 것 같습니다.

마지막으로 지금까지 '월드 티처'를 일러스트로 계속 장식해주신 'Nardack' 님. 마감을 계속 연기하는데도 끈기 있게 저를 지탱해주신 담당 편집자님과 관계자 여러분.

그리고 지금까지 제 작품과 함께해주신 독자 여러분께 감사의 말씀을 드립니다.

이 작품을 읽어주셔서 진심으로 감사합니다.

안녕하세요. 천선필입니다.
이번 월드 티처 16권, 재미있게 읽으셨는지 모르겠습니다.

이 시리즈는 10권부터 제가 이어받아 번역을 시작한 시리즈입니다. 그리고 일곱 번째 책인 이번 16권으로 마무리를 짓게 되었습니다. 아무래도 다른 분의 작품을 이어받아서 작업하게 되면 1권부터 단어를 하나하나 선택해가며 진행해온 시리즈와는 달리 애착이 덜할 수밖에 없는 것 같습니다. 특히 이어받고 처음 작업할 때, 이 작품 같은 경우에는 10권이 해당되겠습니다만, 그동안 작품 내부에서 사용되어 왔던 표현, 단어 등을 완벽히까지는 아니더라도 어느 정도는 살려야 독자 여러분께서 위화감 없이 작품을 즐기실 수 있기에 맞추는 작업까지 동시에 진행하게 되므로 정신이 없기도 하고요. 솔직히 한두 권, 두세 권 정도는 제 작품이라는 느낌이 희미하기도 합니다. 가장 바람직한 건 독자 여러분께서 번역가 교체를 아예 눈치채지 못하는 수준이겠죠.

그래도 네다섯 권이 지난 시점부터는 어느 정도 작품에도 적응이 되고, 제 작품이라는 실감도 들긴 합니다. 지금까지 꽤 여러 작품을 이어서 작업했던 것 같은데, 그중에서 마무리를 짓게 된 작품은 아마 이번이 처음인 것 같습니다. 그래서 뭔가 아쉽기도 하고, 시원하기도 하고, 더 잘할 수 있지 않았을까 하는 후회도 어느 정도는 느끼고 있네요. 독자 여러분께서는 제가 이어받은 이후로 어떻게 읽으셨는지 모르겠습니다. 읽는 도중에 신경이 많이 쓰이거나 위화감이 들지 않으셨다면 좋을 것 같네요.

그나마 겉표지를 장식한 시리우스와 에밀리아의 결혼식 차림이 마무리를 제대로 장식해준 것 같아 부정적인 감정 자체는 그리 크지 않은 편입니다. '그리고 오래오래 행복하게 살았답니다'라는 엔딩은 너무 자주 봐서 식상한 클리셰일지도 모르겠지만, 그만큼 수요가 있다고도 할 수 있으니까요. 번외편으로 수록된 영감님 이야기도 막판에 뜻밖의 놀라움을 선사해주어서 마음에 들었던 것 같기도 합니다.

이런 생각을 하면서 이번 월드 티처 16권을 번역하였습니다. 매번 그랬듯이 감사의 말씀 드리고 후기를 마치려 합니다.

항상 신경을 많이 써주시는 담당 편집자분, 그리고 책을 내는 데 도움을 많이 주신 소미미디어 관계자 여러분, 그리고 가족 여러분. 감사합니다.

그 누구보다 감사드리고 싶은 분은 독자 여러분입니다. 제가 이렇게 무사히 번역을 마치고 후기를 쓸 수 있는 것도 독자 여러분 덕분이라 생각합니다. 진심으로 감사드립니다.

다시 찾아뵙게 될 때까지 행복한 하루 보내시길 바랍니다.
감사합니다.

월드 티처 이세계식 교육 에이전트 **16**

2023년 02월 15일 1판 1쇄 발행

저 자	네코 코이치
일 러 스 트	Nardack
옮 긴 이	천선필
발 행 인	유재옥
본 부 장	조병권
담당편집자	박치우
편 집 1 팀	김준균 김혜연
편 집 2 팀	정영길 조찬희 박치우 정지원
편 집 3 팀	오준영 이해빈
편 집 4 팀	전태영 박소연
디 자 인	김보라 박민솔
라이츠담당	김정미 맹미영 이윤서
디 지 털	박상섭 김지연
인쇄제작처	코리아피앤피
발 행 처	(주)소미미디어
등 록	제2015-000008호
주 소	서울시 마포구 토정로 222, 403호(신수동, 한국출판콘텐츠센터)
판 매	㈜소미미디어
마 케 팅	한민지 최원석 최정연
영 업	박종욱
물 류	허석용 백철기
전 화	(02)567-3388, Fax (02)322-7665

ISBN 979-11-384-3556-7 (04830)
ISBN 979-11-5710-455-0 (세트)

월드 티처

이세계식 교육 에이전트

네코 코이치 지음
Nardack 일러스트
천선필 옮김

16

계승되는 이름

그날, 시리우스 일행이 머무르고 있던 엘류시온의 어떤 저택에는 이상한 긴장감이 감돌고 있었다.

시리우스 일행은 물론 많은 어른들이 저택의 어떤 방에 잔뜩 모인 채, 다 함께 긴장된 표정으로 대기하고 있었던 것이다.

"으음……, 으음……."

"아까부터 너무 어슬렁거리네. 앉아서 얌전히 기다리던지 밖에서 검이라도 휘두르고 와."

"그래도, 검을 휘두르는 동안에 태어나면……."

그곳에 없는 사람은 에밀리아 같은 사람들……, 다시 말해 시리우스의 부인들뿐.

그녀들이 없는 이유는 드디어 출산을 맞이한 피아를 위해 둘이서 도와주러 갔기 때문이다. 물론 미리 조산사도 불러두었기에 준비는 완벽하다.

하지만 다른 사람들은 아기가 태어날 때까지 기다릴 수밖에 없었고, 특히 레우스가 초조한지 방안을 계속 돌아다니다가 기어코 마리나에게 혼날 정도였다.

"검을 휘두르기 싫으면 얌전히 앉아서 기다려! 애초에 왜 네가 그렇게 초조한 건데?"

"그래도 심정은 이해가 되네요. 제 아이도 아닌데 왜 이렇게 초조한 걸까요?”

“아, 정말……, 나도 마찬가지야! 으으……, 부탁이니 피아 씨
와 아기가 무사하기를.”

시리우스도 그들에게 말을 걸 여유가 없었기에 초조한 마음을
필사적으로 억누르며 조용히 앉아서 기다리고 있었다.

마치 영원 같은 시간이 지나고, 차를 끓인 횟수를 세는 것도
귀찮아졌을 때……, 갓난아기의 울음소리가 저택 안에 울려 퍼
졌다.

“““태어났나?!”””

마치 미리 짠 것 같은 타이밍에 일제히 목소리가 나왔다. 그보
다 먼저 시리우스가 방을 뛰쳐나갔다.

그리고 피아가 있는 방 입구 앞에서 기다리고 있던 에밀리아
의 안내를 받아 안으로 들어가 보니, 매우 지친 듯한 피아의 품
속에 갓난아기가 안겨 있었다.

“……피아.”

“그래……, 오래 기다렸지. 당신……, 아이야.”

“……그래!”

시리우스는 우선 고맙다는 말과 고생했다는 말을 해주려고 생
각했지만, 막상 보고 나니 말이 나오지 않았기에……, 그저 방금
태어난 아이를 안고 있는 사랑스러운 부인을 끌어안기만 했다.

그 갓난아기의 기운찬 울음소리를 시리우스가 허리에 차고 있

던 나이프……, 스승님이 편안한 마음으로 듣고 있었다.

'훗……, 나쁘지 않은데.'

갓난아기 같은 건 약간 흥미가 있는 정도에 불과했지만, 이렇게 실제로 울음소리를 들으며 직접 보니 상상했던 것보다 마음을 크게 울렸다.

하지만 스승님의 마음을 더욱 크게 흔든 것은 그 이후에 부부가 나눈 대화의 내용이었다.

"고마워. 그리고 고생했어……, 피아. 이 아이가 우리의 아이구나."

"그래, 멋진 남자아이야. 그런데 이름은 어떻게 할까?"

"그러게. 이름…………, 이오스……는 어떨까?"

'윽?!'

"어머, 그건 후보에 없었던 이름이지?"

"왠지……, 방금 생각나서. 어때?"

"그래, 나도 괜찮은 것 같아. 그럼 오늘부터 이 아이는 이오스구나."

그 이름은 스승님에게 있어서 두 번 다시 잊지 않겠다고 맹세한 이름이었다.

경험이 별로 없었기에 정작 중요할 때 함께 있어주지 못했고, 결코 바람직하다고 할 수 없는 최후를 맞이해버린……, 스승님이 처음 키웠던 제자의 이름.

그 마력 속에서 제자와 접촉했을 때 이름을 말하긴 했지만, 시리우스가 그걸 들었을 리는 없다. 그럼에도 불구하고 시리우스는 그 이름을 자신의 아이에게 붙여준 것이다.

'이런 일도 있구나……'

당연하지만 눈앞에 있는 갓난아기는 예전에 키웠던 그 아이가 다시 태어난 것도 아니고, 완전히 다른 사람이다.

그럼에도 불구하고 스승님은 같은 이름을 받은 그 아이를 이번에야말로 제대로 지켜보겠다며 남몰래 결심했다.

"크, 큰일이에요! 큰일! 여보! 큰일이라고요!"

오늘도 에리나 식당은 손님들로 붐볐다. 종업원들을 교대로 쉬게 하면서 요리를 하고 있자니 부인인 노엘이 엄청난 기세로 내게 다가왔다.

그녀는 편지를 들고 있었다. 노엘이 이렇게까지 소란을 피우는 걸 보니 시리우스 님 일행이 보낸 편지인 것 같다고 예상하긴 했지만 이번에는 조금……, 아니, 꽤 심하다.

뭔가 문제라도 생긴 건가, 그렇게 걱정하며 노엘이 내민 편지를 읽어보니 소란을 피울 만한 내용이 적혀 있었다.

"그렇군! 드디어……."

"맞아요, 맞아! 시리우스 님하고 에미네가 결혼한다고요!"

시리우스 님은 생도르라는 나라에서 중상을 입을 정도로 꽤 치열한 나날을 보내신 모양인데, 마지막에 결혼한다는 부분을 읽으니 눈물이 나올 것 같았다.

그 편지 내용을 다른 사람들에게 전하자 우리와 마찬가지로 기뻐했다.

"결혼식은 엘류시온에서 하는 거지? 언제 하는지는 안 적혀 있어?"

"손님이 도착하고 준비하는 데 시간이 오래 걸리니까 한참 남은 것 같아. 때가 되면 사람을 보내서 데리러 와준다고 적혀 있어."

우리 안전을 고려해서 일부러 사람까지 보내주시다니, 정말 감사한 일이다.

문제는 에리나 식당의 영업인데, 그건 내 두 제자가 열심히 해주겠다고 한다.

"우리도 성장했으니까, 이제 누나하고 디 씨가 없어도 괜찮다고."

"스승님, 가게는 저희에게 맡기시고 마음 편히 다녀오세요."

"너희들⋯⋯."

에리나 식당을 맡겨도 될 만큼 성장해서 믿음직해진 제자들을 보니 가슴이 뜨거워졌다.

걱정거리가 없어졌기에 우리는 여행 준비를 하며 그날이 오기를 기다렸다.

그 이후로 시리우스 님 일행의 화려한 결혼식이 무사히 끝났고, 에리나 식당으로 돌아온 나는 어떤 생각을 하게 되었다.

계기는 시리우스 님께서 태어나신 그 저택 주변을 개척해서 거점으로 삼을 마을을 만들지도 모르겠다는 이야기를 결혼식이 끝난 뒤에 들었던 것이다.

아직 확실하게 정해진 건 아닌 것 같지만, 만약에 그분께서 고향이라 할 만한 곳을 만드신다면⋯⋯.

"⋯⋯나도 그곳에 가서 여러모로 돕고 싶어. 멀리 떨어져 있긴 해도 나는 시리우스 님의 시종이니까."

"".............""

그런 내 마음을 노엘과 느와르에게 털어놓았는데, 두 사람은 어떻게 생각할까?

그래도 고향을……, 이 식당을 떠난다는 이야기다. 오랫동안 살면서 애착도 생겼고, 고생과 즐거움을 함께 해온 이곳을 떠난다는 걸 간단히 결심할 수 있을 리가 없다.

하지만 내 꿈이었던 요리사가 되고 식당까지 낼 수 있었던 것은 아리아 님과 에리나 씨, 그리고 시리우스 님 덕분이다.

그러니 그 은혜를 갚고 싶다. 나는 꿈을 이루었고, 그 행복을 충분히 맛보았다. 그리고 그분과 함께라면 새로운 즐거움과 행복을 얻을 수 있을 것이다.

그렇게 말한 다음에 부인과 딸의 표정을 살펴보았는데, 둘 다 활짝 웃으며 나를 보고 있었다.

"으음~, 새치기당해 버렸네요. 실은 저도 그러고 싶다고 생각했거든요."

"나는 괜찮을 것 같아. 여기를 떠나는 게 쓸쓸하긴 하지만, 아버지하고 어머니, 디란도 같이 가니까. 그리고 레우스 님의 시종으로서 곁에 있고 싶고!"

"노엘, 느와르……."

보아하니 두 사람도 나와 똑같은 생각을 한 모양이었다. 이렇게 멋진 가족과 함께 살 수 있는 나는 정말 행복한 사람이다.

제일 마음에 걸리는 건 에리나 식당인데, 내 제자들에게 물려줄 생각이다. 내가 없어도 괜찮다는 건 엘리시온에서 돌아왔을 때 확신했으니까.

"또 식당을 하고 싶어지면 그 마을에 에리나 식당 2호점을 만들면 되잖아요! 디란도 시리우스 님하고 같이 살고 싶죠?"

"디란은 아직 무슨 말인지 몰라. 그래도 만약에 그렇게 되면 나도 열심히 할게! 아버지!"

"그래……, 고맙다."

몇 년 뒤……, 아리아라는 이름이 붙은 마을은 우리의 새로운 보금자리가 되었다.

어떤 마을에 파견된 남자들의 이야기

주인인 리펠 님의 명령을 받고, 열 명 정도 규모인 우리 특수부대는 현재 개척 중인 어떤 마을로 파견오게 되었다.

보아하니 그 마을에는 리펠 님의 친구들과 일부 관계자들만 아는 친족분들도 계시는 모양이라 그분들의 힘이 되어주었으면 한다는 것 같았다.

주인 곁에 있지 못하는 건 아쉽지만, 이것도 우리의 능력을 높이 사주신 결과이니 자랑스럽다.

그리고 마을에 파견되어 개척이 진행되고 마을의 이름이 아리아로 정해졌을 무렵……, 우리는 고민하고 있었다.

"……곤란하군."

"그래. 불만은 없지만……."

우리는 거점 등을 마련하는 기술이 뛰어난 특수부대로, 이번 같은 마을 개척 작업에 매우 도움이 되는 부대다.

이곳에 막 도착했을 때는 갈고닦은 기술을 살려 리펠 님께서 부탁하신 대로 그들에게 힘을 빌려주며 바쁜 나날을 보낼 줄 알았지만…….

"우리가……, 정말 필요한 건가?"

"그건 너무 성급한 판단이지. 우리는 확실하게 도움이 되고 있다고, 응!"

"그래도 말이야……."

새로 이사 온 사람들이 살 곳이나 창고부터 시작해서 방위용 울타리나 파수대 같은 것까지, 할 일은 잔뜩 있다.

하지만 아무래도 우리가 도움이 되는 것 같지 않다.

개척을 할 때는 인원이 많이 필요한 법이고, 실제로 건축 기술 등으로 활약하고 있긴 하지만, 너무나도 한정적인 데다 전체적으로 보면 극히 일부에 불과하기 때문에 우리의 필요성이 희미해지고 있다.

예를 들어, 자재로 쓸 나무를 마련할 때도 우리가 나무를 다섯 그루 정도 베어서 운반하는 동안 그들은 백 그루 정도를 쉽사리 가지고 온다. 여러 명이 달라붙어서 옮겨야 할 정도로 큰 통나무를 혼자서 마치 나뭇가지처럼 던져서 상대방에게 넘기는 광경을 보았을 때는 멍해졌다.

다시 말해……, 너무 편하게 일하는 기분이라고 해야 하나, 묘한 죄책감이 든다.

게다가 그들이 차려주는 식사는 정말 맛있고, 다치기라도 하면 푸른 성녀님께서 순식간에 고쳐주기도 하니 엘류시온에서 살던 때보다 더 편할지도 모르겠다.

정신을 제대로 차리지 않으면 늘어져 버릴 것 같은 환경. 그럼에도 날마다 단련을 게을리 하지 않는 그들을 보고 있자니 게으름을 피울 생각은 들지 않았다. 요즘은 그들이 훈련할 때 함께 하기도 해서 성장하고 있다는 만족감도 느껴졌다.

"슬슬 교대 시기가 다가오는데, 어떻게 할까?"

"나는 연장……하려나? 딱히 부인도 없고, 이쪽이 더 나으니까."

우리는 그렇게 사치스러운 고민을 떠안고 있었다.

그리고 개척에 있어서 가장 큰 문제점은 방위일 텐데, 이쪽이 더 심각한 고민일지도 모르겠다

개척 도중인 마을은 도적 같은 약탈자들에게는 절호의 먹잇감이기에 그런 녀석들이 몇 번이나 습격해 왔다.

그럴 때마다 리펠 님께서 하신 말씀이 떠오른다.

'그 애들 주위에는 욕심 많은 자들이 노릴 만한 애들이 많으니까. 당신들이 지켜줘.'

리펠 님, 그들이 정말 좋은 자들이라 신경 쓰이는 것도 이해가 되긴 합니다.

합니다만…….

"아직 산 너머이긴 한데, 호쿠토가 이쪽으로 오는 도적 무리가 있다고 하네."

"모두 합쳐서 백 명인가요? 도적단 규모치고는 꽤 크긴 하지만, 누구 한 명만 보내도 충분하지 않나요?"

"아니, 철저하게 박살 내서 이곳을 습격하는 게 얼마나 위험한 짓인지 가르쳐주자고. 일단 영감님하고 나, 세이를 보낼까."

"좋다!"

""멍!""

"만에 하나를 대비해서 레우스도 가줘."

"알겠어!"

우리가 지켜줄 필요……, 있나요?

그 유명한 강검에 그와 실력이 비슷한 검사가 몇 명 있고, 괴물처럼 강한 흰색 늑대가 세 마리나 있는데요.

우선 그쪽 방면으로 도와줄 필요는 전혀 없을 것 같았기에 우리는 얌전히 집을 짓기로 했다.

우리가 아리아라는 이름이 붙은 마을에 살게 된 지 몇 년이 지났다.

마을의 개척에 힘쓰고, 아이들에게 다양한 것들을 가르치며 성장을 지켜보는 평화로운 나날을 보내던 와중에 갑자기 예상치 못한 손님이 나타났다.

그날, 아이들이 원하길래 같이 놀아주고 있자니 호쿠토가 이쪽으로 무언가가 다가오고 있다고 알려주었다.

일단 호쿠토의 안내에 따라 마을 입구로 갔다. 먼지를 피우며 전력질주하는 사람이 보였다.

"언니이이이———!"

저건……, 그렇구나. 피가 이어지지는 않았지만 피아를 언니라고 부르면서 잘 따르는 엘프, 아샤구나.

내 뒤에 있던 아이들도 대체 무슨 일인가 하면서 고개를 갸웃거리는 와중에, 아샤는 전혀 기세를 늦추지 않은 채 마을 입구로 다가왔고…….

""크르르르르르르르르르르릉!""

"끄아아아아아아아아악———?!"

양쪽에서 뛰쳐나온 백랑인 나나와 세이에게 부딪혀서 땅바닥에 넘어졌다.

그러고 보니 나나하고 세이한텐 처음 만난 사이던가? 호쿠토에게서 분열되듯이 생겨난 백랑이라고는 해도 동일한 존재는 아니니까. 어쩌면 그녀의 필사적인 기척을 수상쩍게 느낀 건지도 모르겠다.

그렇게 정말 멋진 연계로 아샤의 움직임을 막은 나나와 세이가 칭찬해달라는 듯이 꼬리를 흔들면서 나를 보고 있을 때, 집 안에 있던 피아가 나왔다.

"어머? 아샤네. 무슨 일이야?"

"무, 물론, 언니를 만나러……, 아야야야야!"

"나나, 세이. 앉아."

"'멍!'"

그런 다음, 나나와 세이의 머리를 쓰다듬어주고 다시 마을을 경비하러 보내고 나서 우리는 아샤를 데리고 저택으로 돌아가기로 했다.

"후후, 많이 컸구나, 이오스 군. 나, 기억 나?"

"아, 아뇨……. 죄송합니다."

"사과 안 해도 돼. 저번에 만났을 때는 네가 이렇게 작았을 때였으니까."

이오스가 갓난아이였을 무렵, 피아의 아버지에게 손주를 보여주러 간 적이 있다. 그때 아샤도 같이 있었기 때문에 아이들 중에서는 이오스만 초면이 아니다.

하지만 그때는 너무 어렸던 이오스는 기억하지 못하는 것 같아서 미안해하고 있자니 아샤는 상관없다며 웃었다.

낯선 남자에게는 꽤 엄한 태도를 보이던 아샤도 역시 아이에게는 자상하구나…….

"언니의 아이와 맺어지면 저도 진짜 가족이……."

응……, 절반 정도는 욕망이 섞여 있는 것 같다. 이오스에게 접근할 때는 감시해야겠다.

"그런데 넌 여기 왜 왔니?"

"왜냐뇨, 관례 때문이죠. 아직 이른 나이이긴 하지만 언니를 만나고 싶어서 어떻게든 설득했어요!"

엘프는 특정 나이가 되면 10년 정도 세계를 여행하는 관례가 있다.

그래서 아샤가 오는 건 딱히 신기할 게 없지만…….

"그런데 제가 살 만한 빈 집 없나요? 이 마을이 개척 중이라고 들어서 빈 집이 있을 줄 알았는데요."

"잠깐만, 머무르는 게 아니라 산다고? 여행은?"

"아무래도 상관없어요. 저는 언니 곁에 있을 수만 있으면 충분하니까요. 아, 물론 빈 집이 없다면 제가 지을 테니 신경 쓰지 마시고요."

"신경 쓰거나 그런 문제가 아니야. 내가 이런 말을 하는 건 좀 그렇긴 하지만, 적어도 관례는 제대로 지켜야지!"

"언니하고 함께 지내는 게 더 중요해요!"

그 이후로 아샤는 이런저런 이유를 대면서 머무르게 되었지만, 며칠에 걸친 설득을 통해 겨우 쫓아내……, 아니, 여행을 떠나게 했다.

피아가 1년 동안은 절대로 돌아오지 말라고 타일렀지만, 보아하니 1년이 되면 바로 돌아올 것 같다고 생각하며 불만인 듯한 그녀의 뒷모습을 배웅했다.

쳐들어간 소녀(보호자 동반)

내가 선생님 밑에서 다양한 것들을 배우기 시작한 지 몇 년이 지났다.

지금은 선생님의 고향인 아리아 마을에 살면서 날마다 훈련을 하거나 책을 쓰는 등, 바쁜 나날을 보내고 있다.

그러던 어느 날, 가끔 상황을 보러 와주는 제노드라 님이 권하기도 했기에 오랜만에 유익인 마을로……, 어머니를 만나러 돌아가기로 했다.

"이제 보이는구나, 카렌."

"응. 변한 게 없네……."

"그렇지는 않다. 시리우스에게 들은 성지식이라는 것을 알려주었더니 마을의 출산율이 올라서 말이다. 새로운 집이 늘었다."

제노드라 님에게 이야기를 들으며 우리 집 앞에 내리자 문이 열리고 어머니가 나왔다.

지금까지 몇 번 돌아온 적이 있기에 이제 눈물을 흘리진 않았지만, 어머니는 미소를 지으며 나를 끌어안아 주었다.

"어서 오렴. 또 많이 컸구나."

"그런가? 키는 별로 안 큰 것 같은데."

"여자로서 성장했다는 뜻이야. 자, 안으로 들어오렴. 바로 차를 끓여줄 테니까."

아리아에서 사는 데 불안한 점은 전혀 없지만, 역시 우리 집에 오니 마음이 편해지네.

거실 테이블 앞에 앉아 어머니에게 어떤 걸 물어보았다.

"엄마, 히나는 어떻게 됐어?"

"아, 말하는 걸 깜빡했구나. 그 애라면 얼마 전에 나갔단다."

"그렇구나, 드디어 가버렸구나."

내 친구 중 한 명인 히나.

생도르에서 만났고, 어찌어찌 메지아 씨의 양자가 되어 이 마을에서 살다가 내가 돌아오기 얼마 전에 다시 생도르에 갔다고 한다.

딱히 이 마을에 불만이 있는 건 아니고, 생제르 씨를 만나러……, 아니, 정확하게 말하자면 시집가러 간 것이다.

내가 그 사실을 알고 있는 건 작년쯤 선생님과 함께 여기로 돌아왔을 때 히나가 이야기를 해주었기 때문이다.

'나……, 생제르의 신부가 되고 싶어.'

잠깐이긴 했지만 그때 같이 놀아준 생제르 씨를 좋아하게 돼서, 헤어진 뒤로도 계속 마음에 두고 있었던 모양이다.

그 마음이 어른이 되어서 폭발한 건지 보호자인 메지아 씨를 설득한 다음 준비를 마치고 나서 떠났다고 한다.

일단 히나가 원했기에 생도르에 몇 번 놀러 갔었고, 어느 정도는 익숙한 사이가 되었지만 결혼 이야기까지 하진 않았을 텐데.

정말 아무런 계획도 없는 행동인 모양이다. 얼마 전에 돌아온 아이 씨가 결과를 알려줬다는데.

"그래서? 여기 없는 걸 보니 잘 된 거야?"

"상대는 왕족이니까 그렇게 간단히는 안 될 거야. 그래도 아이 씨 이야기를 들어보니 꽤 괜찮은 느낌이었던 모양이더라."

이유는 모르겠지만 생제르 씨는 왕이면서도 왕비를 맞이하려 하지 않았기에 주위 사람들이 후계자 문제로 초조해하기 시작한 상황이었다.

그런 와중에 나타난 게 히나. 생제르 씨도 딱히 싫어하는 기색은 없어서 카이엔 씨와 포르트 씨가 필사적으로 밀어붙이고 있다나 뭐라나.

뭐, 어렸을 때와는 달리 지금 히나는 내가 봐도 미인이니까. 그 아이가 좋다고 하면 싫어할 남자는 없겠지.

그래서 히나는 지금 생도르 성에 살고 있고, 날마다 생제르 씨에게 어필을 하면서 이런저런 일을 돕고 있다고 한다. 물론 보호자인 메지아 씨도 함께.

"걱정되긴 하지만, 메지아 님께서 함께 계시니 괜찮겠지. 그애는 행복해졌으면 좋겠어."

"응, 나도 그렇게 생각해. 아……, 나도 슬슬 괜찮은 사람을 찾아야겠네."

하지만 주위 사람들이 대단한 사람들뿐이라 눈이 높아져 버린단 말이지.

나는 내심 약간 초조해하면서 어머니가 끓여준 차를 마셨다.

World Teacher 16
©2022 Koichi Neko
First published in Japan in 2022 by OVERLAP, Inc.
Korean translation rights reserved by Somy Media, Inc.
Under the license from OVERLAP, Inc., Tokyo JAPAN

월드 티처 이세계식 교육 에이전트 **16** 초판 한정 소책자

2023년 2월 15일 1판 1쇄 발행

저 자	네코 코이치
일 러 스 트	Nardack
옮 긴 이	천선필
발 행 인	유재옥
본 부 장	조병권
담당편집자	박치우
편 집 1 팀	김준균 김혜연
편 집 2 팀	정영길 조찬희 박치우 정지원
편 집 3 팀	오준영 이해빈
편 집 4 팀	전태영 박소연
디 자 인	김보라 박민솔
라이츠담당	김정미 맹미영 이승희 이윤서
디 지 털	박상섭 김지연
인쇄제작처	코리아피앤피
발 행 처	(주)소미미디어
등 록	제2015-000008호
주 소	서울시 마포구 토정로 222, 403호(신수동, 한국출판콘텐츠센터)
판 매	(주)소미미디어
마 케 팅	한민지 최원석 최정연
영 업	박종욱
물 류	허석용 백철기
전 화	(02)567-3388, Fax (02)322-7665

ISBN 979-11-384-3556-7 (04830)
ISBN 979-11-5710-455-0 (세트)